文春文庫

大江戸怪奇譚

ひとつ灯せ

宇江佐真理

文藝春秋

目次

ひとつ灯せ

ひとつ灯せ

一

初代将軍徳川家康が江戸に入府する以前、日本橋以南の土地は遠浅《とおあさ》の海だったという。江戸では繁華な場所として知られる銀座界隈も、当時は鄙《ひな》びた海岸風景が拡がっていたようだ。

江戸にやって来た家康は、さっそく江戸城の建設に着手した。すると、基礎工事で夥《おびただ》しい残土《ざんど》が出た。その残土の処理をあれこれと考えている内、付近の海岸を埋め立て、市街地を造成しようという計画が生まれた。山下御門《やましたごもん》傍《そば》の山城河岸《やましろがし》一帯も、そうしてできた町の一つである。

山城河岸に面している山城町には「平野屋《ひらのや》」という料理茶屋があった。数寄屋《すきや》造りの大きな店である。川魚料理を売り物にしたこの店は、幕府の役人から町人まで多くの客を持っていた。吟味《ぎんみ》した料理と、主《あるじ》を始め、お内儀《かみ》、番頭の如才ないもてなし方が評判を呼んで結構な繁昌ぶりだった。祝言《しゅうげん》や法事にこの店が使われることも少なくなかった。

平野屋の初代の主、平野伊兵衛《いへえ》は家康の家来の足軽をしていた男だという。江戸に着いてしばらく経《た》った頃、伊兵衛は務めを退《の》き、棒手振《ぼてふ》りの魚屋になった。何か失態をしでかして仕える屋敷から追い出されたのかも知れないが、詳《くわ》しい事情はわからない。

しかし、魚屋は繁昌したようだ。五年後には間口二間《けん》の店を尾張町《おわりちょう》に出した。

ここでも店は繁昌した。さて次はもう少し店の間口を拡げるのか、それとも他の町に出店《でだな》（支店）を出すのかと家族が内心で思っていた頃、伊兵衛は、いきなり山城河岸に地所を買い、店を造作して一膳《いちぜん》めし屋を始めた。家族は呆気《あっけ》に取られながらも黙って伊兵衛のやることを見ていた。口出しでもしようものなら、伊兵衛は烈火のごとく怒鳴る激しい気性の持ち主だった。そこは足軽といえども侍《さむらい》である。家長としての意地は何んとしても通す男だった。

一膳めし屋は大工、左官など職人の客が多かった。ちょうど、造成された土地に家を建てる者が続いていた頃だった。独り者の職人達は昼飯を摂《と》るために平野屋を訪れ、仕事を終えた夜は、ちろりの酒に酔い、仕事の憂《う》さを晴らした。

肴《さかな》は焼き魚、煮しめ、しじみ汁、香の物ぐらいしかなかったが、丼飯《どんぶりめし》の盛りは、よそよりよかった。職人達はそれを理由に平野屋を贔屓《ひいき》にしていたようだ。

一膳めし屋の商売にも弾《はず》みがつくと、伊兵衛は料理茶屋の板前を自分の所に引き抜き、凝《こ》った板前料理を出すようになった。

当然、客が支払う代金は以前より高直《こうじき》となる。

すると、今まで通っていた客は潮が引くように去って行った。順風満帆《じゅんぷうまんぱん》だった伊兵衛にとって試練の時期だった。店は閑古鳥《かんこどり》が鳴き、奉公人へ支払う給金も滞《とどこお》りがちになった。

家族は元の一膳めし屋に戻すよう、恐る恐る伊兵衛を説得したが、聞く耳を持つような男ではない。しかし、そのままでは、家族は日干《ひぼ》しになる。伊兵衛は自ら商家や武家屋敷を廻って自分の店を使ってほしいと訴えた。最初は渋々だった客も、その内、何かの折には平野屋を使うようになった。吟味した食材と丁寧な料理は一度味わえば誰しも納得した。

また、伊兵衛は、一度訪れた客の顔は決して忘れなかった。道で出会った時も腰を低くして挨拶《あいさつ》した。家族には邪険《じゃけん》だが、客に対しては如才なさを発揮する男だった。

伊兵衛のそうした努力が実を結び、傾き掛けた平野屋は、ようやく持ち直し、今日に至っているという。

八代目の主は昨年、店を譲られたばかりの三十二歳の久兵衛《きゅうべえ》である。女房は二十五。子供は七歳の男の子と四歳の女の子。久兵衛は、まだまだこれからという若い主だった。

久兵衛の父親の清兵衛《せいべえ》は五十三歳。昨年、息子に店を譲ったとはいえ、毎朝板場に顔を出し、仕入れた品物に不足がないか、目を光らせている。気を抜けば、たとい名のある料理茶屋でも、すぐに傾いてしまう。清兵衛は父親や祖父から、そのことを、いやというほど叩き込まれて育った。

清兵衛は孫のためにも平野屋を潰《つぶ》したくなかった。貫禄にも才覚にも欠ける久兵衛に早めに家業を譲ったのは、自分を当てにせずに商売に励んでほしいという親心だった。

隠居してからの清兵衛は長年の疲れが出たのか身体《からだ》の不調を覚えることが多くなった。医者は年のせいで心《しん》ノ臓《ぞう》が弱っているのではないかと言った。

すると、五十三歳の清兵衛は俄《にわ》かに老いを意識し、残された時間もそう長くないのだと思うようになった。人生五十年と世間でも言われていることだ。

今までは仕事の忙しさで、そういうことを微塵《みじん》も考えたことはなかった。しかし、生あるものは、いつか死ぬ宿命《さだめ》だと合点《がてん》した時、恐ろしさが清兵衛を襲った。

いつ、それはいつ？　店の大広間に飾られている南蛮《なんばん》渡りの時計さえ、清兵衛の残された時間を刻《きざ》んでいるような気がした。

清兵衛は身体の病《やまい》というより、心の病のために床に就《つ》く羽目となってしまった。

一向に回復の兆《きざ》しが見えない清兵衛に町医者は顔を曇《くも》らせ、ひそかに息子の久兵衛に覚悟を促《うなが》したらしい。見舞い客も清兵衛に最後の別れのつもりで訪れるようになった。

その見舞い客の中に蠟燭問屋《ろうそくどいや》の主をしている伊勢屋《いせや》甚助《じんすけ》がいた。甚助は、つい半年前

なかったのかもしれない。誰も顔を知らないような人物が、いきなり現れて吹聴してはいても、清兵衛に喋りかけるまでもなく

まで、なかよく酒を酌み交《か》わしていた清兵衛が、今は人相が変わるほど憔悴《しょうすい》した表情になっていることに大層驚いた。甚助は清兵衛にとって、商売抜きでつき合える数少ない友人だった。

枕許《まくらもと》に座った甚助に、「甚助、わしはもう駄目だ」と、清兵衛は細い声を洩《も》らした。

「何言ってる。今まで働き詰めに働いて疲れがいっきに出たのだろう。すぐに元通りになるさ」

甚助は清兵衛を励まして言う。

「いや、手前《て め》ェのことは手前ェが一番よくわかる。これでお前ともおさらばだ。しかし、わしは死ぬのが恐ろしい。その先はどうなるのだろうと考えると、頭がおかしくなりそうだ」

甚助は言葉に窮《きゅう》した。この期《ご》に及んで清兵衛は何を言い出すのかと怪訝《けげん》な思いもしていたらしい。

「倅《せがれ》に店は渡したし、跡継《あとつ》ぎの孫もできた。もう思い残すことはないはずだ。それなのに、死ぬという恐ろしさは消えない。どうしたらいいのだろうね。恐ろしさがなくなれば、わしは明日死んでもいいのだよ」

清兵衛は声を励まして続けた。その声も弱々しく掠《かす》れていた。

「お前さんが急に具合が悪くなったのは、そのせいかい」

ようやく甚助は訊《き》いた。

「そうかも知れないよ」

「お前さんは子供の頃から働き者で、お父《と》っつぁんや祖父《じい》さんをずっと手伝っていた。前に進むことばかりを考えていて、余計なことは一切考えない男だった」

甚助は昔の清兵衛を思い出して言う。

清兵衛の寝間から坪庭が見えた。松や楓《かえで》の樹《き》の周りには白い躑躅《つつじ》が今を盛りと咲いている。初夏の眩《まぶ》しい光も射《さ》していた。清兵衛の家族は気を遣《つか》って茶の間に下がっていた。清兵衛は甚助の前では遠慮なく弱音が吐けるというものだった。

「その通りだよ、甚助。十七、八の遊び盛りにも、てて親や祖父さんに頭を押さえられていて、ろくにお前達とつき合いをしなかった。さぞつき合いの悪い男だと思っていただろうね」

「いや、お前さんの家の事情はわかっていたから、それは何んとも思わなかったよ。まあ、暇ができると人間はろくなことを考えないものだ。お前さんが感じている死ぬことの恐ろしさは、おれはその頃にいやというほど味わったものさ。お前さんには、その時期が遅れてやって来ただけだよ」

「本当かい」

清兵衛は縋《すが》るような表情で訊いた。

「ああ、本当だ。人は必ず死ぬものだと頭でわかっていても、どうもピンと来ない。手前ェが死んだら、いったいどうなるのか。本気で考えると、これは結構、恐ろしいことだ」

「そうなんだよ、甚助」

清兵衛は大きく相槌《あいづち》を打った。

「だがね、一つ言えることは、人には寿命というものがあって、それを全《まっと》うしなければ死ねないものなのさ。本当に死ぬ奴は、すっかり覚悟が決まって、恐ろしさも何も感じないと思うのだがね。だから、お前さんは、まだまだ大丈夫だよ」

「わしはもう五十三だ。寿命と言われてもおかしくない年だ」

だが、清兵衛は意気地《いくじ》なく口を返した。

「寿命は手前ェが決めるもんじゃないよ。天の神さんの采配《さいはい》だ。お前さんがこれでお陀《だ》仏《ぶつ》となるか、そうでないかは誰にもわからない」

下膨《しもぶく》れの顔の甚助は清兵衛を諭《さと》すように言った。

お互い年は取ったが、清兵衛は若い頃の甚助の顔を容易に思い出すことができる。痩《や》せて、頬《ほお》の肉はこそげ落としたように薄かった。

棒縞《ぼうじま》の着物に献上博多《けんじようはかた》の帯をきりりと締め、仲間と遊びに繰り出す甚助を、清兵衛は半《なか》ば羨《うらや》ましい気持ちで眺めていたものだ。だが、その頃、甚助は死の恐怖に捉《とら》えられていたという。今はその恐怖は微塵もないというのだろうか。

「お前は、もはや死ぬことは恐ろしくないのかい」

清兵衛はためしに訊いた。甚助はきゅっと眉《まゆ》を上げた。

「そうだねえ。あまり怖くはないね。だって、人は皆、いつも死と隣り合わせに生きているものじゃないか。じたばたしても始まらないと思えるようになったのさ」

「しかし、甚助。わしは手前ェのことになると、からきし意気地がなくなるんだ。情けない話だが」

「そんな気の弱いことじゃ、死神にとり憑《つ》かれて本当にあの世ゆきになっちまうよ」

甚助は冗談混じりに言ったが、清兵衛は笑わなかった。

「死神か……そこまで、わしを迎えに来ているんじゃなかろうか」

清兵衛は真顔で言う。甚助は吐息をついて部屋の中をぐるりと見回した。何を言っても清兵衛の慰めにはならないのだと諦めの気持ちにもなっていたらしい。

だが、甚助は床の間の隅に視線を移すと、はっとした顔になった。

「どうした、甚助」

清兵衛は怪訝な眼で甚助を見た。

「黙って」

甚助は床の間へ向き直り、低く般若心経《はんにゃしんぎょう》を唱《とな》え始めた。清兵衛は全く訳がわからなかったが、甚助のやることを言われた通り、黙って見ていた。

「この人は真面目に商売に励んで来たのだ。お前さんがここへ来るのはお門違いというものだ。何者だ、正体を明かせ！」

甚助は強い口調で言った。横たわっていた清兵衛は、甚助の尋常ならざる様子が恐ろしく、声も出せなかった。

だが、しばらくすると甚助は、「もうこれで大丈夫なはずだ。清兵衛、明日は床に起き上がれるようになるよ」と、言った。

その顔は、もう、いつもの甚助だった。

翌朝、清兵衛は普段と違う朝を迎えた。身体が軽い。昨夜はぐっすりと眠ったせいだろう。嫁が枕許に朝食の粥《かゆ》を運んで来た時、清兵衛は粥ではなく、歯ごたえのある普通の飯が食べたいと思った。それを言うと、嫁のおみちは大層驚いた表情になり、「ただ今、ご用意致します」と、慌てて応《こた》え、足音も高く台所に下がった。

改めて用意された朝食を清兵衛はきれいに平らげた。そればかりでなく、ものの三日も経つと、清兵衛は近所に散歩にも出られるようになった。家族はもちろん、近所の人々も驚きで目をみはった。それはそうだろう。もう後がないように見えていた清兵衛が別人のように元気を取り戻したのだから。

清兵衛は見舞いに来た時の甚助の言動が気になった。自分は死神にとり憑かれていて、それを甚助が追い払ってくれたとしか思えなかった。

家族に話せば笑い飛ばされるに決まっていたから、清兵衛は誰にも喋《しゃべ》らなかった。

清兵衛はほどなく、山下町にある伊勢屋を訪れた。

二

山下町にある伊勢屋も山城河岸に面していて平野屋とは近い所にあった。伊勢屋の目の前は江戸城の山下御門だった。

伊勢屋を訪れると、番頭はすぐに甚助に取り次いでくれた。甚助も、この頃は店に出ることが少なく、離れに建てた自分の部屋で書物を読んだり、盆栽《ぼんさい》の手入れをして過ごすことが多い。

甚助には息子はおらず、三人の娘がいた。上の二人はよそへ嫁に出し、一番下の娘に同業者の次男坊を婿《むこ》に迎え、跡を継がせたばかりだ。甚助も清兵衛と同じく、半ば隠居の身分だった。

番頭に促されて離れの部屋に行くと、甚助は黒の単衣《ひとえ》に黒の前垂れを締めた恰好《かっこう》で庭の草取りをしていた。甚助の女房は、とうに亡くなっている。甚助は一番下の娘のおさよが祝言を挙げてから、その離れで寝起きするようになった。それは若夫婦に対する気遣いでもあるのだろう。

離れには水屋が備えられており、縁側の突き当たりには厠《かわや》もある。隠居所としては申し分ない部屋だった。

伊勢屋で作られる蠟燭は漆《うるし》の実を精製した高級品で、大坂から運ばれる下《くだ》り蠟燭とは品質に大きな差があった。下り蠟燭は魚油を固めて作られ、火を灯《とも》すと異臭がする。だが、庶民は値段が廉価であるため下り蠟燭を使用するのがもっぱらだった。伊勢屋は小売の店に卸《おろ》す他は寺院や芝居小屋からの注文が多く、太い商いをしている。

若い頃の甚助は蠟燭職人に混じって蠟燭作りをしていた。溶けて飴《あめ》のようになった蠟を割り箸《ばし》状の木を芯《しん》にして、手で丸くこすり上げて作る。下が細く、上が太い円柱形にするのは、なかなか年季のいる仕事だった。

この蠟燭を拵《こしら》える仕種《しぐさ》が手淫《しゅいん》のそれに似ていることから、甚助はずい分、仲間にからかわれ、気の毒だと清兵衛は思っていた。

「ご精が出るね」

清兵衛は草取りをしている甚助に声を掛けた。すっかり回復した清兵衛を見て、甚助は笑顔を向けた。

「もう、大丈夫なのかい」

「お前のお蔭で命拾いをしたよ。おおきにありがとよ」

「別におれは何もしていないよ」

甚助は汚れた手を傍にあった水桶の中で濯《すす》ぐと、庭下駄を脱いで座敷に上がった。

「これはうちの板前に作らせた卵焼きだ。お前、好物だったろ？　少し多めに持って来たから、おさよちゃんと婿殿にも喰わせてやってくれ」

清兵衛は卵焼きが入った折詰を差し出した。

「快気祝いにしては気が利いている。何よりだ。遠慮なくご馳走になるよ。お前の所の板前は腕がいいからねえ」

甚助はそう言って掌《て》を叩き、内所《ないしょ》（経営者の居室）にいるおさよを呼んだ。ほどなく、おさよは盆に茶の入った湯呑《ゆのみ》をのせて現れた。

「小父《おじ》さん、いつもお父っつぁんがお世話になっております。また、この度は病の本復、おめでとう存じます」

丸髷《まるまげ》がまだ板につかないおさよは、丁寧に挨拶した。

「いやいや。お世話になっているのはこっちの方だよ。おさよちゃん、ご亭主とは、なかよくやっているかい」

「ええ……」

おさよは恥ずかしそうに頰を染めた。

「おさよ、清兵衛から卵焼きをいただいたよ。晩飯の時に喰おう」

甚助がおさよにそう言うと、「まあ、嬉しい。うちの人も喜びます」と、おさよは満面の笑みになった。おさよはすぐに、「ごゆっくり」と言い添えて折詰を抱えて内所に下がった。

「何んだ、あいつは。卵焼きに舞い上がって、ろくに愛想もない」

甚助は苦笑混じりに言う。

「おさよちゃんは、すっかり若お内儀だねえ。お前もこれで安心だろう」

「さあ、どうだか。婿が引っ込み思案な男だから、まだまだ店のことは任せられない」

「その内に婿殿もしっかりしてくるさ」

「そうかねえ」

「そうさ。今から余計な心配をすることもない。なるようになるもんだ。わしの倅も、からきし意気地のない男だが、店を任せてから、少しまともになったように見えるよ」

清兵衛は機嫌のよい声で言うと、湯吞に手を伸ばした。

「お前が見舞いに来てくれた翌日から、不思議に具合がよくなったんだよ。身体が元通りになると、見舞いに来てくれた時のお前の仕種が妙に気になってね。あれはどう考えても、お前が死神を追い払ってくれたようにしか思えない。そこんところを確かめに来たんだよ」

清兵衛は茶を啜《すす》ると続けた。

「よくなったんだから、そんなこと、どうでもいいじゃないか」

甚助は清兵衛の話を逸《そ》らそうとした。

「どうでもよくはないよ。お前はわしの命の恩人だ。心底、ありがたいと思っている。命拾いをした理由を聞かせてくれ」

清兵衛は縋るような口調になった。甚助は短いため息をついた。

「どうでも話せってかい？」

「ああ。それを聞かないことには後生《ごしょう》が悪くて叶わないよ」

「おれが何を言っても信じてくれるかい」

甚助は疑わしそうに念を押す。

「もちろんだよ」

清兵衛が大きく肯《うなず》くと、甚助は観念して話し始めた。

甚助が清兵衛の見舞いに訪れて部屋に入った時、何とはなしにいやな気分になったという。胸騒ぎも覚えた。

甚助は友の死期が近いのだと内心で覚悟した。しかし、清兵衛はろくに遊びも知らず、商売ひと筋にやって来た男である。女も女房以外知らない。清兵衛の人生は、ただ働いて終えるだけのものだったのかと思うと不憫《ふびん》で仕方がなかった。息子に商売を渡したのだから、せめて一年でも気随気儘《きずいきまま》に過ごさせてやりたかった。

それにしても、清兵衛が病に倒れたのは急だった。その前に何ん等《ら》かの兆候があるはずである。だが、清兵衛には、そんなことは微塵もなかった。甚助は、ある思いに捉えられた。何かにとり憑かれているのではないかということだった。そう思うと、俄かに清兵衛の部屋の気配が気になりだした。

すると、床の間の隅で、こちらに背を向けて座っている男が、おぼろげに見えた。床の間の付近は白い靄《もや》でも立ち込めたような感じだった。最初は板場で煮炊《にた》きする煙でも流れて来ているのかと思ったが、清兵衛の部屋は板場から離れた奥にある。そんなことはあり得ない。よく見ると、背を向けた男には首から上がなかった。甚助は悪寒《おかん》を感じた。それが清兵衛を死の世界に引きずり込もうとしている輩《やから》だと思った。

男の恰好は鳶《とび》職人のような感じにも見えたが、今どきの鳶職人より、よほどしおたれている。時代を遡《さかのぼ》った大昔の頃の職人ではなかったろうか。

山城河岸一帯は埋め立てしてできた町である。男は埋め立て工事に駆り出されて、不幸にも事故で命を落とした者に違いない。ろくに供養《くよう》もせずに、そのまま土の下に埋められてしまい、男の魂は行き場所もなく、辺《あた》りをふらふらしていたらしい。

そういうものに有効なのは般若心経か法華経のお題目。いや、各々の家の菩提寺《ぼだいじ》の宗派の経を唱えてもいい。

甚助の菩提寺は曹洞宗《そうとうしゅう》の末寺なので、子供の頃から唱えていた般若心経が口から出たのだ。

「そしたら、わし、またその男の霊が現れたら具合を悪くするのかい」

清兵衛は恐ろしそうに訊く。

「いや、いっぺんでいなくなったから、もうその心配はないだろう」

甚助は清兵衛を安心させるように言った。

「甚助、いい年して情けない奴だと思うだろうが、わし、恐ろしい」

清兵衛は子供のように怖気《おじけ》づいた。

「何も怖がることはないよ。自分さえしっかりしていたら、もうとり憑かれるようなことはない」

「わし、自信がない。この気持ちをどうしたらいいだろうねえ」

「そうだねえ、平気になるためには……」

甚助はそこで言葉を濁した。

「どうする」

清兵衛は甚助の話を急《せ》かした。

「もっと怖い話を聞くことかな。もっとたくさん」

「………」

清兵衛は甚助が呆《あき》れるほど意気消沈した。

「清兵衛、お前さんは命拾いをしたと言ったね」

「ああ」

「これから少し、無駄なことをしないか」

甚助は突然、そんなことを言った。

「無駄なこと？」

「ああそうだ。遊びをしないかと誘っても、おれもお前さんもいい年だ。酒はそれほど飲めないし、女も格別ほしいとは思わないだろ？」

清兵衛は返答に窮した。酒はともかく、自分に靡《なび》いてくれる女が現れたら、どうなるかわからないと思った。

「おや、まんざらでもないような顔つきをしているよ。その調子なら大丈夫だ。おれの言う無駄なこととは、あいにく色気抜きだ。百物語というのを知っているかい」

甚助は試すように訊いた。

「ひと晩で、怖い話を百語るという、あれかい？　百語り終えた時に何かが起きるんだろう」

「そうそう。何かが起きては困るから、おれ達の集まりでは百なんて語らない。せいぜい十《とお》がいいところだ」

「お前はその集まりの常連なのかい」

「ああ」

「知らなかった」

「別にお前さんに、わざわざ知らせることでもないだろう」

「…………」

「どうだい。お前さんも行く気はないかい」

甚助は清兵衛を誘った。無駄なこととは、その話の会に行くことだったようだ。

「いいのかい」

「おれの紹介なら連中もいやとは言わない。一見《いちげん》さんはお断りだがね」

まるで高級料理茶屋のような扱いだ。清兵衛は甚助の話にそそられた。順番ごとに話をするが、作り話はいけないという。又聞きでも本当にあった話をしなければならない。とり敢えず、清兵衛は自分が病から回復した話をすればいいのだ。集まりの長《おさ》は回り持ちで、その月の長が場所を決める。夕方に集まり、仕出し屋から取り寄せた料理などで食事をする。掛かりは、その月の長が賄《まかな》う。だから、ある程度、懐に余裕がなければ集まりには加われない。

清兵衛は自分が長になった時、平野屋に呼べばいいと思った。

食事が終わり、食後の茶を飲みながら、いよいよ話が始まるのだ。ひとつ話が終わると、それについて皆んなであれこれ意見を出す。お開きの時間はそう遅くならない。せいぜい五つ（午後八時頃）か五つ半（午後九時頃）まで。清兵衛にとって、さほど無理を強《し》いられることのないものだった。

「今月は明日になるんだが、お前さん、さっそく行くかい」

甚助は清兵衛の気を惹《ひ》くように訊いた。

「ああ、是非とも連れてってくれ」

清兵衛は張り切って応えた。

三

その月の「話の会」は京橋近くの水谷町《みずたにちょう》にある菓子屋「龍野屋《たつのや》」だった。主の龍野屋利兵衛《りへえ》は昨年還暦を迎えた男だった。利兵衛もとっくに娘夫婦に商売を渡していた。清兵衛は龍野屋の勝手口から甚助に続いて入った。利兵衛は如才なく中へ促す。初顔の清兵衛を見ても、さして驚くふうはなかった。

どうやら甚助は事前に清兵衛のことを皆んなに話したらしい。もっとも、突然行っても、食事の仕度が困るというものだったが。

「皆さん、お待ちですよ」

利兵衛は皺《しわ》深い小さな顔をほころばせて言う。

「何んだ、おれ達が最後かい。こりゃ、申し訳ないねえ」

「平野屋さんが新しく加わるということで、皆さん、大層楽しみにしておりましたよ」

利兵衛は清兵衛に親しげな眼を向けて言った。利兵衛は甚助の伴《とも》で一、二度平野屋に来たことはあったが、言葉を交わしたことはない。だから、好意的な利兵衛の表情に清兵衛は面喰らった。

「そんな。手前の方こそ皆さんのお仲間に入れていただき、恐縮でございますよ」

清兵衛は畏《かしこ》まって頭を下げた。

「ささ、中へどうぞ」

利兵衛は二人を客間へ促した。

客間では三人の男と一人の女が座っていた。

皆、年寄りかと思っていたら、三人の男達は存外に若かった。まだ三十代の後半か、四十代だろう。集まりでたった一人の女は三十がらみの年増で、大層粋《いき》な風情《ふぜい》があった。清兵衛がその年増の横の座蒲団に座ると、年増は扇子を使っていた手を止め、軽く会釈《えしゃく》した。

部屋の中は障子を開け放しているが、少し蒸し暑かった。龍野屋は、江戸では老舗《しにせ》の部類で、店の構えも古風である。床の間や違い棚も時代を感じさせた。清兵衛の店のように、しょっちゅう、畳替えはしないようで、その客間の畳は赤茶け、けばが立っているところもあった。だが、甚助も他の者も一向に頓着《とんちゃく》したふうはなく、皆、寛《くつろ》いだ表情をしていた。

「皆さん、こちらが平野屋さんですよ」

甚助が気軽に清兵衛を紹介すると、他の男達は慇懃《いんぎん》に頭を下げた。

年増は一中節《いっちゅうぶし》の師匠をしているというおはん、他の男達は町医者の山田玄沢《げんたく》、論語の私塾を開いている中沢慧風《けいふう》、それに北町奉行所で例繰方《れいくりかた》同心を務める反町譲之輔《そりまちじょうのすけ》だった。

清兵衛は玄沢や慧風はともかく、奉行所の同心をしている反町が仲間に入っていたことに大層驚き、また緊張もした。皆、町家の連中とばかり思っていたからだ。

「平野屋さんは反町の旦那がいらっしゃるので硬くなっているご様子ですよ」

おはんは清兵衛の表情を見て冗談混じりに言った。低い声だが、身体がぞくぞくするような色気が感じられた。薄物仕立ての濃紺の着物に白っぽい帯を締め、翡翠色《ひすいいろ》のきれいな帯締めをしていた。

「そ、そんな……」

清兵衛は図星を指され、口ごもった。

「いや、拙者、奉行所の役人と申しても、下手人を捕まえる仕事ではなく、役所で調べ物をしているばかりの男でござる。あまり堅苦しくお考えになりませぬよう」

分別臭い表情をした反町は清兵衛の緊張をほぐすように言った。痩せて色黒の男である。何か言う度に喉仏《のどぼとけ》が大きく上下した。

同心は着流しに紋付羽織という恰好がお決まりだが、その時の反町は単衣にへこ帯を締めただけの普段着だった。清兵衛は皆んなとは初対面であるので、単衣の上に黒の無紋の羽織を重ねていた。甚助は羽織なしで、渋い縞の着物に献上博多の帯をきりりと締めている。

「手前、平野屋清兵衛と申します。何卒よろしくお願い致します」

清兵衛は誰にともつかずにそう言って頭を下げた。

「ささ、皆さん、お腹《なか》がお空きでしょう。まずは腹ごしらえをなさって下さい」

利兵衛は娘と女中に膳を運ばせながら言った。膳の内容は精進料理で、ごま豆腐、青菜のお浸し、小芋とがんもどきの炊き合わせ、つゆを掛けた冷たい蕎麦《そば》、茶飯、大根の薄切りの入った吸い物が並んでいた。酒は銚子に一本だけそれぞれの膳についていた。

利兵衛は席に着くと、「それでは、何もございませんが、どうぞお召し上がり下さい」と声を掛けた。他の者は一斉に「いただきます」と頭を下げ、箸《はし》を取った。

「平野屋さん、おひとつ」

おはんが銚子を勧めた。

「おっ師匠《しょ》さんのようなおきれいな方からお酌《しゃく》をしていただけるなんて嬉しいですなあ」

清兵衛は相好《そうごう》を崩した。

「まあ、そんなことをおっしゃって。あたしなんて、もうお婆《ばあ》ちゃんですよ」

「いやいや、まだまだこれからですよ」

「さ、どうぞ」

「おっ師匠さんのお酌じゃ、いつもより酔っぱらってしまいそうですよ」

清兵衛の軽口は止まらなかった。商売抜きであまり人と飲み喰いしたことはなかったので清兵衛は妙にはしゃいでいた。甚助はそんな清兵衛を苦笑しながら見ていた。

精進料理だから物足りないのではないかと思っていたが、膳のものを全部平らげると、腹は満杯になった。その後で出された龍野屋自慢の梅餡《うめあん》の最中《もなか》には手が出せず、清兵衛は懐紙《かいし》に包んで着物の袖にしまった。

膳が片づけられ、食後の茶で喉を潤《うるお》す頃、利兵衛は部屋の真ん中に紙燭《しそく》を置いた。それと同時に連中は座蒲団を持って立ち上がり、紙燭を中心に車座になった。

「人身は至りて貴《たっと》くおもくして、天下《てんか》四海《しかい》にもかへがたき物にあらずや。然《しか》るにこれを養ふ術《すべ》をしらず、慾を恣《ほしいまま》にして、身を亡ぼし命をうしなふ事、愚かなる至り也。身命と私慾との軽重をよくおもんぱかりて、日々に一日を慎み、私慾の危ふきをおそるる事、深き淵《ふち》にのぞむが如く、薄き氷をふむが如くならば、命ながくして、つひに殃《わざわい》なかるべし。豈《あに》楽しまざるべけんや。命みじかければ、天下四海の富を得ても益なし。財《たから》の山を前につんでも用なし。然れば、道にしたがひ身をたもちて、長命なるほど大なる福《さいわい》なし。故に寿《いのちなが》きは、尚書《しようしよ》に、五福の第一とす。これ万福の根本なり」

中沢慧風が朗々と唱えた。読本《どくほん》の中にある文句らしい。慧風は私塾の師匠らしく、白《しろ》絣《がすり》の着物に黒い小倉《こくら》の袴《はかま》を着けていた。

医者の山田玄沢は総髪で、御納戸《おなんど》色《いろ》の着物に茄子《なす》紺《こん》の透ける羽織を重ねている。

慧風が唱え終えると、つかの間、沈黙が訪れた。

「今のは何んだい」

清兵衛は小声で甚助に訊いた。清兵衛の左隣りがおはんで、右隣りが甚助だった。

「貝原益軒《かいばらえきけん》という人の『養生訓《ようじようくん》』の抜粋《ばつすい》だよ。誰しも命を大事にということだ」

甚助は少し煩《わずら》わしい表情で清兵衛に教えた。

「へえ」と感心した途端、利兵衛は、小さな錫杖《しやくじよう》をしゃらん、しゃらん、と鳴らして、「ひとつ灯せ〜」と、抑揚《よくよう》をつけた声で言った。

「ええい！」

後の連中が一斉に続けた。清兵衛は何も彼《か》も初めてのことなので、いちいち、驚きととまどいを覚えた。

「これは、わたしの父親から聞いた話でございます」

山田玄沢は重々しい口調で話し始めた。

どうやら、その夜、話の口火を切るのは玄沢と決められていたらしい。おはんの扇子がぱたぱたと音を立てている。扇子には香が焚《た》き染《し》めてあるのか、大層いい匂いがした。

「わたしの父親は、若い頃、さる藩に抱《かか》えられ、毎朝、お殿様を始め、奥方様、お子様達のお脈をとっておりました。お殿様はその時、三十代の若さでしたが、労咳《ろうがい》を患《わずら》っておりまして、そのために藩はお世継ぎ問題で揉《も》めておりました。お殿様は持病よりも、お世継ぎ問題に深く頭を悩ませていらした由《よし》」

「お気の毒に」

おはんが眉根を寄せて低い声を洩らした。

「お殿様はわが身の不運を嘆き、毎夜、お床の中で涙をこぼされておりました。このまま命がはかなくなったあかつきには、まだ七歳の若君様や、三人のお姫様の前途も危ぶまれるというものでございました。藩の重臣達の中には若君様よりも、お殿様の弟君を跡目に立てようと画策《かくさく》しておる者がいたそうです。もう、お殿様にとっては気が気ではございません。なぜなら、弟君もお身体がご丈夫ではなく、癇《かん》を立てて倒れられることが度々というお方でした。そのような方が藩主に就かれては、藩政は一部の重臣に牛耳《ぎゅうじ》られてしまうというものです。どうしたらよいものかと案じられていたある夜……」

深夜になっても、藩主はなかなか眠られなかった。不眠は日に日に高《こう》じていくような気がした。

親身になって相談できる家臣は、その時の藩主には一人もいなかった。藩主は深い孤独を感じていた。

その時、突然、藩主はちゃかぽこという賑《にぎ》やかなお囃子《はやし》の音を聞いた。はて、こんな真夜中に謡《うたい》の稽古《けいこ》でもしているのかと藩主は不審に思ったが、不思議に腹は立たなかった。

耳を澄ませると、どうやらその音は枕許に回してある屏風《びょうぶ》の陰から聞こえているようだ。部屋の外で宿直《とのい》を務めている家臣には聞こえていないのか、それともいねむりでもしているのか、一向に誰も現れない。

やがて、賑やかなお囃子とともに、烏帽子《えぼし》、水干《すいかん》姿の人形が屏風の陰から列をなして行進してきた。それぞれに太鼓《たいこ》や笙《しょう》、横笛、鼓《つづみ》を携《たずさ》えている。

藩主は最初、器械《きかい》仕掛けの人形かとも思ったが、よく見ると、それは三寸（約十センチ）ほどの小人だった。藩主は格別恐怖も覚えず、小人達の行進に目を凝《こ》らした。

やがて小人達は鳴り物を止めると藩主の方に向き直り、「おめでとう存じまする」と、一斉に頭を下げた。藩主はめでたいことなどひとつもないのにと内心で思ったが、小人達の手前、「重畳至極《ちょうじょうしごく》である」と、言葉を返した。それから、小人達はまたひとしきり鳴り物を奏《かな》で、しばらくしてから屛風の陰に去って行った。

藩主は小人達のことが気になり、起き上がって屛風の陰を覗《のぞ》いたけれど、そこには影も形もなかったという。

翌日から藩主の病状は次第によくなり、若君が元服を迎えるまでめでたく藩政を執《と》り、お家は今日に至っても安泰だという。

「まあ、いいお話。あたしも小人の行列をこの眼で眺めてみたいものですよ。福の神だったのでしょうかねえ」

おはんは弾んだ声を上げた。聞いていた清兵衛も不思議な心地がした。本当にそんなことがあるのだろうか。それは殿様が夢か幻でも見たのだろうとも考えられるが、話の会で作り話は禁止されているという。事実と思うしかないのだろう。

「これには後日談がございまして、ある日、そのお殿様は小納戸《こなんど》役の家臣から長く使われていない掛け軸について伺いを立てられたということです」

玄沢は茶で喉を湿すと続けた。あまりに傷みが激しいものは処分するつもりだったが、由緒のある品であった場合、注意が必要だった。

藩主は長持ちに収められていた掛け軸を自ら手に取って眺めた。お家が始まって以来の品が何幅もあった。中には手を触れただけで破れてしまいそうなものもあった。

その中で藩主は見たことのある図柄の掛け軸に気づいた。絵の具の色も褪《あ》せ、全体が薄茶色に染まっていたが、それは藩主がいつかの夜に見た小人の楽隊に相違なかった。藩主の孤独を慰め、病の床から救ってくれた小人達の絵だった。

藩主はそれを表装し直し、丁重に扱うことを小納戸役の家臣に命じたという。

修復された掛け軸を居室の床の間に掛け、藩主は生涯、その掛け軸に掌を合わせて感謝の気持ちを忘れなかったという。

清兵衛にとって初めて聞く話だった。しかし、話の会の連中はさほど驚いた顔をしていなかったし、さりとて不審を抱いているふうでもない。清兵衛には話の内容よりも連中の反応の方が興味深かった。

「これと似たような話は、わたしも知っております」

玄沢の話が終わると、中沢慧風が口を挟んだ。一同は慧風に向き直った。ひとつ話が終わると、類似した話を持ち出すのが会の流れであるらしい。果たして、清兵衛の予想した通りに小人話が続いた。

「これは、わたしの近所にある商家の主から聞きました」

慧風は居ずまいを正した。

十数年前の大晦日《おおみそか》。その主は一人で留守番をしていた。妻子は実家に戻り、たった一人いる番頭は掛け取り（集金）に出ていた。大晦日の集金がうまく行かなかった場合、主は店を畳まなければならない状況に陥《おちい》っていた。

大口の得意先が潰れ、店はそのあおりを喰らっていけなくなったのだ。主はその夜の内に首を縊《くく》る算段をしていた。それほど追い詰められていた。

番頭はなかなか帰って来ず、正月の仕度もできなかった台所は、がらんとしてうら寂しかった。火鉢の炭を掻《か》き立てたが、炭も残り少ない。空きっ腹に茶ばかり飲んで、主の腹は、がぼがぼと音を立てていた。その水腹を摩《さす》りながら主は何度もため息をついた。心細さはたとえようもなかった。

もはや四つ（午後十時頃）を過ぎたが、番頭は一向に戻る様子もない。あるいは集めた金を持ってトンズラをきめ込んだものだろうか。それならそれで仕方がない。主は自棄《やけ》にもなっていた。外は雪でも降って来たのか、部屋の中は妙に冷え込んでいた。と、その時、主の耳に賑やかな話し声が聞こえた。最初は近所から洩れて来たものだろうと思っていたが、どうやらそれは台所の戸棚の方から聞こえる。主は恐る恐る戸棚へ近づくと、果たして話し声は大きくなった。主は恐る恐る戸棚の一番上の引き戸を開けた。

そこには、きらびやかな衣裳をまとった小人達が愉快に談笑していたという。主に気づくと小人達は一斉に声をひそめた。主は見てはならないものを見てしまったと思い、そっと戸を閉めた。すると、賑やかな話し声がまた続いた。

「それで、その旦那さんの店は持ち直したのですね」

おはんが訊くと慧風は大きく肯いた。

「その小人達の正体は何んだったのでしょうか。山田先生のお話は楽隊でしたが」

甚助が訊くと、慧風は、「恵比寿《えびす》、大黒天《だいこくてん》、弁財天《べんざいてん》、布袋《ほてい》、福禄寿《ふくろくじゅ》……要するに七福神だった訳ですね」

「おめでたい話ですな」

甚助はやや皮肉な口調で応えた。

それから、雛《ひな》人形が真夜中にお喋りをしていたとやら、五月人形の若武者が唸《うな》り声を洩らしたとやら、ひとしきり小人に関係する話が続いた。その夜の話の会では清兵衛が恐ろしく思えるようなものは出なかった。期待していただけに清兵衛は少しがっかりした。

やがて時刻になると、龍野屋の仏壇に皆んなで掌を合わせ、それで会はお開きとなった。

四

「どうだった」

清兵衛と肩を並べて家路を辿《たど》りながら、甚助は感想を訊いた。

「うん、おもしろかったよ。だが、内心じゃ、もっと恐ろしい話が出るのかと身構えていたんで、少々、気は抜けたが」

「そうかい。おれは十分、恐ろしかったがね」

そう言った甚助に清兵衛は怪訝な眼を向けた。

「小人のどこが恐ろしいというのだ」

「そいじゃ、大男だったらよかったのかい」

「…………」

「身の丈三寸ほどの人なんざ、気持ちが悪いじゃないか。多分、お前さんは小人が危害を加える心配がないと思って、そんなことを言うんだろう」

「当たり前だ。小人なんて、何かあったら、ひと捻《ひね》りにしてやるというものだ」

「その後で災いが起きたらどうする」

「それは……」

清兵衛は言葉に窮した。

「この世には理屈のつけられないことがたくさんあるのさ。それを徒《いたずら》に恐れず、こんなこともあるんだなあと、素直に耳を傾けるのが会の趣旨さ。もっとも、今夜はお前さんが初めてだったから、山田先生も柔らかい話にしたようだが」

清兵衛を最初から怖がらせてはいけないという配慮があったらしい。そう気づくと、甚助に憎まれ口を叩いた自分を清兵衛は後悔した。

「話の前にひとつ灯せ、と口上を入れるのはどういう訳だい」

清兵衛は話を逸らすように訊いた。

「話の会に出るのはこの世のものとは思えない、言わば闇の話だ。そこで闇に光を与えるつもりで、ひとつ灯せ、と言うのさ。闇と光で平衡《へいこう》を保つのさ。そうすれば恐ろしさは和《やわ》らぐし、災いも避けられる。なに、これは地獄絵を描く絵師からの受け売りさ。そういう絵を描いていると、気のせいか身体の調子を悪くするらしい。それで、絵のどこかに救いを入れるといいそうだ」

「救いって？」

「絵の隅にでも観音像《かんのんぞう》やお釈迦《しゃか》様を描くんだよ」

「なるほどねえ、それで平衡を保つのか……でもまあ、皆んなは怪談が相当に好きな連中なんだね」

清兵衛が無邪気に言うと甚助は首を傾《かし》げた。

「違うのかい」

立ち止まって清兵衛は甚助の顔をまじまじと見た。伊勢屋が目の前まで来ていた。

「皆、一度ならず妙なことを経験しているんだよ。お前さんのように」

清兵衛は、はっとした。そうだった。自分も死の床から這《は》い上がったからこそ、話の会に参加する気になったのだ。

「甚助、それじゃあ、お前もかい」

「ああ」

「どんなことがあった」

「それは、おいおいに話してやるよ。いっぺんにあれもこれもじゃ、お前さんの頭がどうにかなってしまうよ」

甚助はさり気なく清兵衛の話を躱《かわ》した。

「来月は中沢先生が会の長だったね。その時、また一緒に行こう」

甚助はそう続けて伊勢屋の勝手口に通じる狭い路地へ入って行った。

妙な気分だった。山城河岸はひっそりと静まり、時折、外濠の岸に生えている葦《あし》がざわざわとそよいでいる音が聞こえるばかりだ。

平野屋の前まで来ると、今夜は客も早々に引き上げたらしく、手代が雨戸を閉《た》てているところだった。

「大旦那様、お帰りなさいまし」

手代の卯吉《うきち》は愛想のいい声を上げた。

「ああ。もう仕舞いかい」

「はい。今さっき、最後のお客様がお帰りになりました。今夜は久しぶりにわたし等も早寝ができそうです」

「ご苦労さんだったね」

清兵衛はねぎらいの言葉を掛けて、店の中に入った。

内所には寄らず、清兵衛はそのまま自分の寝間へ戻った。女房のおたつは縫い物をしながら清兵衛の帰りを待っていた。

「お戻りなさいまし。いかがでした」

おたつは清兵衛の後ろに回って羽織を脱ぐのに手を貸しながら訊く。

「まあ、おもしろかったよ。甚助が一緒だったから、初めてでも気後れすることはなかった」

「よろしゅうございましたね」

四十九のおたつは、めっきり皺が多くなった。料理茶屋のお内儀として、長年店を切り守《も》りしてきた頼もしい女房だ。久兵衛に商売を任せたとはいえ、まだまだおたつの出番はなくならない。

「あら、お袖に何か入っていますよ」

おたつは羽織の袖を探って言う。

「ああ、それは龍野屋で出た最中だ」

「まあ、ちょうど甘いものがほしかったところですよ。お茶を淹《い》れていただきましょうよ」

「そうだね。半分ずつにしよう

清兵衛も機嫌のよい声で応えた。

「あら、この最中、すっかり潰れてしまって」

最中を袖に入れたことはすっかり忘れていたから、帰る途中で潰してしまったのだろう。

「なに、口に入れりゃ、どうということもないよ」

清兵衛は意に介するふうもなく応えた。

「何んだか、食べてしまうのが惜しいですよ」

「どうしてだい。お前、甘いものがほしかったと言ったばかりじゃないか」

「でも、最中が福禄寿様みたいになっているんですもの」

おたつの言葉に清兵衛はぎょっとした。慌てておたつの手許を見ると、最中のひしゃげた形はおたつの言うように福禄寿の顔に見えないこともなかったが、そんなたとえを持ち出したおたつが清兵衛には不思議だった。

話の会で七福神の話は出たが、それはまだおたつに話していなかったのだ。

「お前一人でお食べよ。わしはお茶だけでいい」

清兵衛はそう言った。食べる気がしなくなっていた。

「そうですか。よろしいんですか」

清兵衛が寝間着に着替えると、おたつは火鉢の上にのせた鉄瓶で茶を淹れた。それからおたつは嬉しそうに最中を口に運んだ。

話の会の余韻と、銚子の酒の酔いで清兵衛は少し疲れを覚えた。夜が更けて眼も霞《かす》んできたらしい。おたつの顔がいつもと変わって見える。何んだか、やけにおでこが伸びているようにも感じられた。はて、おたつはこんなにおでこの広い女だったろうか。清兵衛は慌てて眼をこすった。

おたつの顔は清兵衛の霞んだ眼には福禄寿のそれになっていた。

短い悲鳴が清兵衛から上がった。

「どうしました」

怪訝そうに訊く声も男のように太くしわがれている。

「妙法蓮華経、南無妙法蓮華経……」

清兵衛は慌てて法華経のお題目を唱えた。

おたつはそれがおかしいと声を上げて笑う。

「この最中、とってもおいしい」

無邪気に言うおたつの顔を、清兵衛はそれ以上、正視することはできなかった。そそくさと蒲団にもぐり込んだ。

すると、話の会で語られたことが俄かに恐ろしく感じられた。小人だったから怖くなかったなどと、甚助に豪気に言った自分は愚か者だった。

福禄寿は、そんな清兵衛の傲慢《ごうまん》さに喝《かつ》を入れるつもりでおたつの顔に現れたのだろうか。

こんなことは誰にも言えない。言えば笑われるに決まっている。ああ、きっと話の会の連中は誰にも話せなくて、月一回の会に心情を吐露《とろ》して溜飲《りゅういん》を下げているのだと合点した。

清兵衛は自分が異界に足を踏み入れてしまったのだと思った。だが、もう後戻りはできない気がした。

その時、清兵衛が感じていたものは、期待よりも恐れおののく気持ちの方が強かった。

山城河岸の夜は清兵衛の思惑にかかわらず、しんしんと更けていった。

首ふり地蔵

一

大川は川開きを迎え、初日は恒例の花火大会が開催された。鍵屋《かぎや》、玉屋《たまや》の花火師が一年も掛けて工夫した花火は今年も江戸の夜空に弾《はじ》けた。両国橋は隙間《すきま》もなく人で埋め尽くされ、その下の大川も涼み舟で川面《かわも》が見えないほどだったという。

川遊びは陰暦五月二十八日から八月の晦日《みそか》まで許されている。山城河岸《やましろがし》にある料理茶屋「平野屋《ひらのや》」は、川開きの恩恵こそさほど賜《たまわ》らないが、それでも季節柄、客足は途絶えなかった。

江戸は夏の盛りだった。

六月の「話の会」は平野屋で開かれることになった。いや、順番は別の者に決まっていたのだが、平野屋清兵衛《せいべえ》は新参者の仁義をきって、ここは是非とも皆さんに料理を振る舞いたいと申し出たのだ。

話の会の連中も順番が違うなどと堅いことは言わず、素直に清兵衛の言う通りにしてくれた。話の会とは理屈では割り切れない世の中の様々な話を語り合う集まりだった。怪談の会と言った方がわかりやすいかも知れないが、清兵衛達の会は、それとは少し趣《おもむき》が違う。

たとえば清兵衛は死神にとり憑《つ》かれて、命を奪われそうになったところを間一髪で救われた。それと同様に会の連中も何んらかの不思議な体験を持っているようなのだ。清兵衛は、まだ連中の体験については詳《くわ》しく知らない。これから、おいおいに明かされていくことだろう。様々な話に耳を傾け、意見交換するのが会の趣旨で、徒《いたずら》に恐怖を煽《あお》ることはしない。そんな会の姿勢に清兵衛は好感を持っている。

清兵衛は張り切っていた。板前にこと細かく指図して粗相がないよう何度も念を押した。

会の部屋は離れの座敷を使うことにした。そこは清兵衛の父親の隠居所だったが、父親が死んでから使われておらず、物置代わりにしていた。いずれ清兵衛はその部屋で暮らしたいと考えていた。それでこの際、家の者に掃除をさせ、仏壇を運び、床の間には山水画の掛け軸と季節の花を飾った。

離れには狭いながら庭師に作らせた石庭がついている。それにも手を入れると、客を招くにはお誂《あつら》え向きの風情《ふぜい》のある部屋になった。

「お父《と》っつぁん、やけに張り切っていますね」

清兵衛は息子の久兵衛《きゅうべえ》にからかわれた。

「わしはね、甚助《じんすけ》に命を救われたのだよ。わしは死神にとり憑かれて、危うく命を落とすところだったんだ。今でもその時のことを考えると震えがくるよ。わしは臆病者だ。何を聞いても平気でいられるように、甚助に頼んで話の会に加えて貰ったのだよ」

「へへえ、そうですか」

久兵衛は死神どころか幽霊、狐狸《こり》の類《たぐい》を一切信じない男である。平野屋で話の会を開きたいと言った時、面と向かって反対はしなかったが、他のお客様の迷惑にならないようにしてくれと清兵衛に釘を刺した。平野屋の隠居が怪し気なことをしていると噂《うわさ》が立っては商売に差し支えると思っているようだ。

「それは十分わかっているよ。だから離れを使うんじゃないか」

「仏壇まで運ぶのは、やり過ぎじゃないですかねえ」

久兵衛は呆《あき》れた表情で言う。

「祟《たた》りが起きないように仏様を拝《おが》むんだよ。おたつは仏壇の掃除ができてよかったと言っていたよ。お前に商売を渡したんだから、わしも、そろそろ本格的に隠居暮らしを始めようと思ってね。おたつも異存はないと言ってくれたし」

清兵衛の女房の言葉を伝えると久兵衛は黙った。自信のなさそうな表情だった。

「おやあ？　お前、心細いのかい」

清兵衛は悪戯《いたずら》っぽい顔で訊《き》いた。

「わたしはまだ若造です。何も彼《か》も一人でこの店を取り仕切ることはできませんよ。お客様もお父っつぁんとの長年のつき合いでいらっしゃってるんだし」

「久兵衛、もうわしを当てにするな。これからはお前の才覚で店を守《も》り立てておくれ」

「それはわかっておりますが……」

「お前は二人の子供の父親だ。おみちもしっかりしているし、何も心配することはないよ。お前の祖父《じい》さんが死んだ時、わしはお前よりずっと若かった。それでも何んとかやって来たんだ。無茶さえしなけりゃ、平野屋は当分安泰だよ」

おみちは二十五になる久兵衛の女房のことである。

「でも、何かあった時は力になって下さい」

三十二にもなっているのに久兵衛は意気地《いくじ》なく清兵衛に縋《すが》った。

「当たり前じゃないか」

そう言うと久兵衛は、少し安心して笑顔になった。苦労知らずで育ったので、久兵衛は鷹揚《おうよう》な表情をしている。人に騙《だま》されなければよいがと清兵衛は内心でいつも心配していた。

「しかし、怪談の会に入るなんて、お父っつぁんも相当にもの好きだ」

久兵衛は苦笑混じりの顔で続けた。

「この世には説明のつかないことが山ほどあるよ。不思議で不思議でたまらない。しかし、何んだな、驕《おご》らず、昂《たか》ぶらず、謙虚な気持ちを心掛けていれば、そうそう恐ろしいことは起きないよ」

「魑魅魍魎《ちみもうりょう》の類は人の驕った気持ちに喝《かつ》を入れるために現れるということですか」

「そうかも知れないね」

「何んだかよくわからないけど、ま、とり敢えず、お父っつぁんの好きにすることですよ。それでお父っつぁんが元気になるのなら、わたしも反対するつもりはありませんから」

久兵衛はそう言って、寄合に出席するために出かけた。

おたつと嫁のおみちは話の会に興味津々《きょうみしんしん》で、離れに料理を運ぶ役目を引き受けてくれた。

ついでに話の一つも聞きたいという魂胆《こんたん》である。怖がりのくせに怪奇な話を聞きたがる。後でどうなっても知らないよ、と清兵衛は二人に言った。

夏場の料理は生ものを外すのが料理茶屋の心得である。客が生ものを食べて腹痛《はらいた》でも起こしたら目も当てられない。わかめの酢の物や豆腐の田楽、冬瓜《とうがん》の葛煮《くずに》、なすの揚げだし等、野菜中心の献立《こんだて》の中に柳川鍋を一つ入れて料理にめりはりをつけた。季節の水菓子や老舗《しにせ》の菓子屋の寒天で拵《こしら》えた菓子も用意させ、全体に涼し気な風情を心掛けた。絽《ろ》の着物に紗《しゃ》の帯を締め、清兵衛は嬉々《きき》として話の会の面々を待った。

二

話の会の面々は時刻になると三々五々集まって来た。

北町奉行所で例繰方《れいくりかた》同心を務める反町譲之輔《そりまちじょうのすけ》は務め向きで少し遅くなるので、先にやっててくれと連絡があった。

清兵衛はおたつに命じて膳を運ばせた。

「料理屋さんに足を運ぶのは久しぶりでございます」

論語の私塾を開いている儒者《じゅしゃ》の中沢慧風《けいふう》は嬉《うれ》しそうに言った。

「平野屋さんは、料理茶屋としては江戸でも評判が高いのですよ、中沢先生」

甚助は清兵衛を持ち上げるように言った。

「わたしは祖父の法事の時に一度平野屋さんを使わせていただきました。親戚の者も料理には満足しておりましたな。法事と申しても、所詮、飲み喰いする集まりですから、まずい料理ではどうしようもありません」

町医者の山田玄沢《げんたく》が口を挟んだ。

「畏《おそ》れ入ります」

清兵衛は慇懃《いんぎん》に頭を下げた。

「おっ師匠《しょ》さんは、おさらい会の後に料理茶屋で打ち上げをなさるのでしょう？」

甚助は一中節《いっちゅうぶし》の師匠をしているおはんに訊いた。

「ええ。ですけどね、春に行ったお店は、ひどかったですよ」

おはんは清兵衛も聞いたことのある日本橋の料理茶屋をこき下ろした。刺身は生きが下がり、吸い物は白湯《さゆ》を飲んでいるように味がなかったそうだ。

「さて、おっ師匠さんがどんな採点をなさるか、手前は少々、恐ろしい」

清兵衛は冗談めかして言う。清兵衛はおはんに気を惹《ひ》かれていた。最初に会った時から、おはんの色っぽい風情が好ましかった。

「あら、平野屋さんに限って、そんなことはありませんよ。ご心配なく」

おはんは清兵衛を安心させるように笑った。

おはんは白い襦袢《じゅばん》が透けて見える茄子《なす》紺《こん》の単衣《ひとえ》に白い博多帯を締めている。帯締めは渋い、えんじ色。着こなしはさすがに垢《あか》抜けていた。

「さて、それではご遠慮なくお召し上がり下さいませ」

会の連中の前に箱膳が揃《そろ》うと、清兵衛は立ち上がり、頭を下げてそう言った。

「いただきます」

連中も一礼して箸《はし》を取った。

「清兵衛、相当に無理をしたのじゃないかい」

甚助は膳を眺めてそう言った。

「なあに。半年に一度のことだ。これぐらいは何んともありませんて。ご心配なく」

清兵衛は鷹揚に笑った。

「来月はわたしになるんだが、皆さん、平野屋さんと比べては困りますよ」

慧風が冗談めかして言ったので、一同は朗《ほが》らかな笑い声を立てた。そうこうする内に、ようやく反町譲之輔が大汗をかいて現れた。

「遅れて申し訳ござらん。何しろ突飛《とっぴ》な事件が起こったものですから、古い裁許帖《さいきょちょう》を引っ繰り返して今まで掛かってしまいました」

反町はお務めの恰好のままだった。

「旦那、突飛な事件とは何んです？」

おはんが銚子の酒を勧めながら心配そうに訊いた。

「いや、それは後ほど」

「まあ、そうですか」

おはんは少し残念そうに応《こた》えた。奉行所で起きた突飛な事件とは、話の会の連中が興味を惹かれる類のような気がする。おはんは、それに感づいているのだと清兵衛は思った。

　連中は清兵衛が出した料理に満足している様子だった。清兵衛も安心して自分も箸を取った。

　銚子一本の酒では物足りないが、話の会は、宴会ではない。空腹で怪奇な話を聞いては具合を悪くする。そのための食事だった。銚子一本の酒も、ほどよく緊張を和らげるのが目的だった。

　食事は小半刻《こはんとき》（約三十分）で終わる。膳を片づけ、いよいよ話が始まった。仏壇の扉が開かれ、灯明《とうみよう》も灯《とも》され、線香の煙が静かに座敷に流れた。

　大ぶりの紙燭《しそく》が中央に置かれると、連中はいつものように車座になった。おたつとおみちは部屋の隅に遠慮がちに座っている。二人が話を聞くことは、前以《まえもっ》て連中に了解を取っていた。

「本日は鴨長明《かものちようめい》殿の『方丈記』から一つ」

　慧風が袴《はかま》の裾《すそ》を捌《さば》いて姿勢を正した。

　鴨長明は久寿《きゆうじゆ》二年（一一五五）、今日の下鴨神社の禰宜《ねぎ》をしていた鴨長継《ながつぐ》の次男に生まれた。子供の頃から琵琶《びわ》や和歌に親しんでいたが、十八歳頃に父親を亡くしてから暮らしは一変する。それから死ぬまで恵まれない人生を送った。歌人としては有名で、源実朝《みなもとのさねとも》に和歌の講義もしていたという。

長明は五十歳の時に出家し、隠遁《いんとん》生活を送った。『方丈記』はその頃の長明の心境を最もよく表したものだった。

「ゆく河の流れは絶えずして、しかも、もとの水にあらず。よどみに浮かぶうたかたは、かつ消え、かつ結びて、久しくとどまりたるためしなし。世の中にある人とすみかと、またかくのごとし。たましきの都のうちに、棟《むね》を並べ、いらかを争へる、高き、いやしき人の住まひは、世々を経《へ》て尽きせぬものなれど、これをまことかと尋ぬれば、昔ありし家は稀《まれ》なり。あるいは去年《こぞ》焼けて今年作れり。あるいは大家《おおいえ》滅びて小家《こいえ》となる。住む人もこれに同じ。所も変はらず、人も多かれど、いにしへ見し人は、二、三十人が中に、わづかに一人二人なり。朝《あした》に死に、夕べに生るるならひ、ただ水の泡にぞ似たりける。知らず、生れ死ぬる人、いづかたより来りて、いづかたへか去る。また知らず、仮の宿り、誰《た》がためにか心を悩まし、何によりてか目を喜ばしむる。その主《あるじ》とすみかと無常を争ふさま、いはば朝顔の露《つゆ》に異ならず。あるいは露落ちて、花残れり。残るといへども、朝日に枯れぬ。あるいは花しぼみて、露なほ消えず。消えずといへども、夕べを待つことなし」

慧風が滔々《とうとう》と唱える言葉に皆、神妙に聞き入る。おはんは眼をじっと閉じていた。

清兵衛は「方丈記」の言葉がすべて理解できた訳ではないが、そこはかとなく世の無常を感じた。あくせく生きたところで、人はいずれ死ぬのだ。

だが、自分には守らなければならないものがあると清兵衛は思う。商いと家族だ。それを守り抜いて死にたい。徒に無常ばかりも感じてはいられなかった。

「ああ、何んて心が洗われるような言葉でしょう。あたし、自分のしていることが恥ずかしくなりますよ」

だが、おはんは感動した声で言った。

「ま、我々は世俗にまみれて暮らしておりますからな、たまにはこのように隠遁者の言葉に耳を傾けるのもいいものです」

甚助が鹿爪《しかつめ》らしく言うと、反町も、「全くですな」相槌《あいづち》を打った。

「わたしは頭が悪いので、半分も意味がわかりませんでした」

京橋近くの水谷町《みずたにちょう》で菓子屋をしている龍野屋《たつのや》利兵衛《りへえ》は頭を掻《か》いて口を挟んだ。

「簡単に言えば、あくせく暮らしても、人はいずれ誰でも死ぬものだということです」

慧風は利兵衛を貶《おとし》めることなく、親切に説明した。

「へい、ごもっともで」

利兵衛はようやく納得した顔になった。それから利兵衛は携《たずさ》えて来た錫杖《しゃくじょう》をおもむろに取り出し、それをしゃらんと鳴らして、「ひとつ灯せ～」と、声を張り上げた。

「ええい！」

面々は一斉に声を揃えた。清兵衛も力んだ声で唱えた。

「反町の旦那、よろしかったら、さきほどの突飛な事件とやらをお聞かせ願えませんか」

おはんは反町の言葉が気になっていたようだ。それは清兵衛や他の連中も同じだった。

「鼻が利きますな。それでは本題に入る前に少しお話し致します。ただし、お務め向きのことなので、あまり詳しいことは申し上げられませぬ」

「それはようくわかっておりますよ」

おはんは扇子を使いながら応えた。おはんの様子を清兵衛の女房のおたつはじっと見ている。清兵衛が気を惹かれていることは、とっくに気づいているのかも知れない。

部屋の中は蒸し暑かった。時々、庭からひと筋の風が通り、連中の汗ばんだ額をつかの間、心地よく撫《な》でた。

日本橋で廻船問屋《かいせんといや》を営む主が、ある夜、夢を見た。見知らぬ男が現れ、主の寝ている部屋の床下に観音像が埋められているから、掘り出して丁寧に洗い、主の菩提寺《ぼだいじ》に納めてくれと言った。夢にしてはやけに鮮明で、主はさっそく奉公人に言いつけて床下を掘らせた。

果たして、二尺（約六十センチ）ばかり掘ったところに木製の観音像が埋められていたという。あまり精巧な造りではなく、鉈《なた》で大雑把に彫ったような代物《しろもの》だった。主はそれを丁寧に洗い、寺に納める前に仏壇に飾り、親戚の者を呼んで、これ、このように不思議なことがあるものだと語った。大抵の者は興味深そうに観音像に見入り、掌《て》を合わせたが、二人の男だけ、「こんな小汚い観音像などあるものではない。寺に納めるのは勝手だが、そのために寺に幾らか包まなければならないのは無駄ではないか」と言った。

主はそう言われて、少し迷った。なるほど観音像はいかにもみすぼらしく、威光があるふうでもなかった。主は根っからの商人だから金の問題を持ち出されて、それもそうだと思ったのだ。

だが、それからしばらくして、二人の男は不慮の事故で命を落とした。主には偶然とは思えなかった。これは観音像が男達に祟ったものだろうと考え、慌てて菩提寺に観音像を納めたという。

二人の男の事故に立ち会った北町奉行所の同心は、あたかも観音像の祟りでもあるかのように報告書を書いた。

それを読んだ反町は俄《にわ》かに疑問を覚えたという。人を災いから守る観音像が祟りなど起こすものだろうかと。それで、かつての似たような事例に当たったらしい。

「それで、以前にも観音像が祟りを起こしたという例はございましたか」

おはんは怪訝《けげん》な表情で訊いた。

「いや、そういうことはございません。海や川で仏像を拾ったとか、あるいは廻船問屋の主のように家の庭や床下から出てきたのは、これまでもままあったことでございますが。おおかたはねんごろに扱って、むしろ家が繁栄したという話の方が多いです。皆さんはどのようにお考えですかな」

反町は試すように一同を見回した。

「きっと、罰当たりなことを言ったので、二人の男は命を落としたのでしょうな」

龍野屋利兵衛は、ぽつりと言った。

「それじゃ、龍野屋さんは、祟りが起きたと考える訳ですね」

おはんは確かめるように訊く。

「わたしにはそうとしか考えられません」

利兵衛は、きっぱりと応えた。

「旦那、二人の男が亡くなった原因は何んです？」

甚助が口を挟んだ。

「それが……一人は酔って溝《どぶ》に嵌《は》まって溺《おぼ》れ死に、もう一人は女との別れ話のもつれで、相手に刺されたんですよ」

「つまらない死に方をしたものです。幾ら酔っていたからって、溝で溺れ死ぬなんて……」

甚助は呆れた顔で言う。

「全くでござる。大の男が一尺（約三十センチ）ばかりの水量の溝で溺れるとは。落ち着いて立ち上がれば膝ほどの深さしかないとわかったものを。相当に慌てていたのでしょうな。また、もう一人の男も身持ちがよろしくありませんでしたな」

反町は不愉快そうに眉間《みけん》に皺《しわ》を寄せた。

「これは祟りというものではありませんな」

甚助は決めつけるように言った。

「どうしてそんなことがわかる」

清兵衛は甚助の顔を睨《にら》んだ。清兵衛も観音像をないがしろにした二人の男に罰が下ったのだと信じて疑わなかった。

「二人の男は観音像に限らず、仏壇を拝んで先祖を供養することも、まして先祖のお蔭で今の自分があることも、まるで考えない輩《やから》だったと思われます。目先の利に捉《とら》われてばかりで。そういう者がろくな死に目に遭《あ》わないのは道理です。ま、二人の男が続いて死んだので、周りはどうしても偶然とは考えられなかったのでしょうな」

「いかさまな」

甚助の言葉に反町はようやく納得したように相槌を打った。

「日頃の心掛けでございますね」

おはんも肝《きも》に銘《めい》じたような顔で言う。

「さて、観音像に因《ちな》んだ訳ではありませんが、拙者、本日は地蔵の話をお聞かせ致します」

反町は改まった顔で一同に言った。

三

五つ半（午後九時頃）に会の連中は引き上げたが、清兵衛は甚助を引き留めた。二人でもう少し飲みながら話をしたかった。

漬物となめものを肴《さかな》に二人はゆっくりと銚子の酒を注ぎ合った。

「おみちちゃんは大丈夫かね。真っ青な顔をしていたよ」

甚助はおみちの様子を心配した。反町の話が佳境に入った時、おみちは横にいたおたつにしがみついた。おたつも嫁の背中を撫でながらこわばった表情をしていた。清兵衛はそれを見て、わが家の嫁と姑《しゅうとめ》は存外うまくいっているのだと思ったものだ。

「なに、是非にも聞かせてくれと言ったのは、向こうだ。気にすることはない」

清兵衛は埒《らち》もないという顔で応えた。

「今夜は二人とも眠れないのじゃないかい」

「わしも最初の会の後は眠れなかったものだ」

「ほう」

甚助は無邪気な笑顔を見せた。笑うと愛嬌《あいきょう》のある顔になる。

「反町様のお話にぞっとしたのは何が理由だったのかと考えているんだよ」

清兵衛は遠くを見るような眼になって言う。

障子の外の庭は漆黒の闇に包まれている。時折、蛍であろうか、ちかちかと、か細い光が瞬《またた》いた。

反町譲之輔は家に奉公する下男から聞いた話をした。下男は六十過ぎの男で、もう三十年余りも反町家に奉公している。国は信州の片田舎で、下男がそちらにいた頃は人並に所帯を持っていたという。江戸に出て来てからは、ずっと独り者だった。地蔵の話は、その下男に関係のあるものだった。

「お地蔵さんは田圃《たんぼ》の畦道《あぜみち》の傍《そば》なんぞに赤いべろ掛けをして立っているよ。通り掛かった人が野の花を供《そな》えたりしてね。それを見るのはいいものだ」

甚助は以前にどこかで見掛けた地蔵を思い出したように言った。江戸から離れたことのない清兵衛は寺の境内《けいだい》に置かれている地蔵が頭に浮かんでいた。あれは確か水子供養の地蔵だったか。

「お地蔵さんって、子供の守り神なんだろ？」

清兵衛はうろ覚えの知識で訊いた。

「そうだね。幼くして死んだ子供が賽《さい》の河原で苦しんでいるのを地蔵が救うと信じられているよ」

「どうして慈悲深いお地蔵さんが大の男に仇《あだ》するんだよ。下男が喰い詰めて江戸へ出て来たのは、そのすぐ後のことじゃないか。わしにはお地蔵さんが下男を国から追い払ったとしか思えなかった」

「その通り、追い払ったのだろうよ」

甚助は低い声で応えた。

「どうして」

苦い表情で猪口《ちよこ》の酒を飲み下した甚助を清兵衛はじっと見た。

「反町の旦那は下男の家の事情まで詳しくおっしゃらなかったが、下男は妻子を捨てて江戸に出て来たのだよ」

「ああ、それは何んとなく察しがついたよ」

「それだけなら、世間でもよくあることだが、下男の場合は国にいた時、子供を育てられなくて間引《まび》きをしていたんだと思う」

「間引き……」

清兵衛は甚助の言葉を鸚鵡《おうむ》返しにした。ぞっと背中が粟立《あわだ》った。

「飢饉《ききん》があったそうだね。日照りが続いて、その後で洪水に見舞われた。田圃も畑も滅茶苦茶だ。自分達の喰い物も調達できないのに、どうして子供を育てられる。下男は切羽詰まって事に及んだんだよ、きっと」

「それでお地蔵さんが怒ったってことかい」

「怒ったんだろうね。因果なことをする原因はお前が作ったんだろうがってさ」

反町の話では間引きのことには触れられていなかった。下男は毎朝、粗末な弁当を持って田圃や畑に出かけた。作物は穫《と》れなくても、来年のために下準備をしておかなければならない。

田圃と畑は家から離れた場所にあった。

その途中、下男は仄暗《ほのぐら》い森の道を通る。地蔵はその森の入り口付近にひっそりとあった。

いつの頃からか、下男は地蔵の傍を通る時、微《かす》かな物音を聞くようになった。最初は動物の鳴き声かとも思っていたが、その内にはっきりと「うん」と低く肯《うなず》く声だとわかった。濁りのない透明な声だった。読経《どきょう》で鍛《きた》えた寺の坊主の声にも似ていた。

朝、地蔵の前を通る時に「うん」、帰る時も「うん」。

気味が悪かったが、その内、下男も慣れ、地蔵が「うん」と言えば、下男も「うん」と応えるようになった。

そして事件は起こった。恐らく、その事件の前に下男はわが子を間引きしたのかも知れない。

仕事を終えた下男はいつものように地蔵の傍を通った。地蔵は「うん」と唸《うな》った。下男も「うん」と応え、何気なく地蔵を見た。

柔和な地蔵の首がその時、肯くように前後に揺れた。硬い石の地蔵の首がこんにゃくのように柔らかく上下に動いた。下男は呆気《あっけ》に取られて地蔵を見つめた。

地蔵はそれから何度も肯いた。肯く度に唸った。

うんうんうん……。

いつもとは明らかに様子が違った。

下男は悪寒《おかん》を感じて、慌ててその場を去った。三町ほど歩くと、下男はようやく落着いてきた。庄屋に報告しようか、いやそれよりも村に一つだけある寺の住職に相談しようか。

下男は思案しながら歩き続けた。家まではまだまだ遠かった。通り過ぎる人もいない道を下男はとぼとぼと歩いた。

ようやく藁《わら》葺《ぶ》き屋根の自分の家が見えた頃、下男は後ろから足音がついて来るのに気づいた。子供がけんけんをするような足音だった。

下男の子供達の誰かがふざけているのかとも思った。さっさと家に入っておっ母ァの手伝いをしろ、下男は叱《しか》るつもりで振り向いた。

だがそこには、子供ではなく地蔵がいた。ぴょんぴょんと跳ねながら、首を振りながら。

　柔和な表情のままで、うんうんうん……。

　その後の記憶は下男にはないという。だが、下男が村を出たのは、それから間もなくのことだった。

「そんな怖い思いをしたんじゃ、とても仕事には出かけられないだろうね」

　甚助は下男に同情して言う。

「そうだね……」

　清兵衛も相槌を打った。

「何んだい、何を不審そうにしている」

　甚助は訊いた。清兵衛が腑《ふ》に落ちない顔をしていたからだろう。

「お地蔵さんは怖くない。うんと言う声も当たり前なら怖くない。これは動くはずのないものが動き、聞くはずのない声を聞いたから怖いのかねえ」

　清兵衛は怖さの理由を確かめようとする。

「うんという声が連続しているところもミソだね。うんうんと、ずっと言われたら、お地蔵さんでなくとも気味が悪い。普段聞いてる何気ない言葉が場合によって怖さの原因になることもあるよ」

「たとえば？」

清兵衛は甚助の言葉を急《せ》かした。

「おっ師匠さんはさ、昔、押し込みに入られたことがあるんだよ」

甚助はおはんを持ち出した。

「え、本当かい」

「ああ。おっ師匠さんは、材木屋をしている旦那がいたんだよ。早い話、囲われていたんだな。弟子からの束脩《そくしゅう》（謝礼）だけでは、とても喰っていかれなかったからね」

そう聞いて清兵衛は自分でも驚くほど意気消沈した。独り身だとばかり思っていたおはんに、そんな生臭い事情があったのかと思った。淡い恋心に水を差されたような気分だった。だが甚助は清兵衛に構わず話を続けた。

「もう、その旦那は亡くなったがね。生前は月に二度ばかりおっ師匠さんの所へ通っていたらしい。普段の夜は女中と幼い倅《せがれ》だけになる。賊《ぞく》は前々からおっ師匠さんの家に目をつけていたんだろう。ま、命だけは取られなかったのが不幸中の幸いだったよ」

「それはそうだが……」

清兵衛は力なく応えた。

「賊は三人だったが、その中の一人のもの言いが、やけに舌足らずでさ、おっ師匠さん、未《いま》だに忘れられないと言っていたよ」

清兵衛は黙ったまま甚助のふくよかな顔を見つめた。

「普通は静かにしろィって凄《すご》むんだろうが、そいつは、ちずかにちろって喋《しゃべ》ったそうだ。どうも、さしすせそがうまく言えない男だったらしい。ちずかにちろだぜ」

甚助は清兵衛の顔色を窺《うかが》うように言う。

「そして、金をだちェ、かい？」

清兵衛も相槌を打つ感じで言った。

「そうそう。ま、そんな喋り方をする男だから、すぐに足はついたがな。子供の舌足らずは可愛いものだが押し込みの舌足らずは相当に怖い……やあ、お地蔵さんの話とは、ちょっと逸《そ》れてしまったかな」

甚助は話が的外れになったかと気づいて苦笑いした。

「お地蔵さんはどうなったのだろうね」

清兵衛は地蔵のその後が気になった。

「さあ、そこまでは反町の旦那もおっしゃっていなかったが、元の場所に今も立っていると思うよ」

「わしはお地蔵さんを見る度にその話を思い出しそうだ。わしも『うん』と肯かれたらどうしよう」

「大丈夫だよ。清兵衛はお地蔵さんの怒りを買うことなんてしていないから」

甚助は清兵衛を安心させるように言った。

甚助は少し酔って四つ（午後十時頃）過ぎに帰った。

女中に後片づけを命じて清兵衛は寝間に向かった。おたつは先に床に就《つ》いていた。こめかみに頭痛膏《ずつうこう》を貼っている。

「具合が悪いのかい」

清兵衛は枕許《まくらもと》に座って、おたつの顔を覗《のぞ》き込んだ。

「ええ、ちょっと」

おたつは低い声で応える。

「だから話を聞くのはよしなさいと言ったんだ」

清兵衛は少し怒気を含んだ声でおたつを詰《なじ》った。

「お前さんは平気だったのですか」

おたつは疑わしそうに訊く。

「平気なものか。だけど、様々な話を聞いて平気になろうとしているんだよ」

「薄気味が悪い話でございましたね。あたしはまた、四谷怪談《よつやかいだん》のような幽霊話とばかり思っていたものですから」

「うらめしや〜ってかい？　ばかばかしい」

清兵衛は苦笑しながら吐き捨てた。

「お地蔵さんのことなんですけど……」

おたつは半身を起こし、襟許《えりもと》を直した。

「何んだい」

「離れのお庭の隅に小さなお地蔵さんがあるのはご存じでしたか」

その話は初耳だった。

「どこにある」

「北側の隅に。ちょうど松の樹と大きな石の陰になっておりますので、お部屋からは見えませんけど」

「………」

「お舅《と》っつぁんとおっ姑《か》さんは、何もおっしゃってはおりませんでしたね。庭師の為五《ためご》郎《ろう》さんに言われて気づいたのですよ。そうしましたら、誂えたようにお地蔵さんのお話で、あたしとおみちは、もう驚いたの何んの……」

おたつは、まだ恐ろしそうな表情が消えなかった。

「離れの部屋は親父が建てたけれど、庭は祖父さんが拵えた。どういうつもりで地蔵なんて置いたんだか」

清兵衛は苦々しい顔で言う。

「どうしましょう」

おたつは清兵衛の顔色を窺いながら訊く。

「どうしようって言われても、どうしようもないじゃないか。まさかほかす訳にもいかないし……お前が時々、供え物をして、ねんごろに扱ってくれ」

「あたしがですか」

おたつは眼を大きく見開いた。

「いやなのかい」

「いやですよ。あんな話を聞かされた後じゃ」

「そいじゃ、おみちにでもやらせなさい」

「おみちだって、いやですよ」

「…………」

「お前さんがなさって下さいまし」

「わしだっていやだよ」

「それじゃ、どうするんですか」

おたつは詰るように言う。

「なに、今まで何もしなかったんだ。そのままにしておけばいいよ」

清兵衛はそう言って、自分も着物を脱ぎ、寝間着に着替えて床に就いた。

おたつは清兵衛の着物を衣紋竹《えもんだけ》に吊るすと、大きなため息をついた。

四

夏は暑気払いに肝だめしが催《もよお》されることが多い。

木挽町《こびきちょう》五丁目にある武家屋敷の家臣達で開かれる「錬胆《れんたん》の会」もその一つだった。精神力を鍛える名目ではあるが、なに、中身は悪ふざけである。

十二、三人の家臣が集まり、百物語の趣向で行なう。つまり、青紙を貼った行灯《あんどん》を並べて、話が一つ終わるごとに、行灯の火を消すのだ。本当の百物語の会は百基の行灯を使うのだが、予約を受けた平野屋は、とてもそんな数の行灯は用意できず、半分の五十基を離れの部屋に運んだ。蠟燭《ろうそく》は伊勢屋に頼んだ。平野屋での掛かりは、すべて屋敷の勘定方から支払われる。江戸詰めの家臣の無聊《ぶりょう》を慰めるための費《つい》えだった。

甚助は自ら蠟燭を運んで来た。ついでに行灯に一本ずつ蠟燭を収めてくれた。

「蠟燭より、灯《あか》り油の方が安上がりだが、それでは肝だめしの気分が出ないのだろうね。お蔭でおれも助かるが」

甚助はそんなことを言う。

「どうだね、甚助。一杯やらないか」

甚助がすべての行灯に蠟燭を収めると、清兵衛は誘った。

「毎度ご馳走になっては、おさよに叱られるよ」

甚助は遠慮がちに応える。おさよは甚助と同居している末娘のことだった。

「なに、いいじゃないか。今夜は連中のお守りを任されているんだよ。久兵衛の奴、怖《おじ》気《け》をふるって、お父っつぁん、頼むよと言ってきたんだ。連中が引き上げるまで、わしも手持ち無沙汰だからさ、お前と酒でも飲んで時間を潰《つぶ》そうと思ったんだよ」

「若旦那は怪談の類が苦手なのかい」

「侍が苦手なだけさ。酔っ払うと無体《むたい》なことをするからね。ま、今夜の掛かりもまともに取れるかどうかわからない。お武家のお屋敷は、どこも火の車だ」

「それでも断れないんだろ？」

「ああ。断ったりしたら、どんないやがらせをされるか」

「渋々でも断らないところは、さすが平野屋だ。どれ、そいじゃ、お言葉に甘えてご馳走になろうか」

甚助は嬉しそうに顔をほころばせた。

離れに近い四畳半の小座敷に簡単な酒肴《しゅこう》の用意をさせ、二人は時々、連中の様子に気を遣《つか》いながら酒を飲んだ。

清兵衛は宴の途中で挨拶に出向いた。二十五、六から三十半ばぐらいの男達が集まっていた。最初は飲み喰いに忙しいようで、蟇蛙《ひきがえる》のような野太い笑い声が盛んに離れから聞こえた。だが、夜も更けるとともに笑い声は鳴りを鎮《しず》め、時折、皿小鉢の触れ合う音がひっそりと聞こえるばかりだった。

「連中は、どんな話をするんだろうね」

甚助は興味深そうな顔で言う。

「わし達の話の会とは違うよ。おどろおどろしい話ばかりさ。おまけに話す方が、これでもかというほど大袈裟《おおげさ》にするから質《たち》が悪い」

「ちゃんと仏様を拝んでいるんだろうか。何か呼び込んだとしたら大変だ」

甚助は妙な言い方をした。

「呼び込む？」

「ああ。どういう訳か怪談を始めると、奇妙なことが起きるよ。気持ちのせいかも知れないがね。怪談なんて、なるべくしない方がいいのだ。また、怪し気な場所に近づかないことも肝腎《かんじん》だ」

「怪し気な場所？」

「遊郭のことじゃないよ。いわゆる出るという噂のある場所だ」

「お前は行ったことがあるのかい」

「ああ。若い頃、幽霊が出ると噂になっている場所に、よせばいいのに夜中に仲間と行ったんだよ」

「その場所はどこだい」

「浅草田圃の小さな鳥居のある所さ。何しろ昔のことなのでよく覚えていないよ。赤ん坊を抱えた女房の幽霊が出ると評判だった。何んでも浮気した亭主を恨んで、女房は子供を道づれに自害したらしい」

「それで、お前は幽霊を見たのかい」

清兵衛はぐっと身を乗り出して訊く。

「いや、見なかった。だが、その近くに行くと、何んとはなしに、いやな気分になった。空気が重いというか、濃いというか……」

「いたんだな」

「ああ。仲間は気配を感じて、もう引き上げようと言った。おれも踵《きびす》を返した。その時、なぜか悲しいような寂しいような気持ちになったんだ。仲間はさっさと先に行ってしまった。追い掛けようとしても足が思うように進まないのさ。おれは餓鬼《がき》のようにべろべろ泣いてさ、甘え声にもなって、待って、待ってと叫んだんだ。仲間はおれの様子にひどく驚いていたよ」

「子供の霊にとり憑かれたのかな」

「多分な。般若心経《はんにゃしんぎょう》を唱え、成仏《じょうぶつ》して下さいと必死で祈ったよ。それでようやく平静を取り戻した。あのままでいたら、どうなったのかわからない」

甚助は苦汁を飲んだような表情になって言った。

「仏様をからかうものじゃないね。さて、離れはどうなったか」

甚助の話が終わると、清兵衛は離れの様子が気になった。物音一つしない。

「どうしたんだろうね。何も話し声がしないよ」

そう言うと、甚助は真顔になった。

「様子を見てこようか」

甚助は手燭《てしよく》を持って立ち上がった。清兵衛も慌てて後を追う。

どうした訳か、離れは真っ暗だった。

「もし、お武家様、いかがなさいました」

清兵衛が声を掛けると、「ひッ」という声が聞こえた。

「真っ暗では足許が危のうございますよ」

清兵衛がそう言うと、ようやく、「灯《ひ》を、灯を点《つ》けてくれ」と、脅《おび》えたような声が聞こえた。

甚助は中へ入り、手探《てさぐ》りで行灯の一つを見つけると、手燭の火で灯りを点けた。

行灯に照らされた部屋には男達が呆《ほう》けたような表情で座り込んでいた。周りは箱膳が引っ繰り返り、皿小鉢が畳に散乱していた。

「お客様。手前どもも商売でございますので、少々、お騒ぎになる分には眼を瞑《つぶ》りますが、これは、やり過ぎではございませんでしょうか。畳はもう使い物になりませんです、はい」

清兵衛はちくりと皮肉を言った。畳は吸い物や醤油《しょうゆ》のしみが拡がっていた。

「これは拙者等の仕業《しわざ》ではない。庭から突然、石の塊《かたまり》が激しく回りながら飛び込んで来て、部屋の中を滅茶苦茶にしていきおったのだ」

連中の一人が吐息混じりに応えた。暑さで肌脱ぎになった男の身体は、所々、擦《す》り傷ができていた。

「はて、それは面妖《めんよう》な。石の塊が飛び込んで来るなどと。竜巻が起きた訳でもございませんのに」

清兵衛は疑わしい眼で連中を見回した。拵え話をしているかとも思ったが、連中の髪は風に煽られたように、そそけていた。

「余計なことを申し上げますが、少々、質の悪いお話をなさいませんでしたか」

甚助が恐る恐る訊くと、連中は互いに顔を見合わせた。

「肝だめしをなさるのは勝手でございます。しかし、程度をわきまえないと、このようなことになります。まあ、百物語ですから、語り終えた後に何が起きるか知れたものではございませんが」

甚助は連中を戒《いまし》めるように言った。

「百は語っていないぞ」

痩《や》せて色黒の男がむきになって言う。その男の額は殴《なぐ》られたように赤くなっていた。

「それでは、立ち入ったことをお訊きしますが、どのような内容のお話をしたのでございますか」

甚助は皿小鉢をどけて座る場所を作ると、慇懃な表情のまま訊いた。侍達は、普段なら町人ごときにする話ではない、と木で鼻を括《くく》ったような態度になるのだが、その時は妙に神妙だった。

「猫はお産の現場を人に見られると、危険を感じて子猫を喰うてしまうそうだ。人も飢饉などで喰い物がなくなると、人肉を喰らうと聞いたことがある。年寄りより子供の肉が、さぞかし美味であろうと話したまでのこと」

最初に事情を説明した男が応えた。清兵衛のうなじがぞっと粟立った。石の塊とは、もしかして庭の地蔵ではないかと思ったからだ。

「簡単におっしゃいますが、口にするには、少々、差し障《さわ》りのあるお話でございましたな。興味本位でそのようなお話をしてはなりません」

甚助の言葉に男達はようやく納得したように肯いた。

「ささ、これ以上、ここにいては、また何が起きるかわかりません。どうぞ、お引き取りを」と、甚助は連中に帰宅を促《うなが》した。

連中は鼻白《はなじろ》んだ表情で、素直に引き上げていった。

「やれやれ、後始末が大変だ」

清兵衛は深い吐息をついた。開けていたはずの仏壇も扉がぴったりと閉《た》てられている。仏様の加護も、これでは期待できなかったようだ。

「さて、おれもそろそろ引き上げるとするか。お蔭でおもしろい場面に出くわした」

甚助は愉快そうに言う。清兵衛はそれを、「しッ」と制した。

「何んだい」

甚助は怪訝な顔で訊く。

「庭の隅にお地蔵さんがいるんだよ」

「本当かい」

「祖父さんがどこからか持って来たらしい。この間、話の会の時に庭師に手入れを頼んでわかったんだよ」

「それで合点《がてん》がいったよ。連中が子供を貶めることを言ったんで、お地蔵さんが腹を立てたのだね」

「甚助、お地蔵さんをそのままにしていいものかねえ。わし、恐ろしいよ」

「大丈夫だよ。案外、平野屋の守り神なのかも知れないよ。迷惑な客を追い払ってくれたじゃないか」

「それはそうだが。畳の掛かりが増えたよ」

「天下の平野屋がみみっちいことを言いなさんな」

甚助は豪気に言った。

清兵衛は離れの後片づけが済むと、寝間へ戻る前にもう一度、様子を見に行った。不思議なことに、あれだけ拡がっていた吸い物や醤油のしみは雑巾でひと拭《ふ》きしただけで跡形もなく消えていた。

畳の表替えを覚悟していただけに清兵衛は、ほっと安堵《あんど》した。自然に庭に向かって掌を合わせる気持ちになった。

「本日はまことにありがとうございます。お蔭で不謹慎な客を追い払うことができました。これからも何卒《なにとぞ》、平野屋をよろしくお引き立てのほどを。わたしは間違っても人の命を粗末に扱うようなことは申しません。お約束致します。また、可愛い孫達を後々までお守り下さいますよう、何卒、何卒、お願い申し上げる次第にございます」

仕舞《しま》いには縁先に手を突いて清兵衛は深々と頭を下げた。

「うん？」

後ろで肯く声が聞こえ、清兵衛はぎょっとした。地蔵が清兵衛の言葉に肯いたのかと思ったのだ。だが、それは違った。

久兵衛が清兵衛の様子に怪訝そうにしていたのだ。

「お父っつぁん、何をしているんですか」

「いや、侍が散らかした部屋がどうなったのか心配で様子を見ていたんだよ」

「ひどい連中でしたね。侍の面汚しというものだ。あんなのが揃っていたんじゃ、お屋敷の将来が危ぶまれますよ」

「全くだ」

「伊勢屋の小父《おじ》さんはお帰りになったんですか」

「ああ。さっき帰った」

「小父さん、お内儀《かみ》さんが早くに亡くなったので、寂しいでしょうね」

「おさよちゃんがいるから大丈夫だよ」

「小父さん、蠟燭屋をするより霊媒師になればいいのに」

久兵衛は妙なことを言う。

「霊媒師は、これで結構、修行がいるんだよ。わしにとり憑いた死神を追い払ったぐらいでは、とてもとても……」

清兵衛は苦笑混じりに応えた。

「子供の頃、小父さんと一緒に湯屋へ行ったことがあるんですよ。帰りに水茶屋であられ湯を飲ませて貰って、嬉しかったものですよ。その時、通りで質屋の若旦那とすれ違った。小父さん、若旦那と顔見知りだったから気軽に声を掛けた。だけど、何んとなく小父さんは鼻を覆《おお》ったんです。わたしは若旦那の口が臭かったのかなって思ったのだけど、そうじゃなかった」

久兵衛が何を言いたいのか清兵衛には察しがついた。甚助が嗅《か》いだものは死臭だったのだ。質屋の若旦那は間もなく流行《はや》り病《やまい》に見舞われて亡くなっている。

「それから、小父さんのことが気になって。小父さんが鼻を覆うそぶりをすると、それは決まって……」

「よしなさい」

たまらず清兵衛は声を荒らげた。

「甚助は手前《てめ》ェがそんな質《たち》だってことを喜んでいると思うのかい。人の死を予測できるなんざ不幸なことだ。人は手前ェがいつまで生きられるかわからないから、今日を生きられるのじゃないか。霊媒師になればいいなどと、勝手なことを言いなさんな」

「すみません。言葉が過ぎました」

久兵衛は殊勝《しゅしょう》に謝った。

「しかし、わたしは霊感も働かないし、怖い思いもしたことがありませんよ。お父っつぁんとは大違いだ」

久兵衛は清兵衛の機嫌を取るように続けた。

「結構なことだ。そのまま一生を送れるなら、これ以上のことはないよ。ささ、お客様はまだ引き上げないかい」

「萩《はぎ》の間のお客様だけです。それもおっつけお帰りになるでしょう」

「ご苦労だったね」

「お父っつぁんこそ、今夜はご苦労様でした」

久兵衛はようやく笑顔になった。

夜中になっても蒸し暑さは衰えない。

しかし、暑い暑いと言っても、ほんの三月《みつき》ほどのことだ。すぐに秋がやって来る。

この秋は甚助ともみじ狩りにでも出かけたいと思った。残された時間を清兵衛は有効に使いたい。無茶をしない程度に楽しむ。

自分にはもう、それが許されているはずだ。

来月は中沢慧風の所で話の会が開かれる。

つかの間、おはんの色っぽい顔が浮かんだ。だが、それと同時に押し込み強盗の稚拙なもの言いも思い出した。

僅《わず》かに悪寒を感じ、清兵衛は慌てて行灯の火を吹き消した。

離れの障子を閉じる刹那《せつな》、清兵衛は庭から「うん」と肯く声を聞いた。

清兵衛はそれを空耳だと思いたかった。

箱根にて

一

山城河岸《やましろがし》で平野屋《ひらのや》という料理茶屋を営む清兵衛《せいべえ》が「話の会」に参加するようになって四ヵ月が過ぎた。今では会の面々とも、すっかり打ち解けた清兵衛である。

会では不可思議な話が披露されるが、会の連中は決してからかったり、あるいは無闇《むやみ》に恐れたりしない。起きた事実に対して冷静に判断を下す。野次馬根性の強い清兵衛も、いつしか連中に倣《なら》って、ものごとを落ち着いて考えるようになった。

それにしても、世の中には理屈で割り切れないことが様々あるものだ。さまよえる霊はこの世の人々に何を訴えたいのか、異形のものは人々に何を警告しているのか。清兵衛の興味は尽きなかった。

町家の出入り口に菊の鉢物が目につくようになった。白、黄色、えんじ色の小菊は傍《そば》を通る人々にかぐわしい匂いを放っている。

平野屋の母屋の坪庭にも黄色の小菊が今を盛りと咲き誇っていた。空気が冷え込んでくると、菊の色はなおさら際立つように思える。

江戸はそろそろ紅葉の季節を迎えていた。

たまにはもみじ狩りをかねて、外で話の会を催《もよお》したらどうかと言ったのは北町奉行所で例繰方《れいくりかた》同心を務める反町譲之輔《そりまちじようのすけ》だった。会の連中もすぐさま賛成し、品川の海晏寺《かいあんじ》にしようか、はたまた滝野川《たきのかわ》にしようかと思案していた。どちらも紅葉の名所である。

ところが、言い出しっぺの反町は奉行所の廊下を歩いていて、羽目板《はめいた》の腐った所へ足を突っ込み、妙な具合に捻《ねじ》ってしまった。もみじ狩りどころか、話の会そのものにも出られないという。会の連中も反町抜きで外へ出かける気になれず、九月の例会は順番通り、町医者の山田玄沢《げんたく》の家で行なわれた。

玄沢は反町の手当てをしたが、足首が紫色に腫《は》れ上がり、当初は、歩くことはおろか、座ることもできなかったと気の毒そうに言っていた。

反町は十日ほど自宅で休養してから奉行所に出仕したが、まだ本調子ではないらしい。玄沢は無理をしないようにと念を押したが、仕事熱心な反町は、どうも玄沢の言いつけを素直に聞く様子がなかった。

「これから冬になるというのに反町の旦那はお気の毒なこと。打ち身は温泉に入るのが

「一番いいのですけどねえ」

一中節《いっちゅうぶし》の師匠をしているおはんが言った。

反町がいないせいでもなく、その日の話の会では、さして清兵衛が気を惹《ひ》かれるような話は出なかった。人が死ぬと、決まって何ん等《ら》かの予兆があると水谷町《みずたにちょう》で菓子屋を営む龍野《たつの》屋利兵衛《りへえ》が語ったぐらいである。

儒者《じゅしゃ》の中沢慧風《けいふう》は、死者に情を感じている者ほど、そう思いたいのだと結論づけた。たまたま風が戸を叩いても、その時は風ではなく死者が知らせていると思ってしまう。

利兵衛は慧風の意見に対し、少し不満そうだった。利兵衛は他の連中の顔色を窺《うかが》った。誰か自分の話に同調してくれないものかと思ったようだ。だがあいにく、連中は反町の足の具合に気を取られていた。

「おっ師匠《しょ》さんのおっしゃる通り、打ち身はひと廻《まわ》り（一週間）か、ふた廻り（二週間）、温泉場で療養するのがよろしい。お奉行様もお役所内で起きた事故ゆえ、反町様には、ゆるゆる療養するようにとおっしゃったそうですが、反町様はあの通りの真面目なお方。大丈夫でござる、なに、すぐに治りますと耳を貸しません。全く困ったものです」

玄沢は、ため息混じりに言った。

「あたし等が湯治《とうじ》にお誘いしたらどうでしょうか」

おはんは、ふと思いついて言う。

たからだ。

「え？　おっ師匠さんは、それじゃ、湯治に行ってもよろしいのですか」

清兵衛は意外そうに訊《き》いた。弟子の稽古《けいこ》に忙しく、そんな暇はないだろうと思ってい

「あら、一生に一度ぐらい遠出して温泉に浸《つ》かっても罰は当たりませんでしょう？　皆様だって、今まで身を粉《こ》にして働いて来たのですもの。それぐらいの贅沢《ぜいたく》はよろしいのじゃないですか」

一生に一度というおはんの言葉は妙に説得力があった。そうだ、一生に一度ぐらい温泉に入る贅沢は許されていいはずだと清兵衛も思う。そっと蠟燭問屋《ろうそくといや》をしている甚助《じんすけ》の表情を窺うと、甚助もまんざらではない顔をしていた。

「わたしもこの三十年、患者の世話ばかりして参りました。患者に湯治を勧めることはあっても、わたしにその機会が巡って来ないことを皮肉に思っていたものです」

玄沢はしみじみとした口調で言った。

「中沢先生は、やはりお弟子さんがいらっしゃるので、ご無理でしょうね」

おはんは恐る恐る慧風に訊く。

「いや、今の時期でしたら構いません。これが神無月《かんなづき》、霜月《しもつき》となれば、来年、学問吟味《がくもんぎんみ》を受ける弟子のために色々準備もございますので」

「おっ師匠さん、手前はちょいと店が立て込んでる時期なのでご遠慮しますよ」

龍野屋利兵衛だけはその話を断った。

「ええ、ええ。龍野屋さんはこれからお忙しくなりますので無理にお誘いは致しませんよ。それじゃ、他の方はよろしいのですね。あら嬉《うれ》しい。思わぬことで温泉にゆける。あとは旅の掛かりでございますね。箱根でしたら、少々、我儘《わがまま》が利く宿を存じております。箱根の塔《とう》ノ沢《さわ》にある増田屋《ますだや》という宿で、そこのお内儀《かみ》さんは、昔、日本橋で芸者をしていたお人で……早い話、あたしの弟子だったんですよ。増田屋は浪花組道中記にも載っている宿なので間違いありませんよ」

おはんは張り切って言う。

「それでは善は急げという諺《ことわざ》もございます。さっそく反町の旦那を引っ張って、箱根へ参りましょう」

甚助も気張って一同に言った。

こうして、もみじ狩りは、ひょんなことから箱根の温泉行きへと変わった。

二

反町は、最初、気後れを見せていたが、玄沢と妻女の強い勧めでようやく承知した。湯治どころか物見遊山《ものみゆさん》に縁のなかった清兵衛は旅仕度をする段になって大いに迷った。

あれもこれも必要な品に思えた。用意した荷物を見て、清兵衛の女房のおたつは、「お前さん、家移《やうつ》りでもするつもりですか」と呆《あき》れた声を上げた。清兵衛は仕方なく書肆《しょし》から『旅行用心集』を求めて、じっくりと読んだ。

それによると、「道中所持すべき物、懐中物の外《ほか》、成丈事少《なりたけことすくな》にすべし。品数多ければ失念物等有《あり》て、却而煩《かえってわずら》はしきものなり」とある。

そして旅で気を遣わなければならないのは、金の管理、命の安全、食事の三つということだった。なるほどその通りである。清兵衛は『旅行用心集』を手本に着替えの他、小田原提灯《ぢようちん》、莨《たばこ》入れ、早道《はやみち》（腰に下げる小銭入れ）、矢立《やたて》、印籠《いんろう》等を用意した。

こうして集合場所である品川の宿に甚助と二人で向かう時、清兵衛は道中着に振り分け荷物、頭を手拭《てぬぐ》いで米屋被《こめやかぶ》りにして笠を持つ、いっぱしの旅人の出《い》で立ちとなっていた。

その日は品川に泊まり、翌日の早朝に出立するのである。たかが箱根といえども、一日目は品川、二日目は戸塚、三日目は小田原へ泊まり、四日目にしてようやく箱根の湯元へ着くのである。往復ひと廻り、それに湯治のひと廻りを加えると、半月余りの旅になるのだ。その時期は春ほど湯治客は多くないというものの、宿が並ぶ界隈は結構な人出だった。塔ノ沢は早川《はやかわ》という川沿いの、さらに奥へ入った場所だった。

塔ノ沢の温泉は慶長十年（一六〇五）に阿弥陀寺《あみだじ》の開祖、弾誓《たんせい》上人によって発見されたという。温泉場は、なぜか宗教的なものと結びついている所が多い。夏は紫陽花《あじさい》の花が緑の風に揺れ、蛍が飛び交う。また秋の紅葉もかなりの期間楽しめるそうだ。

おはんに案内されて向かった増田屋は、宿が軒《のき》を連ねる界隈から少し離れた場所にあった。緩《ゆる》い坂を上がると、玄関前に見事な松の樹《き》が植わっていた。樹齢何年になるのだろうか。

一行は中へ入る前に、ひとしきり、その松を感心して眺めた。事前におはんは手紙を出していたので、増田屋の亭主、増田屋金兵衛《きんべえ》とお内儀のお袖《そで》は揃《そろ》って一行を迎えた。おはんとお袖は涙をこぼして再会を喜び合った。

金兵衛に案内された部屋は二階の八畳間で、窓の下には小川が流れていた。その部屋は増田屋でも極上の部類に入るらしい。

反町は箱根まで来る内にまた足首を腫らした。玄沢は「大丈夫ですよ。必ず治ります」と励ましていた。反町にとって、玄沢の同行が何よりありがたかったようだ。

清兵衛は荷物を片づけると、さっそく甚助と湯殿へ向かった。

湯舟は中央に仕切りがあるものの、中は男女一緒の入り込み（混浴）である。清兵衛と甚助が入って行った時も、年寄りの女が三人ほど中にいた。

「おっ師匠さんも、ここに入るのかねえ」

清兵衛は大いに気を惹かれて甚助に訊く。

「何んだい、助平根性丸出しじゃないか。あの人はここのお内儀さんと懇意だから、家族が使う内風呂にすると思うよ」

甚助は即座に清兵衛の期待をぶち壊《こわ》す。

「何んだ、つまらねェ」

清兵衛は少し熱めの湯に肩まで浸かってぼやいた。

「いいねえ、温泉は。身体もほぐれるが、気持ちもほぐれるよ」

甚助はうっとりした声で言う。湯殿の外から小川のせせらぎも聞こえ、清兵衛の気持ちも次第に寛《くつろ》いでゆく。

「温泉場にも話の会になりそうなネタはあると思うかい」

清兵衛はふと思いついたように訊いた。

「そりゃ、一つや二つはあるだろう」

「せっかく来たんだから、ここでも話の会を開いたらどうだろうね」

「ああ。皆さんもそのつもりはあるだろう。ただし、ここへ来た目的は反町の旦那の足の回復と、おれ達の保養が第一だ。あまり目の色変えて話の会のネタ探しをするのは感心しないよ」

甚助はやんわりと清兵衛を制した。

「もちろん、それは先刻承知之助《せんこくしょうちのすけ》だ」

清兵衛は湧き出た汗をつるりと撫《な》でて応えた。

反町は道中、何度か駕籠《かご》の世話になった。箱根に着いてから塔ノ沢までは気丈に歩いて見せたが、表情は苦しそうだった。何んとかここにいる間に元通りになってほしいものだと清兵衛は思う。

湯から上がって部屋に戻ると、入れ替わりに反町が玄沢と慧風を伴い湯殿へ向かうところだった。

「いかがでした、増田屋自慢の湯は」

反町は疲れた顔をしていたが、口調は元気だった。

「いいお湯でございますよ。まるで生き返ったようでございます」

清兵衛は笑顔で応えた。

「それはそれは。どれ、我々もさっそく」

三人はいそいそと湯殿へ向かった。

晩飯にはまだ早いので、清兵衛と甚助は浴衣の上にどてらを重ね、宿の下駄を履《は》いて付近を散歩することにした。

風はないが、箱根は山なので、江戸より空気がひんやりと感じられる。そこから見える山々は紅葉が美しかった。

増田屋から坂道を下ると、両側の宿では泊まり客を呼び込む声がかまびすしかった。

土産物屋《みやげもの》も宿に挟まれるようにして何軒か並んでいた。清兵衛がさっそく土産を買おうとすると、甚助は、「清兵衛、土産は帰る時でいいよ」と制した。食べ物はあまり早く買っても腐らせる恐れがある。それもそうだと思って、ひやかすだけにした。温泉饅頭、わさび漬け、小魚や山菜の佃煮、湯治客が自炊するための味噌《みそ》、醬油《しょうゆ》、米なども置いてあった。

土産物屋を出ると、二人はさらに通りを進んだ。すると、客の呼び込みもしていない一軒の宿が目についた。商売をしていないのかと思ったが、そっと覗《のぞ》くと、番頭らしいのが印半纏《しるしばんてん》を羽織り、つくねんと座っているのが見えた。

「商売っ気のない宿だね。よそのように表に出て客の呼び込みをしたらよさそうなものだ」

清兵衛は番頭に聞こえないように低い声で言った。

「ここは……」

宿のたたずまいを眺めて甚助は言葉を濁した。様子が少しおかしかった。

「何かあるのかい」

清兵衛も気になって訊いた。

「はっきりしたことはわからないが、どうもいやな気分がするよ。客がここへ泊まったら、ろくな目に遭《あ》わないだろう」

甚助は意味深長な言い方をした。宿の建物はよそより、よほど清潔で新しかった。法外な宿賃でも取るというのだろうか。

「見た所、よさそうな宿じゃないか。もっとも増田屋とは比べものにならないが」

清兵衛がそう言うと、「お前さんは何か感じないかい」と甚助は訊く。

「いや、別に」

「そうかい。ま、おれも詳《くわ》しいことはわからないから、増田屋の亭主にでも訊《たず》ねてみよう。大黒屋か……屋号はめでたいが」

甚助は暖簾《のれん》に染め抜いてある宿の名を確認すると、「さ、戻ろうか。腹が減ってきたよ」と、ようやく悪戯《いたずら》っぽい顔で笑った。


晩飯は二の膳つきの豪華版だった。どうやらおはんの顔を立てて、増田屋は大盤振る舞いしてくれたらしい。金兵衛は「今晩だけですって。明日からは普通のお食事にさせていただきます」と、念を押した。山菜料理が主体だったが、小田原から取り寄せた干物がいい味で連中を喜ばせた。

金兵衛は如才なく酒の酌《しゃく》をしながら温泉の効能やら、土地の名所をあれこれと語った。

弾誓上人の開いた阿弥陀寺は塔《とう》ノ峰《みね》という山の中腹にあるという。本堂まで続く長い参道の石段は苔むし、樹木の陰には石仏が穏やかな表情でたたずんでいる。また、早川沿いの岩場の洞窟《どうくつ》には火伏《ひぶ》せ観音が祀《まつ》られているらしい。清兵衛は江戸に帰るまでに是非とも阿弥陀寺と火伏せ観音をお参りしたいものだと思った。

「時にご亭主。さきほど散歩した時に大黒屋という宿が目につきました。どことなく陰気で客もあまりいないようでした。あそこはどんな宿ですか」

甚助は大黒屋のことを口にした。その拍子に金兵衛の表情は不愉快そうに歪《ゆが》んだ。

「あそこは、その内に商売を畳むことになりましょう。客の世話をする女中も、料理を作る板前もいなくなり、主《あるじ》夫婦と番頭だけでやっておるのですよ。客は泊まっても翌日には出てゆきます」

「何か不都合でも？」

「出るんですよ、これが」

金兵衛は胸の前で両手をだらりと下げた。幽霊が出ると言いたいらしい。

「まさか」

甚助は苦笑した。

「本当ですって」

金兵衛は真顔だった。

「詳しく話して下され」

湯に入って頰《ほお》に赤みが差している反町が金兵衛の話を急《せ》かした。

「あそこは天罰が下ったんですよ」

金兵衛は唇を舌で湿すと、おもむろに話し始めた。

十年ほど前、箱根は地震に襲われ、山崩れが起きた。そのために界隈の宿も何軒か被害を受けた。お袖が増田屋へ嫁ぐ前のことである。悪いことに、その後で大雨が降り、早川が氾濫《はんらん》した。増田屋の傍を流れる小川も信じられないほど水嵩《みずかさ》が増した。一階はほとんど浸水して手がつけられない状態となり、今しも建物ごと流されそうな心配も出てきた。

高い所に建っている増田屋でそうだから、他の宿はもっと大変だった。村の火消し組の協力を得て、とり敢えず、阿弥陀寺へ避難することにした。雨は降り止まないし、泥を被った家財道具は運べない。界隈の宿の連中は身の周りの物だけを背中に括《くく》りつけ、泊まり客と一緒に雨の中を阿弥陀寺へ向かった。

人々は本堂に落ち着いて雨が上がるのを待った。だが、雨はそれからひと廻りも続いたという。

ようやく雨は上がったが、水が引くまで、なお三日ほど宿の者と客は寺に留め置かれた。

大黒屋の主はひと足早く戻ったらしい。それには、最初、誰も気づかなかった。大黒屋も浸水して畳がほとんど駄目になったはずだ。

だが、辺りには、まだ人がいない。大黒屋は濡れた畳を外に出すと、隣りの宿の様子を窺ったらしい。隣りは「えびす屋」という湯治客専門の小さな宿だった。一階は浸水していたが、幸い二階の座敷はきれいなままだった。大黒屋の主は番頭に手伝わせて、あろうことか、えびす屋の二階の畳を自分の所へ運んだのだ。ついでに屏風《びょうぶ》や調度も運んだ。

そればかりでなく、他の被害の少なそうな宿へも忍び込み、同じように使えそうな道具や金品を運んだという。

その被害で商売を畳んだ宿も少なくなかった。しかし、大黒屋は界隈でもいち早く、宿を再開した。他人の物を盗んでの再開だった。

それはおれの所の道具だと詰め寄る者がいても、道具には大黒屋の焼印をべったり押しているので、それ以上強く言うことはできなかったらしい。腹の虫が治まらない人々は事あるごとに大黒屋の悪口を並べ立てた。だが、大黒屋の主も番頭も知らぬ顔の半兵衛を決め込んだ。

やがて、ぼちぼちと他の宿も商売を再開し始めた。その頃から、宿仲間ではなく、客の間から妙な噂《うわさ》が出るようになった。大黒屋に泊まると、夜半に女の啜《すす》り泣きが聞こえるというのだ。噂は尾ひれがついて、雨に濡れた女が廊下に立っていただの、湯殿の温泉が急に冷水に変わるだのと囁《ささや》かれた。当然、客足は遠退《とおの》いた。それでも大黒屋の主は己れのせいとは思わず、いち早く再開した自分を妬《ねた》んで誰かがあらぬ噂を流しているのだと村長《むらおさ》に詰め寄った。村長も呆れて、大黒屋の話には、まともに耳を貸そうとはしなかった。

こうして大黒屋は半ば村八分のような状態で今日まで細々と商売を続けてきたという。

「何んとも……」

中沢慧風はやり切れないため息をついた。

「これは説明の余地がありませんな。自業自得というものです」

反町も不愉快そうに応えた。

「同じ商売をしているのですから、お互い困った時は助け合わなければいけません。それを自分達さえよければいいという我儘勝手をしたんじゃ、他の割を喰った人の恨みを買うのも当たり前ですよ。これは幽霊ではなく、泣く泣く商売を畳んだ人達の怨念《おんねん》ですって」

清兵衛は憤《いきどお》った声で言った。座敷にいた一同も大きく肯《うなず》いた。

「それでは、大黒屋に出るのは幽霊ではないとおっしゃるのですか」

金兵衛は確かめるように一同に訊いた。

「商売を畳んだ人達は未《いま》だに大黒屋を恨んで念を送っているのでしょう。生霊《いきりょう》の仕業ですよ」

甚助は金兵衛を怖がらせないように穏やかに言った。

「さようでございますか。これはこれは……」

金兵衛は納得したのかそうでないのか、複雑な表情をしていた。

三

晩飯が終わると、おはんはお袖の部屋に行って積もる話を始めたようだ。反町はもう一度湯に入ってから、玄沢に膏薬《こうやく》を貼って貰い、その夜は旅の疲れもあり、早々に床に就《つ》いた。

残った四人は、しばらく話をしながら酒を飲んだが、深更《しんこう》に及び、それではそろそろ我らも休みますかということになった。

「せっかくですから、これからまた湯殿へ行きませんか。増田屋は二六時中、湯に入れるということです。真夜中の湯も乙ですよ」

清兵衛はほろ酔い機嫌で皆んなを誘った。

「まさか、ここは出ませんでしょうな」

玄沢は大黒屋のことを思い出して言う。

「皆さんがご一緒なら、何が出ても怖くはありませんよ」

清兵衛が冗談めかして言うと、三人は声を上げて笑った。

さすがに真夜中に湯に入る者はいないらしく、湯殿は四人の貸し切り状態となった。

四人は思う存分、手足を伸ばし、湯を堪能《たんのう》した。

しかし、しばらくすると、仕切りの向こうから、ひっそりとした湯音が聞こえた。四人は互いに顔を見合わせた。自然、黙りがちになる。すると、ちゃぷりちゃぷりという湯音は鮮明になっていった。

やがて、ざぶりと湯舟から出る音がはっきり聞こえ、摺《す》り足で四人の前を通り過ぎた者がいた。その姿に四人の目は釘付けとなった。

蠟燭の灯《あか》りにぼんやりと浮かび上がった者は枯れ木のように痩《や》せ細り、つるりと頭を剃《そ》り上げていた。そして、その下の顔は目鼻もはっきりとしない、のっぺらぼうだった。

その者は四人に声を掛けることもなく、静かに湯殿から去って行った。

「見たかい？」

甚助は珍しく恐ろしそうな表情になり、低い声で清兵衛に囁いた。

「ああ、見たよ。あれは人だろうか。それとも……」

清兵衛にも判断できなかった。あの世からやって来た亡者だと言われても不思議ではない。

「足は、足はありましたぞ」

慧風は昂《たか》ぶった声で言った。

「幽霊でも狐狸《こり》の類《たぐい》でもございませんよ。あれは人間の女です」

玄沢だけは冷静に判断できたようだ。

「先生、本当ですか」

清兵衛は玄沢の顔をじっと見た。

「何か事情があって、あのように気の毒な姿になったのでしょうな。昼間は他の客の目があるので、夜中に湯を浴びていたのでしょう。ま、明日の朝に、ここの亭主に訊ねれば、おっつけ事情は知れるというものです。しかし、医者のわたしでも、どうしてあのようになったのか、とんと見当がつきませぬ」

玄沢は首を傾《かし》げた。四人は早々に湯殿から出た。ぐずぐずしていたら、例の女に出くわし、夜中に悲鳴でも上げそうだった。それは宿の客に迷惑だし、何より当の女にも無礼なことだ。

だが有明行灯《ありあけあんどん》に照らされた廊下に、すでに人の気配はなかった。山の風がすっと吹き込み、清兵衛のうなじをぞくりとさせた。

翌朝の朝食には温泉で炊《た》いた粥《かゆ》と温泉卵が出た。前日に少し酒量を過ごした清兵衛には大層ありがたい献立《こんだて》だった。粥も卵も優しく胃ノ腑《ふ》に下りていった。おはんはお袖と一緒に男達の食事の世話を焼いた。おはんが粥や汁をよそってくれたので、清兵衛はなおさら食事が美味に感じられた。しかし、そこに金兵衛の姿はなかった。

「あの、本日、お隣りのお部屋に江戸からお客様がいらっしゃるので、皆様、どうぞよろしくお願い致します」

お袖は幾分、恐縮して一同に伝えた。お袖は芸者をしていただけあって、どことなく粋《いき》な感じのする女だった。年は三十二、三だろうか。親戚の勧めで金兵衛の許へ嫁いだという。芸者と客の悩ましい関係でなかったことは、清兵衛に安心と同時にもの足りなさも感じさせた。人は勝手なものである。惚《ほ》れて惚れられて一緒になったとしたら、清兵衛は二人の間に生臭いものを感じて、そっと顔をしかめただろう。いずれにせよ、夫婦のなれそめなど、他人が詮索することではないが。

金兵衛とお袖の間には娘ばかり三人いた。

内所《ないしょ》（経営者の居室）で娘達がなかよくお手玉をしているのを清兵衛は目にしている。娘達は皆、平家蟹《へいけがに》のような父親似で、大きな声では言えないが母親より器量は劣った。

「ご繁昌で結構なことです」

反町は鷹揚《おうよう》に応えた。きちんと正座しているところは、幾分、足の状態がいいのだろう。

「時にご亭主はどうなさっておいでかな」

玄沢は金兵衛を気にした。昨夜の女のことを訊ねたいのだ。

「ええ。うちの人はちょいと猟師さんの所へ参りました。今夜は雉《きじ》鍋でもしようと思いましてね」

お袖はきれいに鉄漿《かね》をつけた歯を見せて応えた。

「雉鍋とは豪勢ですな。そうですか……」

「うちの人に何か？」

玄沢の表情を見て、お袖は怪訝《けげん》そうに訊いた。

「いや、昨夜湯殿でお見掛けした尼さんのことをお訊ねしたいと思いましてな」

玄沢が尼さんと言ったのは利口な言い方だと清兵衛は思った。まさか、のっぺらぼうとは言えない。

「徳真《とくしん》様のことでしょうか」

「さて、お名前は存じ上げませんが」

「徳真様は、日中は阿弥陀寺のご用や、火伏せ観音のお世話をなさっております。夜になってから、うちの湯へそっとお出ましになります。徳真様のために湯殿の近くに出入り口をつけているのです。お客様を驚かせてはいけないと徳真様が希望されましたので。

あたしどもは別に何んとも思いませんが、初めてのお客様は徳真様のお姿を見て驚かれるかも知れませんね」

「お内儀さん。わたしは町医者をしております。あの方がどうして気の毒なお身体になられたのか、仕事柄、気になりました」

玄沢は言葉を選びながら言った。

「徳真様はありがたいお人なのです。粗末にしては罰が当たると、あたしは思っております」

お袖は、やや眼を赤くして言った。おはんは、そっとお袖の背中に手を置いた。昂ぶったお袖を宥《なだ》めるような感じだった。

徳真は塔ノ沢で百姓をしている家の女房だった。亭主と五人の子供、姑《しゅうとめ》と一緒に暮らしていた。徳真は俗名をくらという。

くらは家族の世話をしながら、日中は亭主と上の子供達とともに田圃《たんぼ》や畑で働いた。姑は足が少し不自由だったが、家にいて食事の仕度や幼い子供の守《も》りを引き受けていた。家族は貧しいながら倖《しあわ》せに暮らしていたという。

あれは秋口の少し風の強い日のことだった。

村人の一人が慌てて畑にいたくらと亭主を呼びに来た。納屋から火が出て、母屋に燃え移ったという。

くらは鍬《くわ》を放り出して、一目散に家に戻った。

茅葺《かやぶ》き屋根がごうごうと火を噴《ふ》いていた。

一番下の息子がくらの姿を見て泣きながら縋《すが》りついた。どうやら、家にいた子供達が納屋で火遊びをしたらしかった。子供達は幸い無事だったが姑の姿がなかった。

「婆《ばあ》ちゃんは？」

そう訊くと、幼い息子は「わかんねェ」と応えた。村の火消し連中は水を入れた桶を次々と手渡して火を消そうとしていたが、いかんせん、火の勢いの方が勝《まさ》っていた。

くらは勝手口に回り、「婆ちゃん、婆ちゃん」と叫んだ。その時、微《かす》かに「くら、くら」と姑の細い声が聞こえた。くらは火の粉を浴びながら中へ入った。姑は囲炉裏《いろり》の傍で四つん這《ば》いの恰好をしていた。逃げようとしていたが火を見て動転し、腰を抜かしていたのだ。

「婆ちゃん、早く！」

くらは姑の腕を引いた。囲炉裏の自在鉤《じざいかぎ》には、汁の入った鍋が掛けられていた。夕餉《ゆうげ》のために姑が用意していたものだった。くらが姑の身体を抱えた時、天井の梁《はり》が落ちた。その拍子に自在鉤の鍋が引っ繰り返り、くらは、まともに煮立った汁を顔に浴びてしまった。しかし、その時は痛みも何も感じなかった。ただ、姑を助け出すことで精一杯だった。

だが、姑を無事に外へ助け出すと、くらは焼けつくような痛みで蹲《うずくま》った。顔の皮膚が赤剝《む》けだった。近所の女房が慌ててくらの顔を水で冷やした。それから火傷《やけど》に効果のある馬の油を塗り込み、包帯でぐるぐる巻きにした。だが、火傷のためにくらの皮膚は溶け、眼はかろうじて見えるほど小さくなり、口も半分ほどしか開かない状態となった。

くらは自分の顔が変形してしまったことより姑の無事を喜んでいた。亭主も涙をこぼして礼を言ったという。

亭主は村長から借金をして家を建て直した。

そうして、一年、二年と月日が経《た》つと、あれほど感謝していた亭主が冷ややかにくらを見るようになった。姑が亡くなると、亭主はあからさまにくらを厄介者扱いにした。年頃になった子供達も、くらを何んとなく避けるようになった。

くらが出家しようと決意したのは、亭主が隣り村の後家と通じているという噂を聞いてからだった。子供達はさすがに引き留めたが、くらの決心は変わらなかった。

その後、亭主も十年ほど前の災害で田圃と畑を駄目にし、一家で塔ノ沢から出て行った。

今、くらの身寄りは誰一人いない。阿弥陀仏を信心して静かに毎日を暮らしていた。

時々、世をはかなみ、自害するつもりで塔ノ沢を訪れる客もいる。宿の亭主とお内儀がそれを察すると、客にくらと会うことを勧める。人間は何があっても寿命のある内は生きていなければならないとくらに諭《さと》され、思い直した人間は数え切れない。増田屋はくらのために夜中に湯に入ることを勧めた。くらは涙をこぼして喜んだという。

「何んとも……」

玄沢は言うべき言葉が見つからず、深い吐息をついた。

「あたし、徳真様に会って、お話を聞かせていただきますよ」

おはんはお袖の話に感動して言った。

「おっ師匠さんは、別に世をはかなんでいる訳じゃないでしょう」

清兵衛はそんなことを言った。おはんはきゅっと清兵衛を睨《にら》んだ。

「あたしが徳真様だったら、とっくに大川へ身を投げておりますよ。徳真様はとても強いお方。あたしはそう思います。恐らく、徳真様は去って行ったご亭主を恨むこともなく、ましてお姑さんを助けなければよかったとは微塵《みじん》も思っていらっしゃらないでしょう。何んてお心の広い方でしょう。徳真様こそ、阿弥陀仏の化身ですよ」

「さようですな。拙者も徳真様には感服致しました。江戸の人間でしたら奉行所から褒賞金が出たことでしょう」

反町はおはんに同調して言った。

「塔ノ沢に住んでいる人は、どなたも徳真様を慕《した》っております。あの方に出会えたあたしは果報者ですよ」

お袖は心底ありがたいという顔で言い添えた。

「大黒屋も徳真様から説教を受けたらよかったんだ」

甚助は大黒屋を思い出して言う。一同は大きく肯いた。

四

隣りの部屋に入った客は江戸で「近江屋《おうみや》」という廻船問屋をしている五十がらみの男と、その娘だった。増田屋に着いた時から娘の様子がおかしかった。どうやら気の病《やまい》を患《わずら》っているらしい。夜中に悲鳴を上げて、清兵衛達の肝を冷やした。

反町は隣りの客も気になるが、天井の物音にも神経を尖《とが》らせていた。夜中になると、ずるずると、ものを引き摺るような音がしていたからだ。

時々、天井板をかりかりと齧《かじ》る音もする。

鼠《ねずみ》だろうか。話の会の連中は不審な物音を立てる主《ぬし》をあれこれと詮索した。

その夜も、物音が聞こえた。男達は微かな月明かりを頼りに天井をじっと見ていた。

おはんは増田屋に逗留《とうりゅう》している間、お袖と一緒に階下の部屋で休んでいた。

「やや」

反町が低い声を上げた時、天井に二寸ほどの穴が空いた。清兵衛は半身を起こして身構えた。その穴から、すうっと紐《ひも》のようなものが下がり、紐は途中で半円を描いた。

「こやつ！」

反町が一喝《いっかつ》すると、紐は慌てて穴の中へ身体を引っ込めた。

「へ、蛇ですな。天井裏の物音の正体は」

清兵衛は怖気《おじけ》をふるって言う。苦手な生きものだった。

「蛇は天井板を齧ったりするかなあ」

甚助は腑に落ちない様子だ。齧る、齧らないで、しばらく男達は議論した。その時、隣りの部屋から娘の悲鳴が聞こえた。

「旦那、こんな所へ連れて来て、あたしをどうしようと言うんですか。あたしは江戸のお店《たな》にいたかったのに」

「お前は疲れているのだよ。湯治して気持ちを落ち着かせなきゃいけないよ」

「ふん、あたしがいない間に赤子をどうにかしようと魂胆《こんたん》しているな」

「馬鹿なことを言いなさんな。お前は嫁入り前で赤子などいる訳がない」

「嘘《うそ》をお言いでないよ。旦那が女中部屋に忍んで来て、あたしに赤子を孕《はら》ませたんだ」

「おしの、いい加減にしないか」

「旦那、あたしはおしのじゃありませんよ。みよですよ。お忘れになったんですか」

「みよだって？　みよはもう何年も前に奉公をやめて実家に帰ったんだ。妙なことは言わず、早く蒲団に入りなさい」

「いやあ！」

娘はおとなしくするどころか、ますます興奮して高い声を上げた。

清兵衛達は寝るどころでなくなった。

「山田先生、どういうことでしょう」

反町は声をひそめて玄沢に訊いた。

「さあ……狐憑《つ》きですかな」

「娘は自分のことを、みよと言っておりましたよ。みよというのは、かつて奉公していた女中らしいですな。なぜ、そのみよが、あの娘に乗り移ったのでしょうか」

反町は解《げ》せない様子だった。

「どうやら父親は、そのみよという女中と訳ありらしかったようです。子を孕んだこともあるのかも知れません。それで外聞《がいぶん》を恐れ、女中を店から放り出したのでしょう。その女中が生きているならまだしも、恨みを残して死んだとしたら……」

甚助は、すばやく隣りの男と女中の関係に察しをつける。

「しかし、そうなると、これは医者の領分ではございませんな」

玄沢は自分が手当てをしても効果がないと考えたようだ。

「徳真様はどうでしょうか。お経を唱えていただいたら、みよの霊はおとなしくなるのではないですか」

清兵衛は湯に入りに来た徳真を思い出した。

「それは名案。平野屋さん、それでは徳真様を呼んで来て下さい。今頃はちょうど、湯殿にいらっしゃるでしょう」

玄沢はすぐさま言った。

「は、はい」

請け合って階段を下りた清兵衛だったが、湯殿が近づくにつれ緊張を覚えた。徳真を前にして自分が平静でいられるだろうかと思った。

姑を助けるために顔に火傷を負った女である。その行為は尊いと思う。だが、その顔を正視できる自信がなかった。それは清兵衛の中にある差別の気持ちに外《ほか》ならないだろう。

(わしは一度死神にとり憑かれた男だ。徳真様は鬼でも蛇《じゃ》でもない。死に急ぐ者を優しく宥めるありがたい人だ)

清兵衛は胸で自分に言い聞かせると、湯殿の前で大きく息を吸った。それから奥歯を嚙《か》み締めて戸を開けた。

「もし、徳真様。いらっしゃいますか」

清兵衛は仕切りの陰から声を掛けた。

「はい。どなたですか」

　こもったような低い声が応えた。

「手前、江戸から参りました平野屋清兵衛と申す者でございます。隣りの部屋の娘が悪い霊にとり憑かれて騒いでおります。徳真様のお力で何んとか娘を鎮《しず》めていただけないでしょうか」

「わたくしのことを、どなたからお聞きになりましたか」

「はい、この宿のお内儀さんです」

「お袖さんはわたくしのことをどのようにおっしゃいましたか」

「はい、ありがたいお人だとおっしゃいました」

　そう言うと、徳真は嬉しそうに声を上げて笑った。

「お隣りが騒がしいのでしたら、あなた様もゆっくりと眠られませんね。それではお役に立てるかどうかわかりませんが、お慰めしてみましょう」

「助かります」

　清兵衛は安堵《あんど》の吐息をついた。

　廊下で待っていると、ほどなく徳真は白い帷子《かたびら》の恰好で現れた。清兵衛は思わず息を飲んだ。さざ波を立てたような皮膚の中に細い小さな眼が埋め込まれるようにあった。扁平《へんぺい》な鼻、ひしゃげた耳、半分塞《ふさ》がった唇が有明行灯の光に照らされて浮かび上がった。

「ささ、こちらへどうぞ」

だが清兵衛は、何気ないふうを装って徳真を促《うなが》した。

「あなた様はできたお方ですね」

徳真は摺り足で歩きながら、そんなことを言った。

「どうしてですか。手前は何んの取り柄《え》もない男でございますよ」

「わたくしの顔をごらんになっても眉ひとつ動かさない。大抵の方は初めて会った時、目を背《そむ》けます」

「それは徳真様をご存じないからですよ。事情がわかればそんな無礼なことはできません」

清兵衛は立ち止まり、徳真の顔をじっと見た。もはや清兵衛に臆《おく》する気持ちは消えていた。むしろ清兵衛は神々《こうごう》しいものを徳真から感じた。

「よく今までご辛抱なさいやした。お偉かったですねえ」

「これはこれは思わぬところで殿方の情けをいただきました。今日はよい日になりました」

徳真は朗《ほが》らかな表情で応える。

「いや、手前はお世辞を言っているのではありません。心からそう思っているのです。いっそ、死んでしまいたいと思われたこともあったでしょうに」

「清兵衛さん。わたくしは死ぬこともできなかったのですよ」

「え？」

「わたくしの顔を見て、死んだ方がましだと、世間の人々は言いました。面と向かって罵《ののし》られたこともございます。ええ、清兵衛さんのおっしゃるように死にたいと思ったことは何度かございます。それは顔が醜《みにく》くなったからではなく、世間の噂が耐えられなかったためです。でも、わたくしが死んだとしても、世間の人々は何んの痛みも感じないでしょう。そんな死に方はつまりません。わたくしにも意地はございます。一矢報《むく》いる方法をあれこれと考えました。そして、その方法とは寿命が尽きるまで生きることだと気づきました。生きて、生き抜いて、徳のある人間になれば、誰も陰口は叩かない……まだまだ時間は掛かりますが」

「徳真様……」

清兵衛は思わず徳真の顔に自分の両手をあてがった。どうしてそんなことをしたのかわからない。しかし、手が自然に動いた。徳真は咄嗟《とっさ》のことに身体を震わせた。

「自分を卑下することはございませんよ。顔が何んです。顔は符牒《ふちょう》に過ぎません。肝腎なのは心ですよ。徳真様は心がきれいです。それでいいじゃないですか」

「清兵衛さん……」

「夜中に人目を忍んで湯を浴びることはありませんよ。お勤めが終わったら、すぐさま入ったらいいんです。徳真様は下手人じゃない。堂々となすって下さい」

清兵衛はそう言って両手を下ろし、そのまま徳真の手を取った。徳真は清兵衛に手を取られて二階の部屋へ向かった。徳真の手は乾いて温かかった。まぎれもなく女の手でもあった。

二階の部屋には金兵衛も駆けつけていた。

「徳真様をお連れしました。もう大丈夫ですよ」

清兵衛は皆んなを安心させるように言った。

徳真はそっと清兵衛の手を離し、静かに部屋の中へ入った。途端、娘は悲鳴を上げた。

「化け物！　寄るな」

娘は恐ろしそうに後ずさった。

「化け物はそなたであろう。名を名乗れ」

徳真は厳しい声で言った。

「あたしはみよ。近江屋の女中をしていたんだ。旦那が夜中に忍んで来て、あたしに悪さをした。悪いのは皆、旦那だ」

「旦那が忍んで来た時、なぜ大声を上げて人を呼ばなかった。さすれば誰かが気づいて助けたものを」

「だって、お内儀さんに叱《しか》られるに決まっていたもの。あたしは泣く泣く言うことを聞くしかなかった。赤子を孕むと旦那は掌《てのひら》を返すようにあたしを店から追い出した。あたしは赤子を流すしかなかった。そんな目に遭ったのはあたしだけじゃない。お捨《すて》さんも、おかいさんも、おかよさんも、おきりさんも……」

「もうよい。お前は自分のしたことをすべて旦那のせいにしている。お前にも下心があったはずだ。旦那と情を通じれば、少しはよい目を見られるかも知れぬとな。どうじゃ、その気持ちが微塵もなかったとはっきり言えるか」

「そりゃあね。少しはそう思ったかも知れない。でも旦那は冷たい男だから、情けなくて少しもくれなかった。あたし、それが悔しくて」

「子を流したのはお前だ。その水子の霊に悩まされて不幸をしょい込んだのもお前だ。了簡《りょうけん》しておとなしくするのだ。わたくしが阿弥陀様のありがたい経を唱えて進ぜるほどに」

徳真は数珠《じゅず》を取り出し、経を唱えた。娘は耳を塞いで「やめろ、やめろ」と吼《ほ》えたが、しばらくすると涙を流しておとなしくなった。

玄沢が蒲団にそっと娘を寝かせた。

「さて、近江屋さん。みよという女中と訳ありだったのは、まことのことでございますか」

徳真は娘が静かになると父親に向き直った。

「面目《めんもく》ございません」

「その者は、今、どうしておりますか」

「は、はい。気の毒なことに実家に戻ってから死んだと聞きました。恐らく、子を流したことで身体を傷《いた》めてしまったのでしょう。今年の春から娘の様子がおかしくなり、掛かりつけの医者に勧められ、こちらに保養に参った次第でございます」

「この世から去って行った水子の霊が娘さんに憑いたのですぞ。この先は身を堅く保ち、同じ過《あやま》ちを繰り返してはなりませぬ。江戸にお戻りになりましたら、お世話になっている檀那寺《だんなでら》の住職に相談され、ねんごろに水子供養することをお勧めします。娘さんの具合はよくなるはずです」

「心得ました」

父親は殊勝《しゅしょう》に応え、頭を下げた。

「ああ、よかったよかった。徳真様、お手柄でしたね」

清兵衛は相好《そうごう》を崩した。

「清兵衛さんに勇気をいただきました。近江屋さん、この清兵衛さんにもお礼を述べて下さい」

「は、はい。ありがとう存じます」

娘の父親は訳のわからない表情をしていたが、言われた通り、清兵衛にも頭を下げた。

徳真を見送り、それから金兵衛も交えて清兵衛達は娘のことをあれこれと話し合った。娘の父親は女癖の悪い男で、奉公していた女中には、ことごとく手をつけていたようだ。

父親の悪行が鍾愛《しょうあい》の娘にわざわいとなって降り掛かったのだ。

金兵衛が欠伸《あくび》をしながら内所へ戻る頃、夜は白々と明けていた。寝そびれた男達は、連れ立って湯殿に向かった。長月《ながつき》の終わりはさすがに冷気が身に滲《し》みる。清兵衛は思わずくしゃみを洩《も》らした。

五

江戸へ帰るまで、清兵衛は阿弥陀寺へ毎日通い、境内《けいだい》の掃除やら、台所で料理作りを手伝った。土産に使うつもりの金もお布施《ふせ》として徳真に差し出した。徳真は大層喜んでくれた。

そうして、いよいよ明日は塔ノ沢を去るという日に、清兵衛は徳真と約束した。きっとまた訪ねて来ると。だから、それまで息災でお暮らしなさいと言い添えた。

徳真は涙を流しながら両手を合わせていた。

反町譲之輔の足はすっかり回復し、帰りの道中は誰よりも元気だった。

「徳真様はさあ、隣りの娘の霊を祓《はら》った時、清兵衛に勇気を貰ったと、妙なことをおっしゃっていたね。お前さん、あの人に何か言ったのかい」

甚助はずっと気になっていたらしく清兵衛に訊いた。

「いや、別に」

「徳真様は平野屋さんに、ほの字でしたよ」

おはんは悪戯っぽく口を挟んだ。

「まさか」

甚助は信じられない表情だった。

「伊勢屋さん、本当ですよ。近江屋の娘さんの一件以来、徳真様のお顔が心なしかきれいになったようだと、お袖さんも言っておりましたもの」

「清兵衛、言え！　徳真様と何をした」

「馬鹿なことは言いなさんな。わたしは夜中にこそこそ湯に入らずに、お寺の勤めが終わったらすぐに湯に入りなさいと言っただけですよ」

「まあ、そんなことは思っていても、誰も言えませんよ。平野屋さんのおっしゃる通り、徳真様は誰に遠慮する必要もありません。平野屋さん、よくおっしゃって下さいました。

徳真様は嬉しかったことでしょう」

おはんに褒《ほ》められて清兵衛はすこぶる気分がよかった。

「ま、今回の箱根行きは色々あって、結構、内容が充実しておりましたな。話の会をいっぺんに四、五回も開いたようでした」

中沢慧風がそう言うと、玄沢は相槌《あいづち》を打った。

「大黒屋、徳真様、近江屋の娘、それに蛇ですか」

「山田先生、あれは蛇ですか？　鼠ではなく」

慧風は疑問を蒸し返す。

「蛇でしょう。紐のように下がったところは」

「鼠の尻尾ではなかったのですか」

「さて、それは……」

玄沢は途端に自信がなくなったようで言葉を濁した。

「正体不明というのが一番厄介ですな。こんなことなら増田屋の亭主に言いつけて、はっきりとけりをつけるべきだったかな」

甚助は残念そうに言う。

「伊勢屋さん、見ぬもの清《きよ》し、というたとえもありますよ。知らない方がよござんす」

おはんはきっぱりと応えた。おはんは蛇も鼠も苦手だった。

「全くそうです」

清兵衛はおはんの言葉に肯いた。道中はすすき野原がやけに目についた。田圃も刈り取りを終え、赤茶けた色を見せている。富士の山は、早や、頂上に雪を被っていた。

「いいなあ、富士のお山は。日本一だ」

清兵衛は晴ればれとした顔で言った。

「雪化粧をしていないと三文安だね」

甚助は茶々を入れた。

「三文って、誰が決めたんだよう」

清兵衛は不服そうに訊く。

「あたくし」

冗談めかして言った甚助に一行は声を上げて笑った。

「富士のお山は女ですよ。ほら、きれいにお化粧したから見て下さいって、お顔を見せているのですよ」

おはんは訳知り顔で言った。富士の山を見つめていると、不思議にそれが徳真の顔と重なった。また再び会えるだろうかと清兵衛は思う。帰りの小田原の宿で、清兵衛は徳真の夢を見た。夢の中の徳真は火傷をしていなかった。濃い眉の下に棗型《なつめがた》の眼、愛嬌のある鼻、そして紅もつけていないのに唇は桜色をしていた。徳真は優しく清兵衛に微笑んだ。

「徳真様、あんたはそんな顔だったんだね。きれいだよ、とってもきれいだ」

夢の中で清兵衛は涙を流しながら言った。

清兵衛は箱根に行って、自分の気持ちが少し変わったと思った。それも旅の効用だろうか。

一行が無事に江戸に戻ると、間もなく月が変わり、水洟《みずばな》を啜る立冬を迎えたのだった。

守《しゅ》

一

紅葉の季節も終わり、樹木は、ほとんど葉を落とした。常緑樹の松だけが僅《わず》かに緑を保っていると言うものの、くすんだ深緑色は霜枯れた季節には却《かえ》って寒々と見える。それでも冬囲いをしている家の松だけは気のせいか温もりを感じさせた。

一中節《いっちゅうぶし》の師匠をしているおはんの家の庭も季節ごとに庭師の手を入れるので、訪れる者の目を和ませる。おはんの家は京橋傍《そば》の大根河岸《だいこんがし》にあった。三十坪ほどの敷地に建てられている二階家で、周りを黒板塀で囲っている。

さながら妾宅《しょうたく》のような佇《たたず》まいだ。今までの清兵衛《せいべえ》は外からおはんの家を眺めるばかりで、中へ入ったことはなかった。しかし、師走《しわす》に入って間もなく開かれる話の会は、おはんの家で行なわれることとなった。

さあ、山城河岸《やましろがし》で料理茶屋「平野屋《ひらのや》」を営む清兵衛の張り切りようはあるものではなかった。あこがれのおはんの家に上がれるのだ。さぞかし、家の中は粋な造りになっていよう。

清兵衛は何日も前から興奮でろくに眠られなかった。おはんは懐石料理の仕出しを平野屋に注文してくれた。それも清兵衛を喜ばせた。話の会は始まる前に簡単な食事をすることになっている。ただし、食後の菓子は龍野屋《たつのや》に頼むので、それは省《はぶ》いてほしいと念を押された。

龍野屋は京橋近くの水谷町《みずたにちょう》にある老舗《しにせ》の菓子屋で、主《あるじ》の利兵衛《りへえ》も話の会の一員だった。おはんが念を押したのは利兵衛に気を遣《つか》っているためだと清兵衛は思っている。清兵衛等《ら》、話の会の面々は利兵衛を除いて長月《ながつき》に箱根へ旅に出た。戻って来てから、何かと言うと箱根の思い出話になった。同行しなかった利兵衛は当然、おもしろくない。妙に皮肉なもの言いをして会の面々を白けさせた。それで利兵衛のいる時には、なるべく旅の話はしないようにしようと決めた。だが清兵衛は、ついそれを忘れてしまう。この頃の利兵衛はあからさまに不愉快を顔に出すようにもなった。おはんは和気藹々《わきあいあい》と続いていた話の会の雰囲気を壊さないために、色々と利兵衛へ気を遣い始めたのだ。

その日、清兵衛は綿入れの着物に対《つい》の羽織を重ね、さらに首巻きをした恰好で、山下《やました》町《ちょう》の蠟燭問屋《ろうそくといや》「伊勢屋《いせや》」の甚助《じんすけ》を迎えに行った。

話の会にはいつも甚助と一緒に出向くことにしている。家の中から出て来た甚助も清兵衛と同じように首巻きをしていた。

「冷えて来たねえ。この様子じゃ雪になるかも知れないよ」

甚助は清兵衛と肩を並べて歩きながら言う。

「そうだねえ。箱根の温泉がいまさらながら恋しいよ」

「また、始まった。それはやめろと言ったはずだ」

甚助は渋い顔で制した。

「ああ、悪かった。あんまり旅が楽しかったんで忘れられないのさ。つい口に出てしまう」

清兵衛は頭を掻《か》いて言い訳した。

「やっぱり、龍野屋さんを残したのはまずかったね。こんなことになるなら無理にでも引っ張って行くんだったよ」

甚助は愚痴っぽく言った。

「わしもそう思っていたよ」

「おっ師匠《しょ》さんが気を遣っているのは見ていて切ないよ。龍野屋さんもいい年をして子供みたいな男だ」

「悋気《りんき》（嫉妬《しっと》）は幾つになってもあるんだね」

「年寄りになるとひがみっぽくなるから質《たち》が悪いやね」

甚助はそう言って吐息をついた。

「龍野屋さんも六十一。来年は二か……」

清兵衛は利兵衛の年を数える。清兵衛と甚助はともに五十三である。だが、利兵衛の年になるのは、あっという間だろうという気がしている。自分も気をつけなければならないと清兵衛は思う。

「お前を見る龍野屋さんの眼がちょいと気になるよ。いいかい、少しぐらい絡《から》まれても相手にするんじゃないよ」

甚助は釘を刺した。

「あ、ああ」

清兵衛は眼をしばたたいて応《こた》えた。確かに利兵衛の自分を見る眼は冷ややかだ。清兵衛が話の会に加えて貰った時は、にこやかに迎えてくれたのに、今は、自分の一々《いちいち》が利兵衛には気に入らないらしい。しかし、利兵衛に嫌われるような理由に清兵衛は心当たりがなかった。

おはんの家は黒板塀に取り付けてある格子戸をからからと開け、置石を幾つか進んだ奥に表戸があった。土間口前にはやつでの鉢植えが置かれていた。そこから庭にも回れる。樹木も前栽《せんざい》も丁寧に冬囲いされていた。訪《おとな》いを入れると、小女《こおんな》が出て来て「お越しなさいませ」と丁寧に頭を下げた。

「お邪魔致しますよ」

清兵衛はそう応えて、甚助とともに履物を脱いだ。三和土《たたき》には男物の履物が二足揃《そろ》えられていた。清兵衛達より先に来た者がいるらしい。上がり框《かまち》の横には弟子達が使う下駄箱が設《しつら》えてあり、その下駄箱の上にえんじ色した菊が一輪挿しに入れられていた。狭いながら掃除も行き届いている。清兵衛の期待を裏切ることのない家の佇まいだった。

「はしゃぎなさんなよ」

甚助は悪戯《いたずら》っぽく清兵衛に注意を与えた。

「うるさいよ、お前は」

清兵衛は、むっとして甚助を睨《にら》んだ。

奥の部屋に通されると、町医者の山田玄沢《げんたく》と北町奉行所の役人である反町譲之輔《そりまちじょうのすけ》が瀬戸火鉢に手をかざしていた。

「これはこれはお早いですな」

清兵衛は気軽な言葉を掛けて頭を下げた。

「本日、残念ながら中沢先生はお見えになりません。できのよくないお弟子さんに補習をしなければならないとか」

玄沢は用意していたように中沢慧風《けいふう》の欠席を清兵衛と甚助に伝えた。

「さようですか。それは残念ですな。それでは、後は龍野屋さんだけですか」

甚助は確認するように言った。

「龍野屋さんも少し遅くなるようですが、お茶をいただく頃にはいらっしゃるでしょう」

玄沢の話を聞いて清兵衛は少しほっとした。なるべく利兵衛と顔を合わせる時間は短くしたいものだと思っていたからだ。おはんは台所で食事の用意に余念がなく、小女にあれこれ指図する声が聞こえた。

奥の間は襖《ふすま》を境にして茶の間と繋《つな》がっていた。襖を開ければ大部屋になる造りだ。だが、その時は、襖は閉じられていた。床の間の横に仏壇があって、扉が開かれている。仏壇には活《い》きのよい仏花《ぶっか》と落雁《らくがん》が供《そな》えられていた。

「この家の仏様はどなたですかな」

清兵衛は黒塗りの位牌《いはい》に眼を向けて誰にともなく訊《き》いた。位牌は三柱あった。

「おっ師匠さんのご両親と、それから旦那でしたか……」

玄沢は自信なさそうに反町に確かめた。

「そうそう。旦那は木場《きば》の材木商と伺ったことがあります」

反町は訳知り顔で応えた。

「そいじゃ、おっ師匠さんは、今は独り身ですか」

清兵衛はぐっと首を伸ばした。甚助がその拍子に清兵衛の膝をぽんと叩いた。

「妙なことを考えるんじゃないよ。おっ師匠さんには十七の倅《せがれ》がいるんだよ。旦那が亡くなってから世話をしたいという男が何人もいたんだが、この倅が承知しないのさ。清兵衛が色目を使っていると知ったら倅は眼を吊り上げるぜ」

「そんな、色目を使うだなんて……で、その倅は一緒に暮らしているのかい」

「いいや。中沢先生の所で書生をしている。大層頭がいいそうだ。末は学者にでもなるんだろう」

「へえ」

清兵衛はひとしきり感心した。

「さあさ、皆様、お待たせ致しました」

おはんが襖を開けて膳を運び入れた。

清兵衛と甚助は身軽に腰を上げ、手伝った。ちらりと覗いた茶の間には神棚が祀《まつ》ってあり、その前に長火鉢があった。神棚の横には三味線が三挺《ちょう》。天井近くの壁に弟子達の名札も並んでいる。おはんは紛れもなく師匠と呼ばれる人間だった。

膳には銚子一本、菜飯《なめし》、豆腐の吸い物、青菜の胡麻《ごま》よごし、魚の白身の刺身、焼き物、香の物が並んでいた。量は少ない。ほんのお凌《しの》ぎという感じである。だが、話の会の連中にはそれで十分だった。満腹では眠気が差すし、かと言って空腹では少々気味の悪い話になった時、身体の調子を崩す。そのための食事だった。連中は猪口《ちょこ》を取り上げ、それぞれ銚子を注《つ》ぎ合って喉を潤《うるお》した。

「龍野屋さんは遅いですなあ」

反町は気になった様子で言う。

「放ってお置きなさいまし。この頃、あの方は少しおかしいのですから」

おはんは男達に酌《しゃく》をしながらぷりぷりした口調で言った。

「おっ師匠さんが気を遣うので、その気になって駄々《だだ》を捏《こ》ねるのですかな」

玄沢は苦笑混じりに言う。

「あたしもね、箱根にご一緒しなかったことが心残りで、お内儀《かみ》さんの月命日にはお花を届けてお慰めしていたんですよ。龍野屋さんは、ありがたいって涙ぐんでいらした。ところが……」

おはんはそこで言い澱《よど》んだ。

「どうしました、おっ師匠さん」

清兵衛は気になっておはんの話を急《せ》かした。

「お仏間で二人っきりになりましたら、龍野屋さんにいきなり手を握られまして、もうもう大変でございました」

おはんは困り顔で応えた。

「けしからん奴だ。いい年して」

清兵衛は気色《けしき》ばんだ。

「皆様、ここだけのお話にして下さいませね。後でこじれるのがいやですから」

おはんは連中の顔色を窺《うかが》って低い声で言った。

「まあ、男は幾つになっても男ですよ。色っぽいおっ師匠さんが優しいことを言ってくれたので、あの人も勘違いなさったんでしょう」

玄沢は取り繕《つくろ》うように口を挟んだ。

「しかし、あまり度が過ぎるようでしたら、きっぱりと断るのが肝腎ですよ。曖昧《あいまい》な態度はいけません」

反町はぴしりとおはんに言った。

二

龍野屋利兵衛は、それから小半刻《こはんとき》（約三十分）ほどしてようやく現れた。手には経木《きょうぎ》に包まれた菓子と錫杖《しゃくじょう》を携《たずさ》えていた。錫杖は話の会の始めに鳴らすもので、それは利兵衛の役目になっていた。

「お待たせ致しました」

利兵衛は慇懃《いんぎん》に言って座ると、一同を一瞥《いちべつ》した。利兵衛の視線は清兵衛につかの間、止まったようにも感じられた。清兵衛は慌ててその視線を逸《そ》らした。

「龍野屋さん、お腹拵《なかごしら》えなさいませ」

おはんが食事を勧めると「いや、わたしは腹が空いておりません。酒も飲みたくありません」と応える。拗《す》ねている感じにも見えた。

連中は慌てて膳の物を掻き込んで食事を仕舞いにした。おはんは食事が終わると、盆《ぼん》手前《てまえ》で茶を立てた。

利兵衛はそれを見て「お菓子はわたしが配りましょう」と言った。車座になった連中の前に懐紙《かいし》を置き、「残菊《ざんぎく》」と名づけられた餡《あん》を牛皮《ぎゅうひ》で包んだ菓子を並べた。龍野屋の季節の菓子だった。

「おお、この皮には菊の花びらを混ぜているのですな。まことに結構なお菓子です」

玄沢が世辞を言うと、他の連中も相槌《あいづち》を打つように大きく肯《うなず》いた。

「これは大名家の奥方様にもご贔屓《ひいき》をいただいております。ささ、どうぞ」

利兵衛は得意そうに勧めた。清兵衛も美しい菓子の意匠《いしょう》を眺めてから黒文字《くろもじ》で口に運んだ。甘い物の苦手な清兵衛にも上品な餡の甘さが好ましかった。が、突然、がりっと何かが歯に当たった。皆んなに気取《けど》られないように、そっと口から吐き出すと、それは一寸ほどの針だった。清兵衛は懐紙に残りの菓子と一緒に包み、袖に入れた。

食べ物屋は、異物が混入することなどあってはならない。

だが、どれほど注意しても砂のような小石や髪の毛が入ることがある。その時は客に平身低頭して謝るのだ。むろん、代金は取らない。そういう経験は清兵衛にも何度かあった。しかし、針というのは考えられない。菓子を配ったのは利兵衛である。何かそこに清兵衛に対する意図的な悪意を感じた。ここで騒いではならないと、清兵衛はじっと堪《こら》えた。

やがて、仏壇にお参りを済ませ、いよいよ話の会が始まった。利兵衛は錫杖を鳴らし、いつものように「ひとつ灯《とも》せ～」と、声を張り上げた。

「ええい！」

一同は唱和した。

「本日は中沢先生が欠席とのことでございますから、お話の前に手前から『曾根崎心中《そねざきしんじゅう》』より道行《みちゆき》の場をお聞かせ致しましょう」

利兵衛は連中に嘗《な》め回すような視線をくれて言った。

「近松《ちかまつ》ですか。これはこれは……」

玄沢は面喰らった様子で言った。

「この世のなごり。夜もなごり。死にに行く身をたとふれば。あだしが原の道の霜。一《ひと》足《あし》づ（ず）つに消えて行く。夢の夢こそあはれなれ。あれ数《かぞ》ふれば暁の。七つの時が六つ鳴りて、残る一つが今生《こんじょう》の。鐘の響きの聞き納め。寂滅為楽《じゃくめついらく》と響くなり。鐘ばかりかは。草も木も。空もなごりと見上ぐれば。雲心《くもごころ》なき水の音。北斗は冴《さ》えて影映る、星の妹背《いもせ》の天の川。梅田の橋を鵲《かささぎ》の、橋と契《ちぎ》りていつまでも。我とそなたは女夫星《めおとぼし》。かならずさ（添）ふと縋《すが》り寄り。二人がなかに降る涙、川の水嵩《みかさ》も増さるべし……」

利兵衛は芝居の女形《おやま》の声音《こわね》で滔々《とうとう》と語った。

近松門左衛門《もんざえもん》の世話物浄瑠璃《せわものじょうるり》である。醤油屋の手代、徳兵衛《とくべえ》と遊女お初《はつ》が死を覚悟して曾根崎の森に行く「道行」の場面は古くから婦女子の紅涙を絞ってきた。しかし、それが話の会にふさわしいかどうかは、また別問題である。利兵衛の語りは、なおしばらく続き、連中はいささか辟易《へきえき》となった。

「それでは改めまして、本日のお話に。おっ師匠さん、どうぞ」

利兵衛は手巾《しゅきん》で口許を拭《ぬぐ》うと、おはんを促《うなが》した。

「あたし、息子が一人おりますが、恥を申し上げますと、お世話になった旦那との間にできた子なんですの。もちろん、先様にはお内儀さんがいらっしゃいました。世間を憚《はばか》って、あたし、伯母夫婦の家に身を寄せて、そこで息子を産みました。あたしは二階の四畳半に寝泊りしておりました」

息子を産み、ようやく床上げをした頃、江戸は初夏を迎えていた。おはんは湿った蒲団を干そうと、二階の部屋から続いている物干し台に蒲団を運んだ。隣りは少し大きな酒屋で、広い庭には池が設《しつら》えてあった。厚く綿の入った蒲団は湿気を吸ってなおさら重く感じられた。その時、息子が泣き声を上げた。そろそろ乳を与える時間でもあった。おはんは焦りを感じた。

「ちょいとお待ち。おっ母さんは蒲団を干しているんだから」

宥《なだ》めたが、赤ん坊にわかるはずもない。物干し台には柵が回してあったが、蒲団を抱えたおはんには、それが見えなかった。当てずっぽうで蒲団を下ろした時、おはんの勢いが強かったのだろう。おはんの身体は蒲団ごと地面に落下していた。

「何んということを！」

清兵衛はおはんが大怪我をしたのだと、思わず声を上げた。

「あたし、それから何があったか、よく覚えていないのですよ。気がついたら、お隣りの池の前にしゃがんでおりました。伯母が、何をやっているんだえ、と息子を抱いて物干し台から怒鳴っておりました。あたしは不思議にかすり傷一つもありませんでした」

「不幸中の幸いでしたな」

玄沢もほっとした顔で言った。玄沢は長年、町医者をしているので穏やかな表情をしている。年より老けて見えるが、まだ四十代の男だ。反町と、欠席している儒者《じゅしゃ》の中沢慧風はともに三十六。おはんは三十八だった。ちょいと見には、おはんが一番若い。

「でも、地面に落っこちる刹那《せつな》、あれは夢だったのか、それとも幻だったのかと思えることがございましてね……」

おはんは昔を思い出すような遠い眼になった。

「何がありました」

反町は興味深そうに膝を進めた。

「一瞬でしたけど、あたしは息子がいるから、今は死ねない。お父っつぁん助けて、と強く思ったんです。そうしたら……」

「そうしたら？」

反町は、まるで下手人に柔らかく自白を促すように訊く。

「太い毛むくじゃらの腕が現れて、あたしの腋《わき》の下にすっと入ったんです。あたしはお父っつぁんに支えられたんでしょうね。それからのことはわかりませんけれど」

「おっ師匠さんのてて親は毛深い男でしたか？」

「ええ。それに体格もよかった。あたしはどちらかと言うとおっ母さんの方になついていたけれど、やはりそんな時は咄嗟《とっさ》にお父っつぁんのことを思い出しましたよ」

おはんはしみじみと言った。一同はひとしきり感心した表情になった。だが、利兵衛は突然、甲高《かんだか》い声で笑った。

「ばかばかしい。そんなことがあるものか。腕だけが現れるなどと」

「ですからね、龍野屋さん。これは夢か幻なのかよくわからないと申しましたでしょう？」

おはんはむきになって利兵衛に応えた。

「わしはおっ師匠さんのてて親が娘の一大事に手を貸してくれたのだと思っております。おっ師匠さんはご両親に守られております。どうぞ、仏様のご供養を欠かさぬように」

清兵衛はおはんの気持ちを察して言った。

「ありがとう存じます、平野屋さん。そう言っていただけると、あたしも胸のつかえが下りたような気持ちになります」

おはんは少し涙ぐんで応えた。

「九死に一生を得る人間のことは、わたしも時々、耳にします。本当に間一髪で命を取り留めておるのです。それは何か目に見えないものの力が働いているとしか思えません。おっ師匠さんは亡くなったご両親に守られているのですから、きっとこの先も危険を回避できるでしょう。いや、羨《うらや》ましい」

玄沢は悪戯っぽい眼で言った。

「山田先生ったら」

おはんは泣き笑いの顔で応えた。

「おっ師匠さんの話が本当だとしたら、わたしはまるで先祖に仇《あだ》されているような男ですな」

利兵衛は憮然《ぶぜん》とした表情で口を挟んだ。

「何をおっしゃる。龍野屋さんは先祖伝来の店を立派に続けておられる。先祖に仇されるなどと罰当たりなことはおっしゃいますな」

玄沢は厳しい表情で利兵衛を制した。

「そうですかな。わたしは生まれて六十一年、さほど楽しい思いをせず、商売一筋に励んで参りました。女房はひと足先に死に、倅は家の商売を嫌って出て行った。仕方なく娘に婿《むこ》を迎えて跡を継がせたが、売り上げは年々、減る一方です。龍野屋は早晩、店を畳むことになりましょう」

利兵衛は皮肉な口調で吐き捨てた。

「ご先祖の供養はしておられますか」

清兵衛が訊くと、利兵衛は「そんなことを、あなたから言われる筋合はない」と眼を吊り上げた。清兵衛は言葉に窮して俯《うつむ》いた。

「まあまあ」

反町は利兵衛をいなした。

「皆さんは箱根の温泉に浸《つ》かる余裕もありましょうが、このわたしは、それどころではありません。わたしの気持ちを少しも察することなく旅の思い出話をなさる方がおります。もうもう、わたしには針の莚《むしろ》です」

利兵衛は憤《いきどお》った声で続ける。清兵衛は利兵衛が自分に対して冷ややかな眼をする理由に合点《がてん》がいった。自分の不用意な言葉が利兵衛を傷つけていたのだと思った。

「龍野屋さん。手前、龍野屋さんのお気持ちも考えず、ご無礼致しました。平にご容赦のほどを」

清兵衛は深く頭を下げて利兵衛に謝った。

「別にわたしは、平野屋さんに当てつけているつもりはありませんよ。どうぞ、お顔を上げて下さい」

利兵衛はその時だけ鷹揚《おうよう》に応えた。

「龍野屋さん、あんたの苦労はよくわかりましたが、この清兵衛だって、昔は遊ぶ暇もないほどでて親と祖父《じい》さんに扱《こ》き使われていたんですよ。ようやく倅が一人前になり、こうして話の会にも加えて貰えるほど余裕ができた。清兵衛は嬉しくてたまらないのですよ。大目に見てやって下さい」

甚助はそっと助け舟を出した。清兵衛は甚助の気持ちが心底嬉しかった。

「皆さんは平野屋さんがご贔屓のようですな。お武家様の茶事も平野屋さんからお料理を取り寄せることが多くなりました。平野屋さんは八丁堀の亀屋《かめや》と懇意なので、近頃は菓子も亀屋ばかりですよ。あそこはねえ、うちの職人が暖簾《のれん》分けした店なのですよ。本家をないがしろにするなんざ、平野屋さんは商人の風上にも置けませんなあ」

利兵衛は溜《た》まっていたうっぷんを晴らすように、いっきに喋《しゃべ》った。

「商売上の話は別の所でお願いしたい。この席には無用のことだ」

反町がぴしりと言ったので、ようやく利兵衛も言葉を控えた。居心地の悪い空気になり、その日の話の会は盛り上がらず、いつもより早く散会した。

三

甚助は気にするなと言ったが、龍野屋の不振が自分の店の影響もあったのかと清兵衛は愕然《がくぜん》とした。清兵衛は息子の久兵衛に、これからは少し、龍野屋にも声を掛けろと命じた。だが久兵衛は「それはちょっと……」と、言葉を濁した。

「どうしてだい。龍野屋はいい仕事をしているじゃないか」

清兵衛は怪訝《けげん》な眼で息子に言った。

「お父っつぁん、噂《うわさ》を聞いていないのかい」

「噂？」

「ああ。龍野屋の板場は、ちょうど武家のお屋敷の台所と背中合わせになっているんだよ。煙抜きの窓を開けたら、塀越しに龍野屋の職人が菓子を拵えているのが丸見えだそうだ。夏の間は龍野屋も窓を開けっ放しで仕事をするのでなおさらだ。で、そんな夏のある日、奥方が何気なく龍野屋の様子を見ると、職人達は褌《ふんどし》一丁で仕事をしていたらしい。板場は火を使うから、職人達も暑かったんだろう。ま、それだけなら目くじら立てるつもりもなかったんだが、職人がひょいと腰を下ろしたのがさあ、重ねた板だったんだよ。その板っていうのは、でき上がった菓子を並べて置くものだったのさ。奥方は悲鳴を上げそうなほど驚き、それから龍野屋の菓子は一切買わなくなったんだよ。おなごの口は軽いからね、噂はたちまち拡がったという訳だ」

「…………」

板場を客に見せたら驚くようなことは山ほどある。しかし、龍野屋はいかにもまずかった。菓子を並べる台に褌一丁で腰を掛けるなど不潔極まりない。清兵衛はため息をついた。

しかし、面と向かって忠告することはできないと清兵衛は思う。仮にそれができたとしても落とした評判を取り戻すのは、並大抵ではないだろう。清兵衛の菓子に針が仕込まれたのは清兵衛に対する明らかな意趣返しだ。この先、どうしたらいいのだろう。清兵衛は途方に暮れる思いだった。

幸い、正月の話の会は都合のつかない者が多く、延期された。清兵衛は何んとなくほっとしていた。

新年の宴会でてんやわんやだった平野屋が一段落した頃、清兵衛は山下町の伊勢屋を訪れた。手には亀屋の饅頭を携えていた。甚助の娘のおさよが現れ、愛想よく隠居所に促した。

甚助は炬燵《こたつ》に腹ばいになって読本《よみほん》を読んでいた。

「あい、おめでとさん。甚助、今年もよろしくお願いするよ」

清兵衛は新年の挨拶をした。

「こちらこそ。お前がいつ来るかと待っていたよ」

甚助は起き上がって清兵衛に炬燵へ入るよう勧めた。

「お父っつぁん、小父《おじ》さんから亀屋さんのお菓子をいただいたのよ。お仏壇にお供えして、うちの人が帰って来たらいただきましょうね」

おさよはそう言って、仏壇に菓子を供えると鈴《りん》を鳴らした。

「おさよ、清兵衛と一杯飲みたいから仕度をしておくれ」

甚助はさり気なく命じた。

「ええ。火鉢の炭はどう？」

「ああ。少し足しておくよ」

おさよはそそくさと台所に戻った。火鉢の火で酒の燗《かん》をつけ、甚助は清兵衛とちびちびと飲むつもりだった。

「忙しかったのかい」

甚助は炭を足しながら訊く。

「客の家に年玉物を持って挨拶に廻っていたんだよ。久兵衛には任せられなくてね」

「おれはすっかり婿殿に任せたんで暇だった」

「おさよちゃんの旦那はしっかりしているから」

「さて、それはどうだか……亀屋の菓子が土産《みやげ》だって？　龍野屋は敢《あ》えて避けたのかい」

甚助はちらりと仏壇に眼をやって言う。

「いや、そうじゃないよ。おさよちゃんも亀屋の物の方が安心すると思ってね」

「どういう意味だい」

甚助は龍野屋の噂を知らないらしい。

清兵衛が説明しようとした時、おさよが徳利とおせちの重箱を運んで来た。

「小父さんにあたしのおせちを食べて貰うのは気が引けるけど」

おさよはそんなことを言って火鉢の鉄瓶の中へ徳利を沈め、炬燵の上に重箱と取り皿を置いた。

「おさよ、箸《はし》がないよ。手づかみで喰えってかい」

甚助は皮肉な調子で言う。

「あら、うっかりして。いやなお父っつぁん。そんなもの言いをしなくてもいいじゃない」

おさよはきゅっと甚助を睨むと慌てて箸を取ってきた。

「おさよちゃん、これは皆んな、あんたが拵えたのかい」

清兵衛は重箱の中身を見て感心した顔で訊いた。重箱にはひと通りのおせちが並んでいた。

「向こうのお姑《かあ》さんに習ったんですよ。うちのおっ母さん、あたしに料理を仕込んでくれる前に病《やまい》になって死んじまったから」

おさよは寂しそうに応えた。この頃は死んだ甚助の女房にますます似てきた。

「大したもんだよ。この昆布巻きの素人っぽいところがいい」

「素人っぽいはよかったな」

甚助は愉快そうに笑った。

徳利の燗がつくと、おさよは清兵衛に酌をしてくれた。

「ああ、嬉しいねえ。おさよちゃんの酌で酒が飲めるなんざ。春から縁起がいい」

清兵衛は相好《そうごう》を崩した。

「おさよ。清兵衛は亀屋の菓子を土産に持って来たが、お前は龍野屋より亀屋の方がよかったのかい」

甚助がさり気なく訊くと、おさよは気後れした顔で「ええ」と、応えた。

「龍野屋さんのご主人は話の会でお父っつぁんとご一緒だそうだけど、あたし、龍野屋さんのお菓子はどうも……」

おさよはそう続けた。噂は思わぬほど拡がっていると清兵衛は思った。

「おれにはさっぱりわからない。いったい、どうなっているんだ」

甚助は首を傾《かし》げた。おさよは清兵衛が久兵衛から聞いた噂とほぼ同じことを甚助に話した。甚助は低く唸《うな》った。

「これはちょいと大変だね」

甚助は清兵衛に困惑した顔を向けた。

「出どこは隣りのお武家なんだから、まず、そのお武家の奥方の口を封じる必要がある。それから職人達に清潔を心掛けさせ、きちんと仕事をしているところを奥方に認めさせたら悪い噂も収まると思うんだが」

清兵衛は考えていたことを口にした。

「誰がそれを龍野屋に忠告するんだね」

甚助は試すように訊いた。

「誰って……」

自分はいやだと思う。もちろん、甚助だっていやだろう。

だが甚助は「嫌われてもいいから、ここはおれ達がひと肌脱ぐか」と独り言のように言った。

「本気なのかい」

清兵衛は驚いて甚助を見た。

「そうね。お父っつぁんと小父さんより他に、それができる人はいない」

おさよも父親の意見に賛成した。

「おさよ。もう下がっていいよ」

甚助はおさよに言った。

「ええ。じっくり案を練《ね》ってね」

おさよは心得たという顔で部屋を出て行った。

「甚助、わし、無理だと思うよ。下手をしたら龍野屋さんをますます怒らせることになる」

清兵衛は暗い声で言った。

「この間、おっ師匠さんの家で何かあっただろう?」

「え?」

「龍野屋の菓子にさ」

「知っていたのかい」

「ああ。お前の様子が少しおかしかった。実はおれの菓子にも針が入っていたよ」

「…………」

「山田先生と反町の旦那のは大丈夫だったらしいが」

「だったら、なおさら」

「いや、向こうがはっきりと怒りを表しているんだから、話は早いよ。おれ達を恨むのは筋違いだ。理由はこれこれこうだと言ってやれば納得するだろう」

「そううまく行くかな」

清兵衛には自信がなかった。

「一杯飲んだら出かけよう」

「え？　今日？」

「ああ。善は急げだ」

清兵衛は猪口の酒をひと息で飲み下し、奥歯を嚙《か》み締めた。

四

半刻《はんとき》（約一時間）後、清兵衛と甚助は伊勢屋を出た。おさよは切り火をして景気をつけた。

外はぼんやりと薄陽《うすび》が射していた。途中の空地では凧揚《たこあ》げしている子供達が目についた。晴れ着を着た娘達は羽根突きをしている。いつもと変わらぬ正月の風景である。

だが、清兵衛は緊張で硬くなっていた。これから起こることが予想できない。利兵衛が笑って「ありがとよ、恩に着るよ」などと言うはずはないと思った。清兵衛は胸で死んだ母親に呼び掛けた。おっ母さん、わしを守ってくれ、わし、怖いんだ、と。

甚助が清兵衛を見て、ふっと笑った。この男の観察眼には清兵衛も気味悪く思うことがままある。甚助は清兵衛の胸の内をすっかり読んでいるように思えた。

水谷町の龍野屋は暖簾を出していたが、噂のせいで客の姿はあまり見えなかった。腰のすっかり曲がった老婆が仏壇に供える菓子でも買いに来たのだろう。よろよろと杖《つえ》を突いて店の中へ入って行くのを見ただけだった。

二人は脇の小路から勝手口に向かった。

台所にいた女中に取り次ぎを頼むと、女中は慌てて奥へ引っ込んだ。それから呆れるほど待たされ、ようやく中へ促された。

通された部屋は以前に話の会が開かれた仏間続きの客間だった。利兵衛は熱心に仏壇を拝《おが》み、経を唱えていた。部屋の中は仄暗《ほのぐら》い。仏壇の灯明がやけに眩《まぶ》しかった。二人は利兵衛の経が終わるまで後ろに座って待った。甚助は所在なげに部屋をぐるりと見回し、それから大きく息を吐いた。

やがて、利兵衛は振り向き、二人に頭を下げ、「おめでとう存じます。本年も何卒よろしくお願い申し上げます」と、型通りの挨拶をした。清兵衛と甚助も、それに返礼した。

「お珍しいですな。お揃いでお越しとは」

利兵衛は相変わらず皮肉を滲《にじ》ませた口調で言う。

「年頭から少々、言い難《にく》いことを申し上げねばなりませんよ」

甚助がいきなり本題に入ると、さっと利兵衛の表情が変わった。

「おっ師匠さんの家でのことを言っているのですか。手前に何か不始末でもございましたかな。それでしたらはっきりおっしゃって下さい」

「不始末は龍野屋さんがようくご存じじゃないですか。いまさらそれを言うつもりはありませんよ」

「何んのことですかな。不始末の証拠でもあるのですか」

利兵衛は開き直った。

「お菓子に針が入っておりました」

清兵衛は口を挟んだ。利兵衛の態度が腹に据《す》えかねていた。

「言いがかりだ！」

利兵衛は激昂《げっこう》した声を上げた。

「そうですかな。おれ達を恨んでも店に客は戻りませんよ」

甚助は厳しい口調で言った。

「何を！」

利兵衛は興奮して片膝を立てたが、女中が茶を運んできたので、声音を抑《おさ》えた。

女中が引き上げると、甚助は利兵衛を諭《さと》すように言った。

「近所に悪い噂が流れております。ここで手を打たなければ龍野屋さんの心配するような事態になりかねませんよ」

「何んの噂だ。おおかた、あんた等が流しているんだろう」

「馬鹿なことを言いなさんな」

甚助は胡坐《あぐら》を掻くと、湯呑の茶をひと口飲んだ。

「いい茶の葉を使っているよ。清兵衛、酔い覚ましにお前もお飲みよ」

「ああ」

二人のやり取りを利兵衛は憎々し気な眼で見ている。

「さて、外《ほか》でもない。その悪い噂というのをお聞かせ致しましょう」

甚助は茶を飲み干すとおもむろに口を開いた。甚助の話に利兵衛は眼を丸くして驚いた。

「まさか」

「まさかという坂はありませんよ。それが噂の正体です」

甚助は冗談めかして応えた。

「それが本当なら龍野屋はもうお仕舞いだ」

利兵衛は咽《むせ》び泣いた。

「まだ打つ手はあります。早々にお隣りの奥方へ詫《わ》びを入れ、菓子職人に気をつけるよう説得して下さい」

清兵衛もそう言った。だが利兵衛はかぶりを振るばかりで、とうとう、そうするとは言わなかった。もちろん、清兵衛と甚助の忠告に感謝する言葉はなかった。

正月の晦日《みそか》に龍野屋の隣りの武家で不幸があった。噂を流していた例の奥方が突然病に倒れたという。清兵衛は震撼《しんかん》した。これは利兵衛が何んらかの策を弄《ろう》したとしか思えなかったからだ。とすれば、いずれ清兵衛も利兵衛の策に陥《おちい》るような気がしてならなかった。

五

二月の話の会は八丁堀の反町譲之輔の組屋敷で行なわれた。清兵衛は欠席しようと心積もりしていたが、甚助に、それでは相手の思う壺だと諭《さと》された。甚助も武家の奥方の死は利兵衛のせいだと感じているようだ。利兵衛は隣りの奥方へ恨みの念を送っていたのだろう。それとも直接行動に出たのか。

清兵衛は龍野屋に行ったことを後悔していた。いや、箱根に行ったことも、もっと言うなら話の会に入ったことすら後悔していた。

話の会は不可思議な話を語り合う楽しい会ではなかった。人の心に潜《ひそ》む恨みつらみと間近に接する場でもあったと気づいたのだ。

反町は清兵衛の胸の内など意に介する様子もなく、その日は奉行所に休みを貰い、朝から妻女を手伝わせて会の準備をしていた。

八丁堀の組屋敷は北町と南町の奉行所の役人がそれぞれに固まって暮らしている。高い塀に囲まれた組屋敷の中は町屋と違う雰囲気が漂《ただよ》っていた。

反町の家は組屋敷の一番奥にあった。裏手の表通りに面した地所は儒者に貸していた。そこから上がる地代金が三十俵二人扶持《ぶち》の反町の薄給を支えていた。また奥方も組屋敷内の奥方とともに内職に励んでいるという。

つつましい同心の暮らしに清兵衛は頭が下がる思いだった。

会が始まる前の食事も奥方と女中の手作りらしい精進料理が並んでいた。見た目に比べ、存外に味はよかった。

ひと月ぶりで見た龍野屋利兵衛は憔悴《しょうすい》の色が濃かった。もともと痩《や》せた男だったが、このひと月の間にさらに痩せたようにも感じられた。清兵衛は利兵衛を正視できなかった。

中沢慧風は弟子達の学問吟味《がくもんぎんみ》も終わり、いささか安堵《あんど》した表情だった。貝原益軒《かいばらえきけん》の『養生訓《ようじようくん》』を朗々と唱える声も明るかった。

「さて、本日は拙者の話を聞いていただきましょう」

反町は座り直して口を開いた。

「長年、役人をしておりますと、時には不可解な事件に遭遇致します。しかし、それ等を祟《たた》りであるとか、狐狸《こり》の類《たぐい》にすることはできませぬ。たとえば、なぜ柳原土手《やなぎわら》に首縊《くびくく》りが多いのか。あそこはどうも人心を惑わす何かが潜んでいるような感じを覚えます。死ぬ理由がない者でも死んでおりますからな。だが、理由のわからない死人《しびと》についても、でき心にて自害をなすと報告致します。それが奉行所というものです。また、昨日まで元気に暮らしていた者が突然に死に見舞われることもございます。それについても、心《しん》ノ臓《ぞう》の発作であろうと、もっともらしい理由をつけますする。拙者はその死人《しびと》が丑《うし》の刻参りをされた犠牲者ではないかと訝《いぶか》ることがござる。人の恨みは、時に人の命を奪うほど強い力を持つものでござろうか。皆さんのご意見を伺いたいものです」

反町はそう言って一同の様子を見た。反町の眼が利兵衛の前で止まったと感じたのは清兵衛の気のせいだろうか。

「人を呪わば穴二つという諺《ことわざ》がございます。人を呪い殺そうとした者は、その報《むく》いで自らの命も奪われ、墓の穴が二つになるということです。まことに至言でございます」

甚助は最初に意見を述べた。

「それでは伊勢屋さん。穿《うが》ったことを申し上げますが、恨みや呪いは、後のことはともかく相手に通じるということですかな」

反町は甚助に訊いた。

「そういうことになりますか。ま、人に恨みを買うべきではないとも言えますが」

甚助は自信がなさそうに応えた。

「それでは理不尽な恨みを買って死に至った人はどうなります。立つ瀬も浮かぶ瀬もござらん。死んで花実が咲くものではない」

反町は憤った声で言った。

「旦那は何か手立てはないのかとお考えなのですね」

清兵衛は反町の気持ちを慮《おもんぱか》って言う。反町は黙って肯いた。

「恨みを買っているのがわからないというのが一番厄介ですな。やはり日頃から自分の言葉には気をつけなければなりません。わしもいい年をして軽はずみなことを言ってしまいますので」

清兵衛は自嘲《じちよう》的に言った。

「平野屋さん、そんなことはありませんよ」

おはんが慰めた。清兵衛はこの上もなく嬉しかった。だが、隣りに座っていた利兵衛の顔を見てぞっとした。利兵衛の表情には憎しみが溢《あふ》れていた。

「龍野屋さん、どうぞ勘弁して下さい。わしが悪かった。謝ります」

清兵衛は這《は》いつくばって利兵衛に詫びた。突然の清兵衛の態度に一同は驚いた表情になった。

「平野屋さん、いったいどうなさったのです」

玄沢は心配そうに清兵衛に訊いた。

「わしはまだ、死にたくない！」

清兵衛は悲鳴のように叫んだ。

「様《ざま》ァ、見られない」

利兵衛は低く呟《つぶや》いた。

「龍野屋さん、何をおっしゃるの。平野屋さんが身も世もなく苦しんでいらっしゃるのに。それとも、平野屋さんがあなたにひどいことでもしたのですか」

おはんは気色ばんだ。

「ああ、そうとも。こいつは畑中《はたなか》様の奥方とつるみ、わたしの悪口を触れ回っていたんだ。うちの店がいけなくなったのはこいつのせいだ。この恨みは忘れないよ」

畑中様とは龍野屋の隣りの武家のことだった。

「龍野屋さん、口を慎みなされ」

反町は厳しい声で制した。咎《とが》めるような視線が利兵衛に集中した。利兵衛はそれに気づくと固唾《かたず》を飲んで俯いた。

「平野屋さんと畑中殿の奥方が懇意にしていた事実はありませぬ。これは龍野屋さんの誤解でしょう」

反町は畑中家の奥方の急死に不審を覚え、密かに調べを進めていた様子である。

「龍野屋さん、あなたの方にこそ、何か心当たりがあるのではないですか」

反町は疑惑の眼で利兵衛を見た。

「滅相もない」

利兵衛は消え入りそうな声で応えた。

「龍野屋さんは信心深い方なので、最近はお仏間で経を上げていることが多いと娘さんは話しておりましたよ。そればかりでなく、近所のお稲荷さんにもお参りされているとか。龍野屋さん、もしかして丑の刻参りをされたなんてことはありませんよね」

おはんはそっと訊いた。利兵衛はきッと顔を上げ、おはんを睨んだ。

「このあま！」

利兵衛はいきなり拳を上げ、おはんに殴《なぐ》り掛かった。それは図星であったからだろうか。清兵衛は思わずおはんを庇《かば》った。

利兵衛の拳は清兵衛の後頭部をしたたか打った。清兵衛は思わず呻《うめ》いた。反町はすばやく腰を上げたが、その拍子に車座になっていた連中の真ん中に置かれている紙燭《しそく》の火が消えた。部屋は闇に包まれた。

「大丈夫？　大丈夫ですか、平野屋さん」

おはんは掠《かす》れた声で訊く。反町と甚助は利兵衛を押えているようだ。「くそッ、くそッ」と、利兵衛の抗《あらが》う声が聞こえた。玄沢は「灯《あか》りを、灯りを」と叫んだ。部屋の中はざわざわとした喧騒《けんそう》に包まれた。

だが玄沢が灯りをつける刹那、「命取り」と低い、しゃがれた声がした。誰が言ったのか見当もつかなかったが、清兵衛の胸はひやりとした。

灯りがつくと、利兵衛は喘《あえ》ぐような息を吐いて反町と甚助に腕を取られていた。清兵衛はおはんの肩から腕を離した。力を入れたら今にも骨が折れそうなほど薄い肩だった。おはんの父親でなくとも庇いたくなるというものだ。利兵衛の拳がまともに当たったら、おはんはどうなっていたか知れたものではない。

自分が身代わりになってよかったと清兵衛は思った。

「落ち着きましたかな」

反町は静かな声で利兵衛に訊いた。利兵衛は子供のように肯いた。ようやく観念したらしい。

「命取りと言ったのは清兵衛かい」

甚助が訊いた。

「いや、わしじゃない。山田先生ですか」

清兵衛は玄沢の顔を見た。玄沢も首を振った。

「じゃ、誰？」

甚助は薄気味悪そうに一同を見回した。誰も自分とは応えなかった。

「多分、お父っつぁんだと思う」

おはんは、ぽつりと応えた。すると、利兵衛はぶるぶる震え出した。

「龍野屋さん、どうやらあなたはこの会に参加する資格を失ったようだ。この世の不思議を話し合い、災いを避けようとするのが会の趣旨なのに、あなたは自分から災いの種を蒔《ま》き散らしている。あなたはあの世からおっ師匠さんの父親まで呼び出してしまった」

反町は利兵衛から手を離すと、懐手《ふところで》をし、じっと目を瞑《つぶ》った。

「旦那、まだおりますか」

甚助が訊く。その言い方も妙だった。

「ああ、いらっしゃる。おっ師匠さん、もう大丈夫だからお引き取り願って下さい」

反町の言葉におはんは静かに肯き、仏壇に向き直って掌《て》を合わせた。

「ご無礼致しました。何卒、お許し下さい」

利兵衛は深々と頭を下げると、部屋から慌てて出て行った。玄沢と慧風は何も言わず、じっとなりゆきを見守っているだけだった。


龍野屋利兵衛は、それから病を得て床に就《つ》いた。玄沢が往診に行った時、意識が朦朧《もうろう》としていたという。玄沢は夏までもたないだろうとも言った。

利兵衛が丑の刻参りをしたのかどうかは、とうとうわからなかった。だが、店の不振は思わぬほど利兵衛の心を蝕《むしば》んでいたらしい。先祖の供養を慌ててしても間に合わなかったようだ。利兵衛は亡くなった妻の十三回忌を失念していたと、おはんは清兵衛に後で話してくれた。それが龍野屋の不振の理由ならば、清兵衛は恐ろしいと思う。

先祖は死んでなお、生きている子孫に影響を与えるものなのか。ものの本によれば、一人の人間がこの世に存在するためには三千数百人の先祖が必要だという。

清兵衛は恐れおののく。それ等すべての先祖の供養など、とてもできるものではない。神社に出向く機会があれば、清兵衛は賽銭《さいせん》を上げ、商売繁昌、無病息災、家内安全を祈る。とり敢えずよろしくということだ。

清兵衛の信心とはその程度である。肝腎なのは、今生きている自分と家族だ。

それでも独り身のおはんを気遣い、様々な形で手を差し伸べる父親の気持ちには頭が下がる。おはんにふとどきなことをしたら、途端に父親からしっぺ返しを受けそうだ。

ああ、そうか。龍野屋はおはんに手を出そうとして父親の逆鱗《げきりん》に触れたのだ。そう合点すると、おはんという女も清兵衛には気味悪く思えた。

利兵衛が抜けても話の会はこれまで通り続くようだ。清兵衛は時々、反町の組屋敷で聞いた不思議な声を思い出す。命取り。

それが命取りだ、などと人は簡単に口にするが、改めて考えるとつくづく怖い。

この世で何が怖いかと言えば、それは己れの命が取られることだろう。

利兵衛は江戸の梅雨が明け、油照りの夏が訪れた頃にひっそりと亡くなった。店は以前の勢いを取り戻していないが、それでも商売を続けている。陽射《ひざ》しに灼《や》けて藍染《あいぞ》めの暖簾は色が褪《さ》めている。風に頼りなげに揺れる暖簾は、まるで利兵衛のようだと清兵衛は思う。

利兵衛はあの世から、この暖簾だけは守ることだろう。守る――それは祈りと同じ意味を持つ言葉だと清兵衛はこの頃思うようになった。

炒《い》り豆《まめ》

一

花見が終わり、江戸はこれから春の盛りだというのに、どうしたことか肌寒い日が続いていた。花見の期間中が汗ばむほどの陽気だっただけに、なおさら肌寒さはこたえる。山城河岸《やましろがし》の料理茶屋「平野屋《ひらのや》」から外へ出た時、清兵衛《せいべえ》は思わず身震《みぶる》いして着物の襟を搔《か》き合わせた。平野屋は清兵衛の店だが、今は商売のほとんどを長男の久兵衛《きゅうべえ》に任せている。清兵衛は遅ればせながら、ようやく自分の時間を持てるようになった。

商売柄、様々な客と話をする機会の多い清兵衛だが、何しろ相手は客だ。遠慮もすれば、心にもない世辞を言うこともある。毎月一回、話の会に出席し、仲間と忌憚《きたん》のない意見を交換することは清兵衛の凝《こ》り固まった気持ちをほぐす効果があった。話の会にいる時の自分が本来の自分であるような気もする。野次馬根性が強く、おっちょこちょいでお人よし。それが素《す》の自分だと思う。だが、今までの清兵衛は、傍目《はため》には商売一筋の男にしか見えなかったようだ。小耳に挟む自分の噂《うわさ》は真面目だの、頑固者《がんこもの》だのが、おおかただった。

「へいへい。さようでございます。手前は料理茶屋の主《あるじ》らしくもない野暮天《やぼてん》でございますよ」と、客へ冗談混じりに応《こた》えてもいた。話の会に出席するようになって清兵衛の家族は皆、清兵衛が明るくなったと口を揃《そろ》える。

自分のためにも、家族のためにも話の会は一役買っているらしい。よいことだと思う。その夜は蠟燭問屋《ろうそくといや》「伊勢屋《いせや》」で話の会が開かれることになっていた。会の長《おさ》は回り持ちで、今月は伊勢屋甚助《じんすけ》の当番だった。

甚助は平野屋に仕出し料理を注文してくれた。話をする前に簡単な食事をするのが会の恒例だったからだ。清兵衛は決まりの料理に少し色をつけるよう板前に指示した。甚助は話の会の仲間というより、清兵衛の子供の頃からの友人である。それぐらいするのは当然だ。甚助から特に礼の言葉はないが、清兵衛の好意は十分に伝わっているはずだと思う。

外濠《そとぼり》からの風がやけに滲《し》みる。着物の裾《すそ》が捲《まく》れないように清兵衛は手で押さえた。ふとその時、以前にもこのような寒い春の夜に、とぼとぼと山城河岸の通りを歩いた記憶が甦《よみがえ》った。あれはいつのことだったろう。店があるので清兵衛は滅多に夜の外出はしない。

その時はよほどの事情があったのだ。親戚の誰かの弔《とむら》いだったろうか。叔父や叔母の？

いや、叔父は暮の忙しい時に心《しん》ノ臓《ぞう》の発作を起こしていけなくなった。あの時は大《おお》晦日《みそか》も正月もない忙しさだった。叔母はその一年後、叔父の後を追うように亡くなった。やはり、忙しい目に遭《あ》わされた。だから、それは違う。両親の弔いの時は家にいたので、外へ出かけることはなかった。思い出せないもどかしさは伊勢屋に着くまで続いた。

伊勢屋へ着き、甚助の隠居所にある仏壇を見た途端、清兵衛は俄《にわ》かに合点《がてん》した。甚助の女房が亡くなったのが、まさにこの月の、この日だったと。祥月命日《しょうつきめいにち》を失念していたことに後ろめたさを覚え、すぐに忘れ物をしたと言って、清兵衛は外へ出た。店を閉める間際の花屋に飛び込み、残っていた花をすべて買い求めた。

荒い息をして伊勢屋に戻ると、ちょうど会の連中も揃ったところだった。

花の束を甚助の娘のおさよに押しつけると、おさよは、「小父《おじ》さん、覚えててくれたのね」と涙ぐんだ。清兵衛はそんなおさよから眼を逸《そ》らし、何事もない顔で席に着いた。

今夜の食事の献立は春らしく筍《たけのこ》の煮物、菜の花のからし和え、白身の刺身、さわらの西京漬、はまぐりの吸い物、香の物などであった。

出席者は清兵衛を含めて六人だった。本当は、もう一人いるのだが、水谷町《みずたにちょう》で菓子屋を営む龍野屋利兵衛《たつのやりへえ》は二月の会の時にいやなことがあって、会から外れていた。その後、病《やまい》を得て床に臥《ふ》せっているという噂だった。会の連中は利兵衛のことを内心で気にしながら、敢《あ》えて利兵衛の話題を避けているようなところがあった。町医者の山田玄沢《げんたく》だけは「どうも夏まで持ちそうにありません」と、気の毒そうな表情で語っていたが。

食事が終わり、膳を片づけると、連中はいつものように車座になった。車座の中央には紙燭《しそく》が置かれた。

「蠟燭問屋だから蠟燭の掛かりは気にしなくていいね」

清兵衛が茶々を入れると一中節《いっちゅうぶし》の師匠をしているおはんはくすりと笑った。

「何んなら、他に二、三十本も火を点《つ》けるかい」

甚助は悪戯《いたずら》っぽい顔で応える。

「いや、そこまでは……」

清兵衛が慌てて言うと、一同は愉快そうに声を上げて笑った。

おさよが大きな花瓶に清兵衛が買った花を活《い》けて運んで来た。

「お父っつぁん。これ、平野屋の小父さんからいただきました」

おさよはそう言って仏壇の傍《そば》に花瓶を置いた。山吹《やまぶき》、水仙《すいせん》、都忘《みやこわす》れ、雪柳《ゆきやなぎ》の花々が甚助の隠居所に文字通り花を添えた。仏花《ぶっか》としては少々、派手に過ぎたかと清兵衛は思ったが、おはんは「きれい」と感歎《かんたん》の声を上げた。

「平野屋さんもなかなか洒落《しやれ》たことをする」

北町奉行所、例繰方《れいくりかた》同心の反町譲之輔《そりまちじようのすけ》がからかうように言った。

「いや、旦那。本日は甚助の女房の祥月命日なんですよ。そうだったな？」

清兵衛は甚助の顔を上目《うわめ》遣《づか》いに見ながら言った。

「ああ」

甚助は低い声で応えた。

「それはそれは。つまらないことを申してご無礼した。友人の女房の命日を忘れずに花を用意するなんざ、平野屋さんはできたお方だ」

反町は、今度は大袈裟《おおげさ》に清兵衛を持ち上げた。

「それでは始めますか」

清兵衛は照れ臭さを隠すように一同に声を掛けた。おさよは一礼をすると部屋を出て行った。

「本日も龍野屋さんがいらっしゃらないので、ご発声は平野屋さんにお願い致しますか」

儒者《じゆしや》の中沢慧風《けいふう》に促《うなが》され、清兵衛は「それでは僭越《せんえつ》ながら」と応えた。慧風がいつものように貝原益軒《かいばらえきけん》の「養生訓《ようじようくん》」を唱えてから、清兵衛は錫杖《しやくじよう》をしゃ、しゃ、しゃらんと鳴らし、「ひとっ灯《とも》せ～」と声を張り上げた。利兵衛のようにうまく言えなかった。

一同は清兵衛の言葉の後で「ええい！」と唱和した。それが口開けの儀式である。

「それでは伊勢屋さん。お話をどうぞ」

慧風は甚助を促した。

「さきほど清兵衛が言った通り、本日は女房の祥月命日でございます。午前中に娘夫婦と一緒に墓参りを致しました。女房は十五年前に労咳《ろうがい》で亡くなっております。嫁に来た時は、わたしの両親の外《ほか》、祖母もおりましたので、あれも相当苦労したと思います。わたしは商売が忙しかったものですから、ろくに話を聞いてやる暇もありませんでした。祖母を看取《みと》り、両親を看取り、本当によくやってくれたと内心で感謝しておりましたが、夫婦ですので、わたしは面と向かって、特に礼は言いませんでした。あれは、さぞかし薄情な亭主とわたしを恨んでいたでしょう」

「そんなことはないよ。お前達は大層仲がよくて似合いの夫婦だったよ」

清兵衛は甚助を慰めるように口を挟んだ。

甚助は清兵衛を目顔で制し言葉を続けた。

「女房が亡くなってから後添《のちぞ》えを迎えろと勧める方もたくさんいらっしゃいました。しかし、わたしにはどうしてもできませんでした」

「娘さん達が反対なすったからですか」

おはんは甚助の娘達の気持ちを察して訊《き》く。

「まあ、それもありましたが」

「でも、娘さん達は、一人を除いて、後の二人はいずれお嫁に行く宿命《さだめ》。伊勢屋さんはそれほど我慢することもなかったと思いますよ。まあ、今だから言えることですけどね。身の周りのこともご不自由だったでしょうに」

「いやいや。それは別に不自由とも思いませんでした。古くからいる女中が台所をとり仕切ってくれましたし、上の二人の娘が着る物の世話をしてくれましたので」

「よい娘さん達でお倖《しあわ》せでしたねえ」

おはんが眼を細めると山田玄沢と中沢慧風は相槌《あいづち》を打つように肯《うなず》いた。

「はい、お蔭様で。しかし、わたしがやもめを通したのには、ちょっとした訳がございまして……」

「おお。そろそろ怖くなって参りましたぞ」

反町は何事かを感じて呟《つぶや》くように言った。

外は風が出て来たようだ。ひゅるるひゅるると庭木を揺らす風の音が部屋の中にいる連中の耳にも聞こえた。甚助がふと仏壇を振り返ると、気のせいか灯明が揺れたようにも感じられた。背中にぞくりと悪寒《おかん》を感じた清兵衛は慌てて火鉢の炭を掻き立てた。その夜は火鉢の温《ぬく》もりが何よりもありがたかった。

だろう。

甚助の女房のおてるは浅草の仏壇屋の娘だった。縁談が持ち上がり、見合いしてから、話はとんとん拍子に進んだ。まあ、初対面でお互い、相手を気に入ったということなのだろう。

祝言《しゅうげん》を挙げたのは清兵衛より二年早かった。その時、甚助は十八歳。おてるは十六だった。清兵衛が感じていたように甚助とおてるの夫婦仲はよく、長女のお梅《うめ》を頭《かしら》に三人の娘にも恵まれた。ただ、息子がいなかったので、跡継《あとつ》ぎを産めない嫁だと甚助の母親はおてるに皮肉を洩《も》らしたことも度々あったようだ。

甚助の母親が亡くなると、おてるは長年の疲れが出て床に就《つ》くことが多くなった。風邪でも引こうものなら、ものの ひと月も抜けなかった。その内にいやな咳《せき》をするようになり、医者は労咳だから、どこか静かな場所で静養させるようにと勧めた。

甚助は知り合いで向島《むこうじま》の寮《りょう》（別荘）を持っている者に頼み込み、おてるをそちらへ移した。しかし、おてるの病状は一向に回復しなかった。それから三年ほど経《た》った頃、おてるは大量の血を吐いた。気管が塞《ふさ》がれ、息ができなくなり、苦しみながらとうとう死んだ。

「向島に移った当初は三日に一度はわたしも通っておりましたが、商売が忙しかったものですから次第に足が遠退《とおの》き、最後の一年ほどは、ひと月に一度という状態でした。あれは、わたしが帰ると言うと、実に悲しそうな顔をしました。そのくせ、よそに女を拵《こしら》えても文句は言わないなどと強がりも言いました」

「お内儀《かみ》さんのお気持ち、ようくわかりますよ」

おはんは手巾《しゅきん》で鼻を押さえながら言った。

「弔いをするために向島からこちらへ運びましたが、身体はひと回りも小さくなっておりましたよ。弔問客《ちょうもん》もたくさんいらっしゃって、何んとか伊勢屋の女房として恥ずかしくないだけの葬式は出しました。清兵衛はわたしに同情してくれまして、野辺《のべ》送《おく》りから初七日の法要まで傍にいてくれました。あの時は嬉《うれ》しかったよ」

甚助は潤《うる》んだ眼をして清兵衛に頭を下げた。

「なあに」

応えた清兵衛も胸が熱くなった。

「ま、それだけなら、どこにでもある話です。問題はその後なのです。あれが毎夜、わたしの傍にやって来て、あれこれ言葉を掛けるようになったのです」

甚助の言葉に玄沢と慧風はそっと顔を見合わせた。反町も俄かに信じられないという顔になった。女房恋しさのあまり、甚助が夢か幻を見たのだと思っていたらしい。

「甚助には霊感が備わっております。それは、嘘ではないと思いますよ」

清兵衛はそっと言い添えた。

「それで？」

反町は甚助の話を急《せ》かした。

「はい。死んだと申しましても、そこは女房だった女。恐ろしいことなんてある訳もありません。おおよく来たと、あれを抱き締め、わたしは男泣き致しました。実際、嬉しかったのです。わたしの前に現れたあれは、病気になる前の姿で、頬もふっくらしておりましたし、髪の毛もたっぷりとありました。声も以前と同じでした」

「お声も出されたんですか」

おはんは心底、驚いた表情で訊いた。

「ええ。葬式も出したし、墓にも埋めました。死んだとわかっているのですが、わたしは頭のどこかでそれを認めていないところがあったのかも知れません。あれはそんなわたしの心に忍び寄って来たのでしょう」

「毎晩来たのかい」

清兵衛は確かめるように訊いた。

「ああ」

「そいじゃ、ちょいと言い難《にく》いことなんだが、お前はお内儀さんを蒲団に入れたのかい」

「まあ、夫婦ですからね」

甚助は照れ臭そうに応えた。一同にため息が洩れた。死者と交合したという生々しい話がそんなため息をつかせたのだろう。

「今でもお内儀さんはやって来るのですか」

反町は興味深い様子で訊く。

「いえ、今は、そんなことはありません」

「では、お内儀さんが伊勢屋さんに通って来ていたのは、どれほどの期間ですか」

反町の問い掛けは、まるで事件の吟味《ぎんみ》をしているような感じに思えた。しかし、誰もそれを笑わなかった。

「そうですね、ひと月ほどでしたか。あれが毎晩やって来て朝になるまでわたしに話し掛けるものですから、すっかり寝不足になりまして、眼の下に隈《くま》ができるありさまでした。月命日に寺からやって来た坊さんがわたしの顔を見て、何か心配事でもあるのかと訊きました。それで、実はこれこれこうだと事情を打ち明けました。坊さんは大層驚き、寺に戻ってから住職に話をしたようです。ほどなく住職から呼び出しがあり、わたしは寺に行って、お祓《はら》いをしていただきました。しかし、それでも一向に効果がなく、あれは、やはり毎晩やって来ました。わたしは、あれが悪霊になったのだと思いました。それならそれでいい。あれにとり憑《つ》かれて死ぬのなら本望《ほんもう》だと覚悟を決めました」

そんなことがあったとは、清兵衛はつゆ思いもしなかった。おてるが亡くなってしばらくの間、甚助の顔色が冴《さ》えなかったのは覚えているが、色々、疲れが溜《た》まっているのだろうぐらいにしか考えていなかった。

寺の住職は二、三日して甚助の様子を見に来た。お祓いの効果がなかったことを甚助が恐縮して伝えると、住職は懐から懐紙《かいし》に包んだ物を取り出した。中を開くと炒り豆が七粒入っていた。

「今晩、お内儀さんがやって来たら、この懐紙を出し、中に何が入っているか訊きなさい。数も幾つかと訊きなさい」

住職はそう言った。悪霊ならば懐紙の中身を言い当てる眼力があるはずだと。甚助は言われた通り、その夜、やって来たおてるの前に懐紙を差し出し、中身を当ててみろと言った。おてるは、にやりと笑った。その笑い方は気味が悪かった。

「炒り豆でござんすよ。七粒入っておりますね」

微塵《みじん》も逡巡《しゅんじゅん》することなく応えた。甚助は力なく肯いた。おてるは懐紙を開け、炒り豆を取り出すと、丈夫な歯でかり、かり、かりこりと噛《か》んだ。

甚助は、いよいよおてるから逃れられないと思った。

住職は再び炒り豆を入れた懐紙を携《たずさ》え、翌日に訪れた。今度は九粒だった。しかし、それもおてるに言い当てられた。十三粒、五粒、住職は微妙に数を変えて甚助に懐紙を渡したが、結果はいつも同じだった。こんなことをしても無駄だ。甚助は仕舞いに、住職に対し怒りを露《あら》わにした。

するとと住職は「これが最後です」と、懐紙を差し出した。

「この中は、炒り豆ではありません。しかし、中身はあなたにお知らせしません。あなたも見てはいけません」

住職は甚助に中を見るなと、くどいほど念を押して帰って行った。

しとしとと雨が降る真夜中。おてるは甚助の枕許《まくらもと》に現れた。甚助は起き上がり、おてるを胸に抱き寄せた。

「ずっとこの先もおれの所に来てくれるのかい」

「ええ」

おてるは悪戯っぽい顔で応えた。

「おれをあの世へ連れて行く気か」

「いけない？」

「子供達はどうする。親が二人ともいなくなったら可哀想じゃないか」

「子供達とあたしと、どっちが大事？」

「どっちも大事だよ。だが、おさよはまだ小さい。せめてもう少し大きくなるまで傍についててやりたいよ」

「そんなこと、どうにでもなりますよ」

甚助ののきょうだいを持ち出し、おてるは安心させるように甚助を諭《さと》した。

「さ、これが何か当ててごらん」

甚助は懐紙を差し出して訊いた。

「また始まった。つまらない謎掛《か》けはお仕舞いにしましょうよ」

「ああ。これが最後だ。中は何んだい。炒り豆じゃないよ」

「あら、違うの？　炒り豆じゃないの」

おてるはつかの間、思案顔になった。

「さあ、おてる。当ててごらん。中は何が入っているんだい」

甚助は優しく訊《たず》ねた。おてるは言葉に窮し、困惑の態《てい》となった。いや、その顔が歪み、白く霞《かす》んだかと思うと、ひゅうっという奇妙な音を残して煙のように消えた。

甚助は訳がわからなかった。翌日やって来た住職にそのことを話すと「おお、もはやお内儀さんは二度とあなたの前には現れないはずだ」と安堵《あんど》したように笑った。

「なぜですか」

甚助は解《げ》せない気持ちで住職に訊いた。

「お内儀さんは、あなたが拵えた幻なんですよ」

「おれが？」

「愛《いと》しい、恋しいという気持ちがそうさせたのです」

「…………」

「いいですか。わたしはあなたに炒り豆の入った懐紙を持たせた。あなたはそれを見ている。数も覚えていた。あなたの知っていることは向こうも知っているんですよ。何度か繰り返したのは、あなたに疑われないためです。わたしは、あなたを試していたのです」

「そんな……」

「最後にわたしは中身を知らせずにあなたに懐紙を持たせた。あなたの知らないことは向こうも知らない。ということは、お内儀さんはあなたの心が作り出したものという理屈になる。まこと悪霊ならば、あなたが知らないことでも見抜くはずだ。そうではないですか」

「おっしゃる通りです」

　甚助はようやく納得した。住職が言ったように、それ以来、おてるは現れなくなった。しかし、甚助は、よほどそのことがこたえたらしく、とうとう後添えは迎えなかった。

「魑魅魍魎《ちみもうりょう》は人の心が作り出したものという理屈ですな」

反町は懐手《ふところで》をした恰好でしみじみと言った。

「はい。わたしは、なまじ霊感があるものですから、つい捉《とら》われてしまったのでしょうな」

「しかし、そのお話は会の趣旨と、いささか違う方向のように思えます。我等はあらかじめ、理屈で説明のつかないものがこの世にあるという前提のもとで話をしている訳ですから」

慧風は異を唱えた。断定的な言い方をするのは弟子に指導するためについた癖だろうと清兵衛は思っている。意に添わないことには決して折れない男でもある。そこは料理茶屋の主をしている清兵衛と大いに違う。

しかし、慧風は塾の師匠として評判が高かった。弟子の数も多い。常に身仕舞いもきっちりとしている。服装の乱れは心の乱れが持論で、その夜の恰好も御納戸色《おなんどいろ》の袷《あわせ》に無紋の黒の羽織を重ね、仙台平《せんだいひら》の袴《はかま》を着《つ》けていた。

「いや、中沢先生。わたしは怪談のすべてが世迷言《よまいごと》とは言っておりません。今までこの会で皆さんが話されたことを否定している訳でもないのです。嘘かまことかは実に微妙です。その判断はどこでつけるのかということです。わたしが言いたいのは、不可思議な話は、わたしのように自分の心が作り出したものも含まれるのではないかということです。それでもなお、この世にはまだ何かがある。その何かを探ることが話の会の本当の趣旨ではないでしょうか」

甚助の言葉に熱がこもっていた。

「伊勢屋さんのご意見は全くもって正しいと思いますよ」

玄沢は深く得心した顔で応えた。玄沢は慧風とは反対に穏やかなもの言いをする男である。患者の不安を和《やわ》らげるために優しく話し掛ける。高い声を上げる玄沢を清兵衛は想像できなかった。

「一月にわたしの弟子達は湯島の学問吟味《がくもんぎんみ》を受けました」

慧風は甚助の意見に納得したのか、そうでないのか、話題を換《か》えるように口を開いた。

一同は慧風の分別臭い顔に注目した。

「今年は六人が合格しましたが、たった一人だけ不合格になった者がおります。本人も大層落ち込んでおりました。再び学問吟味を受けるためには、これからまた、三年待たなければなりません。学問吟味は三年ごとに行なわれているからです。その弟子は、ご公儀の小普請組《こぶしんぐみ》に所属しておる三十三歳の男です。十八歳の頃から延々と学問吟味を受け続け、未《いま》だ願いが叶《かな》えられません。妹が三人おりますが、三人とも片づきました。しかし、奴は妻《めと》を娶らず、年老いた母親と二人で暮らしながら学問吟味を突破するため、日夜、勉学に励んでおりました」

「お気の毒に」

おはんは同情を寄せた。おはんの息子は慧風の家に寄宿して勉学に励んでいた。幸い、この度は素読《そどく》吟味に合格した。素読吟味は少年達が受ける学問吟味の初歩である。それに合格することは武家の少年達に与えられた使命だった。おはんの息子は武家ではなかったが、将来は慧風のような儒者になりたいという夢を持っている。おはんの息子は、その夢に向かって着実に歩みを進めていた。これからは慧風の家を出て、湯島の学問所の寄宿生として、さらに精進する様子だった。おはんは慧風の弟子がわが息子だったらと考えると、いたたまれない気持ちになったらしい。

「小普請組は無役なので、その男は学問吟味でも突破しなければ御番入り《ごばんい》（役職に就くこと）が叶いません。本人は努力しておるのですが、気の小さい男で、いざ、学問吟味が行なわれる会場に入りますと上がってしまい、覚えたことを皆、忘れてしまうのです。わたしもしっかりしろ、男ではないかと叱咤《しった》激励するのですが、どうもうまく行きません。今回で何度目になったのか、わたしはもう、数も覚えておらぬありさまです」

「そのお弟子は何が何んでも学問吟味を突破する所存なのですな」

反町も身につまされたような表情で言う。

反町も若い頃、その学問吟味を受けたことがあるそうだ。寝る間も惜しんで勉強したが、合格することはできなかったという。

町奉行所の同心は学問吟味を突破したからと言って出世が約束される訳ではないので、反町は一度だけで諦めたらしい。

「わたしはいい加減に見切りをつけ、新たな道を探せと諭しましたが、奴は聞き入れませんでした。意地になっていたのかも知れません。この度は落ち着いていたと言っておりましたが、中身はとてもとても、話にならないほどお粗末なものでした。まあ、人は様々ですから、おっ師匠《しょ》さんの息子さんのように教えたことを一度で覚える弟子もおれば、何度教えても覚えられない者もおります」

「そんな。うちの息子なんて、まだまだですよ」

おはんは慌てて謙遜《けんそん》する。息子自慢をする母親が多いのに、おはんはいつも控え目だ。息子が素読吟味に合格したことも慧風から知らされたことで、おはんは自分の口から何も語らなかった。そんな奥ゆかしいところも清兵衛が魅《ひ》かれる理由だった。

「結果を知って、奴は荒れました。桶のたがが外れたように酒は飲むわ、女郎屋に通うわで、手がつけられなくなりました。わたしも奴の家に出向いて厳しく叱《しか》ったのですが聞いてくれませんでした。それどころか、わたしの塾に通ったのが間違いだったとまで言ったのです」

「呆れた奴ですな。手前ェの不始末を他人のせいにしておる。そんな弟子は即刻、破門になされ」

反町は厳しい声で言った。

「はい。わたしも腹が立ちましたので、これからは別の塾へ通いなさいと申しました。

しかし、年も年ですから、どこからも色よい返事は貰えなかったようです」

「中沢先生の塾で見込がなければ、よそへ通っても無駄でしょう」

玄沢は訳知り顔で口を挟んだ。

「いやいや。奴の言うことも一理あります。わたしは指導の方法を誤ったのかも知れません」

「それで、そのお弟子さんはどうなりました？」

おはんは心配そうに訊いた。

「首を吊って、自害致しました」

慧風の言葉に一同はつかの間、押し黙った。

「わたしは奴の母上に申し訳なく、土下座して謝りました。通夜の時は顔も上げられませんでした」

「何んとお言葉を掛けてよいやら……」

おはんは、しゅんと洟《はな》を啜《すす》った。

「さきほど伊勢屋さんが話されたことですが、実は同じようなことがわたしにも起こっているのです」

そう言われて慧風の顔を改めて眺めると、憔悴《しょうすい》の色が現れていた。眼も充血している。

「毎夜、奴は夢枕に立ち、泣きながらわたしを詰《なじ》るのです。わたしはどうしてよいかわからず、すまぬすまぬを繰り返すだけです。それも、わたしの心が作り出したものでしょうか」

「中沢先生。お力になります」

甚助はきっぱりと言った。

「そうです、そうです。炒り豆の策で行きましょう」

清兵衛も言い添えた。

「うまく行くものでしょうか」

慧風は心細い表情だった。

三

話の会が終わり、他の連中は引き上げたが、清兵衛は甚助に引き留められた。甚助は慧風のことで、もっと清兵衛と話をしたい様子だった。

おさよが運んで来た酒をゆっくりと飲みながら二人は話を続けた。

「おてるさんが亡くなって、もう十五年か。早いものだね」

清兵衛は仏壇をちらりと見て言った。

「ああ。あっという間だった。十三回忌を終えたと思ったら、すぐに次の法要がやって来るよ」

「そうだな」

「人は死んでも生きている者との繫《つな》がりが切れないのだね。若い頃は人が死んだら、それこそ一巻の終わりだと思っていたよ」

「親父が死んだ時は、わしも大層、落ち込んだよ。心細くて、その先、どう商売をして行けばいいのかわからなかった。祖父《じい》さんの時はそうでもなかったが。生きていた時は親父にいつも頭を押さえられていたんで、こんな親父、いなくなればいいのにと考えたこともあった。だけど、実際に死なれてみると、親父がどれほどわしの心の支えだったかがわかったのさ。お前も幻を見るほどおてるさんを頼りにしていたんだよ」

清兵衛は甚助を慰めるように言った。

「だが、中沢先生の場合、死んだお弟子さんには酷だが、こんな結果になったのは先生のせいじゃない。すべて、お弟子さんの不徳の致すところだ」

甚助は厳しい顔で吐き捨てる。

「それでも、中沢先生は真面目だから自分のせいだと思い込んでいる。早く悩みから解放させてやりたい。炒り豆の策を使えば、おっつけお弟子さんも現れなくなるだろう」

その時の清兵衛は甚助と同様に慧風の悩みもすぐに解決するものと思っていた。だが甚助は、猪口《ちょこ》の酒を苦い顔で飲み下し、首を傾《かし》げた。

「そのことだけどね。中沢先生の場合は、おてるのように簡単には行かないだろうと思っている」

「というと？」

清兵衛は解せない気持ちで甚助のふっくらした顔を見つめた。

「そのお弟子さんはさあ、手前ェの不始末を反省することなく、ただ中沢先生に恨みを残して自害した。自害は、まるで中沢先生に当てつけているようにも感じたよ」

「………」

「おてるは少なくとも、おれに対しては情があったが、中沢先生のお弟子さんには、それがない」

「甚助。それじゃ、炒り豆の策は通用しないということかい」

「やってみなければ何んとも言えないが、おれの予想では恐らく無理だろう」

「お弟子さんの霊は中沢先生の心が作り出したものではないということかい」

「ああ」

「それじゃ、それは何んなんだ！」

清兵衛は声を荒らげた。

「本物の悪霊だろう」

甚助があまりにあっさり言ったので清兵衛は呆気《あっけ》に取られ、すぐには次の言葉が続かなかった。

「このままでは中沢先生の身が危ない」

甚助は押し殺した声で不吉な言葉を呟いた。

「お前の寺の住職に相談したらどうだい」

清兵衛はようやく口を開いた。

「住職でも無理だろう」

「それじゃお手上げなのかい」

清兵衛の胸の動悸《どうき》が高くなった。清兵衛は自分の胸をそっと押さえた。

だが甚助は仏壇に視線を向けて言った。死んだ女房に縋《すが》っているような眼でもあった。

「一つだけ案がある」

「ん？」

清兵衛も甚助と同様に仏壇に眼を向けたが、そこには灯明に照らされた位牌《いはい》が見えるだけだった。線香が花の香《か》を制している。極上の白檀《びゃくだん》の香りが部屋に漂っていた。清兵衛はその香りを胸の奥まで吸い込むように大きく息をついだ。

「うちの客で内藤采女守《ないとううねめのかみ》という旗本がいる。旗本と言っても、たかだか五百石取りの下っ端だが、その人は狐憑《きつねつ》きを祓う霊験《れいげん》が備わっていて、これまでも多くの者を救っているんだよ。魔除《まよ》けの札《ふだ》も拵えていて、それを求める客が門前に列をなし、ご公儀からいただくものよりも実入りがあるということだ」

内藤采女守の評判は清兵衛も知っていた。

お札は内藤札と呼ばれ、話の会でも話題に上ったことがある。

「しかし、中沢先生の場合は、狐憑きではないだろう」

清兵衛は自信の持てない顔で言った。

「憑いているのは狐ではなく人だがね」

甚助は、つかの間、悪戯っぽい表情で笑った。

「わしには、どうもいかがわしい感じがするが……」

「いや。おれは内藤様のお人柄をよく存じ上げている。決していかがわしい人ではないよ」

「ま、お前がそこまで言うなら、その内藤様に中沢先生のことを相談してみることだ。炒り豆だろうが内藤札だろうが、中沢先生が元気になるのなら何んだって構わない」

清兵衛はそれ以上、否定的な言い方はせず、甚助の考えに任せることにした。

甚助は翌日、さっそく内藤家に出向き、慧風のことを相談したらしい。内藤札も貰って慧風に届けたようだ。しかし、それで効果があった様子はなかった。

それから三日後。甚助が平野屋にやって来て、翌日、一緒に内藤家に行ってくれと頼まれた。采女守が慧風に憑いている弟子の霊を祓うというのだ。なぜ自分が同行しなければならないのかと疑問に思ったが、それは慧風の要望でもあった。清兵衛は話の会に入る前、死神にとり憑かれ、生死の境をさまよったことがあった。そのことは話の会の連中にも話したことがある。慧風はそれを覚えていて清兵衛にもつき添ってほしいと思ったらしい。当たり前なら、教養高い慧風のこと、巷《ちまた》の噂に易々と乗るような男ではない。気後れを感じている様子でもあった。自分が同行することで慧風が安心するのなら喜んで力になりたい。清兵衛は承知した。

当日、采女守は未明に起きて禊《みそぎ》をし、用意万端調《ととの》えて慧風を迎える様子だった。

そこで何が起きるのか、清兵衛の眼に何が映るのか。清兵衛は恐れおののく気持ちだった。

四

内藤采女守の屋敷は木挽町《こびきちょう》四丁目の辺りを東に向かい、氷川《ひかわ》稲荷がすぐ傍にある場所だった。近くには采女ヶ原があるが、その名と采女守は関係がないらしい。武家屋敷も固まって建っているが、すぐに目当ての屋敷はわかった。屋敷の周りを囲んでいる塀は、まめに修繕していて、長屋門《ながやもん》も立派である。隣りの立ち腐れたような屋敷とは雲泥の差があった。内藤家の富裕の様子が察せられる。長屋門は閉め切ってあったが、脇のくぐり戸は客のために開け放たれ、茶色の印半纏《しるしばんてん》を羽織った中間《ちゅうげん》の姿も見えた。

「大丈夫ですかな」

清兵衛と甚助の間に挟まれた慧風は心細い声で呟いた。

「大丈夫ですって」

甚助は笑って励ました。

「お頼み申します」

甚助は中間に取り次ぎを頼んだ。

「伊勢屋さんですね。お待ち致しておりました。ささ、中へどうぞ。内玄関からお入り下さい」

髭《ひげ》の濃い、赤黒い顔をした中間は如才なく中へ促す。玄関は二つあって、表玄関は当主が出かける時と身分の高い客を招く時だけに使われ、家族やお祓いを頼む客は、その隣りの内玄関から入るようだ。

内玄関の三和土《たたき》には、すでに先客があるらしく、履物が何足も並んでいた。屋敷の若党《わかとう》に促され、清兵衛達は長い廊下を渡って、庭に面した部屋に入った。

中には順番を待つ客が障子際に、ひっそりと座っていて、入って行った三人を表情のない眼で見つめた。六人の先客があったが、采女守に祓って貰うのは、その内の二人だけで、後の四人はつき添いだった。なぜなら、その二人は視線が定まらず、あらぬ方向を見ていたからだ。二人とも十六、七の若い娘だった。

襖《ふすま》を隔《へだ》てた次の間に采女守とお祓いを受ける者がいるようだ。采女守のよく通る声が聞こえた。その声には艶《つや》があった。常に大きな声で話すので、声帯が鍛えられているのだろう。お祓いを受けている者の事情は途中からのせいもあったが、よくわからなかった。

「馬鹿者！」

突然、采女守は激昂《げっこう》した。と、同時に襖を開けて二十歳前後の男が転がるように出て来た。妙な恰好の若者だった。寸足らずの着物に子供がするような三尺帯を締めている。その帯の後ろに根付《ねつ》けの二、三十本も下がっていた。若者は辺りをきょろきょろと落ち着きなく眺め回した。清兵衛には頭の捩子《ねじ》が弛《ゆる》んでいるような若者に見えた。

「そ、それでは、倅《せがれ》はわざと狐にたぶらかされているふりをしていたということですか」

父親らしいのが采女守に確かめるように訊いた。

「さよう」

「何んのために」

「家業を手伝いたくないという怠け心から、つまらぬことを考えたようだ」

「そんな。一年も続いていたのでございますよ」

「拙者は伊達や酔狂《すいきょう》でお祓いをしているのではござらぬ。一目見れば、狐憑きか、そうでないかはわかる。ふた親が甘やかしたから、このようなていたらくとなったのだ。しかし、このまま放っておけば、いずれ本当の阿呆となる。その前に木更津《きさらづ》にでも修業に出すがよい。余計なことを考えぬように、こき使え。さ、仕舞いだ。さっさとお引き取り下され」

采女守は、にべもなく言った。襖越しにちらりと見えた采女守は白い着物に黒の紋付羽織を重ね、下はうす水色の袴を着けていた。まるで神官のような恰好だった。それもそのはず。采女守は神道《しんとう》の修行を修めた男だという。

礼を述べた父親が息子の所へ戻ると、いきなりその頬を張った。清兵衛は慌てて父親を制した。父親は四十がらみの大店《おおだな》の主という感じの男だった。

「お離し下さい。このような者は倅でも何んでもない。情けなくて言葉もありません。死ね！　お前のような奴は大川に飛び込んで死ね！」

父親は悔し涙を流しながら息子を罵《ののし》った。

「若旦那。お芝居がばれてしまいましたね。しかし、一年も狐憑きの真似をしていたなんざ、ある意味で感心しましたよ。それだけの才覚があるのなら何んだってできますよ。これからは親父さんを助けてご商売に励むことです。若い頃、そんなこともあったと笑い話ができれば、この一年は帳消しになりますよ」

清兵衛は息子を諭すように言った。息子は清兵衛にちろりと赤い舌を出した。父親はそれを見て、加減もせずに拳骨《げんこつ》をくれた。

「いてッ！」

「さささ、帰るんだ」

父親はぷりぷりして息子を急かした。

「おれを木更津にやるのか？　それだけは勘弁してくんない」

根付けをじゃらじゃらさせて、息子は父親の後を追うように部屋を出て行った。

「世の中は様々ですな」

慧風はため息混じりに応えた。

「お次は丹波屋《たんばや》さん。お二人のお嬢さんもご一緒にどうぞ」

若党が声を掛けた。二人の娘には、それぞれに両親がつき添っていたので、丹波屋とその親戚の娘なのだろう。次の間に入ると、父親が娘達の症状を采女守に詳《くわ》しく説明している。何んでも初午《はつうま》の日に娘達は近所の稲荷にお参りに出かけ、それから様子がおかしくなったらしい。

「こちらは本当の狐憑きだな」

甚助はそんなことを言った。

「伊勢屋さんにはわかるのですか」

慧風が驚いた顔で訊いた。

「性悪なお稲荷さんが無邪気な娘に悪戯心でとり憑いたのでしょう」

「そうですか……」

慧風は腑《ふ》に落ちない様子だった。

「どこの狐だ、ふとどき者め！」

采女守は大真面目で娘達に訊いている。

娘達はくすくすと笑った。小馬鹿にしているような感じだった。

「そら、ここに油揚げがあるぞ。ほしくば取ってみよ」

娘達は油揚げに突進した様子である。膳が引っ繰り返るような騒がしい物音が聞こえた。

「伊勢屋さん。わたしは失礼致します。とてもこのような茶番にはつき合えません」

慧風は我慢できないという態で立ち上がった。

「中沢先生。ご気分を害されたのならお詫び致します。しかし、せっかくここまで来たのですから、もう少しご辛抱なすって下さい」

甚助は慌てて宥《なだ》めた。

「そうですよ、先生。ものは試しです。どんなことになるのか高みの見物と参りましょう」

清兵衛も引き留めた。ここで帰っては、せっかく段取りをつけた甚助の苦労が無駄になる。二人に言われて慧風は渋々、腰を下ろした。

「即刻、立ち去れい。さもなくば、この父祖伝来の五郎入道正宗《ごろうにゅうどうまさむね》で、娘もろとも斬って捨てる」

芝居掛かった采女守の言葉に二人の娘達は悲鳴を上げた。

「これ、お菊、おしず」

両親達が互いに娘の名を呼んだ。

「甚助。どうしたんだろうね」

清兵衛は心配になって訊いた。

「気を失ったんだろう。どうやら狐は落ちたらしい」

「そんなもんかい」

「そんなもんだよ」

呑気《のんき》な二人のやり取りに慧風は、やり切れないようなため息をついた。

「おお。正気になられたな。もう大丈夫ですぞ」

先刻とはうって変わり、采女守は優しい口調で娘達に言う。両親が口々に礼を述べた。

戻って来た娘達は夢から覚めたような顔をしていた。

「あたし、どうしちゃったんだろう」

娘の一人が独り言を洩らすと、もう一人も「本当ね。どうしたんだろうね」と、相槌を打った。

一同は心底、ほっとした様子で部屋を出て行った。

「お次の方、どうぞ」

若党が促すと、三人は畏《かしこ》まった顔で次の間に入った。采女守は刀を鞘《さや》に収めると、柔和な笑みを浮かべ「ようこそお越し下さいました」と言った。床の間と違い棚を設《しつら》えている部屋は、その他に余計な飾りもなく、むしろ殺風景に感じられた。

「内藤様。こちらが中沢慧風先生です」

甚助は如才なく慧風を紹介した。慧風は慇懃《いんぎん》に「よろしくお願い申し上げます」と頭を下げた。

「ふむ。一見したところ、お手前には狐は憑いておらぬ様子」

采女守は嘗《な》め回すような視線を慧風に浴びせて呟いた。采女守は驚くほど痩《や》せた男だった。顔の幅が甚助の半分ほどしかなかった。

お祓いは結構、骨の折れる仕事なので太る暇もないのだろうと清兵衛は思った。

「はい。さきほどの娘達のような症状はございません」

慧風は素直に応えた。

「したが、もっと厄介な霊がついておる」

「それは自害した弟子でございましょう」

「お手前は塾の師匠をしておると洩れ聞きました。四書《ししよ》、五経《ごきよう》などをご教授されておるのですな」

「はい」

「その弟子は、あまりできがよくなかった。そうですな」

「おっしゃる通りです。学問吟味を毎回受けておりましたが、無駄だということは最初からわかっておりました」

「ほう。それでもお手前はお為《ため》ごかしに、がんばれと励ましておった訳ですな」

「お言葉ですが、お為ごかしという気持ちは微塵もありませんでした」

慧風はむっとして口を返した。

「そうですかな。一応、弟子であるからには、何がしかの束脩《そくしゆう》（謝礼）をいただいておったはず」

「それは……」

慧風は言葉に窮した。

「内藤様。他のお弟子さんもおりますので、一人だけ束脩をいただかないという訳には参りませんでしょう」

甚助は助け舟を出した。

「お手前がいただいた束脩、盆暮《ぼんくれ》のつけ届けは亡くなられた方の母御《ははご》が内職で賄《まかな》われたものでござる。いつかは苦労が報われることを信じて母御は老骨に鞭《むち》打って内職に励まれた。お手前、その事情は存じておりましたか」

「いえ……」

「できそこないの弟子は仕方もござらんが、母御に対しても、お手前は心にもない慰めをおっしゃったはず。母御は師匠であるお手前の言葉をずっと信じておったのですぞ」

采女守の言葉に清兵衛と甚助はそっと顔を見合わせた。どうやら亡くなった弟子の母親が、この度のことに関係しているらしい。

「では夜な夜な、わたしの所に現れる弟子はいったい……」

慧風は解せない表情で采女守を見つめた。

「亡き息子の姿を借りた母御の恨みの念でござる。母御はお手前を呪うておるのだ」

「丑《うし》の刻参りでもしているとおっしゃられるのですか」

清兵衛は憤《いきどお》った声で訊いた。

「それは定かにわからぬが」

采女守は自信なさそうに応えた。

「それでは、この先、わたしはどうしたらよいのでしょうか」

慧風は意気消沈して訊いた。

「できるだけ、あちらのお宅へ伺い、母御をお慰めするように。息子に死なれた母親の気持ちは、そんじょそこらの悪霊よりも恐ろしいものですからな」

「よくわかりました。さっそくそう致します」

慧風は得心して言った。

「しかし、元に戻るまで少し時間が掛かるゆえ、とり敢えず、これをお持ちなされ」

采女守は小さく折り畳んだ紙片を差し出した。

「これは？」

慧風は腑に落ちない顔で采女守に訊いた。

「論語の一文が書いてござる。しかし、お手前は、見てはなりませぬ。弟子に何が書いてあるのか訊きなされ。できそこないの弟子でも論語の一文くらいは覚えておるはず。したが、母御はご存じあるまい。それでまあ、返答に困り、ただちに退却するはずでござる」

「はあ……」

慧風は手ごたえのない声で肯いた。

五

内藤家から出た三人は拍子抜けしていた。

特に清兵衛は派手な悪霊祓いの儀式が見られるかと身構えていただけに、がっかりしていた。

「悪霊の正体が母親だったとは意外でしたね、先生」

甚助は地面を見つめながら歩く慧風に言った。

「やはり内藤様のおっしゃった通り、わたしは奴の母親に、心にもない世辞を言っていたのでしょう。いや、大いに反省致しました」

慧風は殊勝《しゅしょう》に応えた。

「内藤様というお方の神通力は大したものだね。客が押し寄せる訳だ」

清兵衛は感心して言う。

「霊感のある者が修行を積めば、あのようになるのさ」

甚助は訳知り顔で応えた。

「だったら、お前も修行すりゃよかったんだ」

「いや、おれは蠟燭作りの修業が精一杯で、それ以上、余計な苦労はしたくなかったたんだ」

「何んだ、だらしがない」

清兵衛は冗談混じりに甚助を叱った。

「内藤様から渡された紙片は伊勢屋さんの炒り豆と同じようなものですね」

慧風は紙片を収めた懐の辺りを撫《な》でて訊いた。

「そうですね」

「何度か繰り返した方がいいでしょうね」

「ええ」

「いっそ、炒り豆にしますか。その方が簡単だ」

「お好きなように」

甚助は笑いながら応える。

「一つ訊いていいかな」

清兵衛はふと思い出して口を挟んだ。

「何んだい」

「炒り豆のことだけどね、最後に住職がお前に持たせた懐紙の中身は何んだったんだい」

「ああ、そのことかい」

甚助は、いかにもつまらなそうだった。

「住職は炒り豆じゃないと言ったね」

「ああ」

「だから、何」

清兵衛は興味深そうに甚助の顔を見た。

「胡麻《ごま》塩だった」

「あん？」

「炒り豆じゃなくて、胡麻塩だったんだよ」

呆気に取られた清兵衛を見て、慧風は愉快そうに声を上げて笑った。

空は薄陽《うすび》が射していた。その様子では暖かくなる日も近いだろう。

小腹の空いた三人は蕎麦《そば》でもたぐろうと、目についた蕎麦屋の暖簾《のれん》を掻き分けた。

その時の慧風は、以前の表情を八割がた取り戻していたように、清兵衛には思えた。

空き屋敷

一

線香の煙と祭壇に供《そな》えられた花の香《か》、それに弔問客《ちょうもん》の人いきれで、通夜の会場となった龍野屋《たつのや》の大広間は息苦しかった。

大広間と言っても客間と次の間の襖《ふすま》を取っ払っただけなので、間取りは合わせても二十畳ほどだ。そこへ五十人もの弔問客が詰め込まれていたのだから、息苦しさを覚えても無理はない。僧侶の読経《どきょう》も後半に入ると、痺《しび》れた足を組み替えるのさえ容易ではなかった。加えて梅雨明けの暑さが江戸を襲い、弔問客は数珠《じゅず》を揉《も》み上げるより扇子でぱたぱたやるのに忙しいありさまだった。

その日は龍野屋の主《あるじ》、利兵衛《りへえ》の通夜だった。

平野屋《ひらのや》清兵衛《せいべえ》は蠟燭問屋《ろうそくといや》の伊勢屋《いせや》甚助《じんすけ》と並んで座っていたが、二人ともこめかみから汗を滴《したた》らせながら、盛んに扇子を使っていた。

二人の後ろには一中節《いっちゅうぶし》の師匠のおはん、町医者の山田玄沢《げんたく》、儒者《じゅしゃ》の中沢慧風《けいふう》、北町奉行所例繰方《れいくりかた》同心の反町譲之輔《そりまちじょうのすけ》が、やはり扇子を使いながら座っていた。六人は「話の会」の面々である。

亡くなった利兵衛もその会の一員だった。

利兵衛は春先から病《やまい》の床に就《つ》き、玄沢の手当ての甲斐もなく、いけなくなってしまった。

玄沢は夏までもつかどうかと言っていたが、まさかこれほど早く亡くなるとは、他の者は誰も思っていなかった。清兵衛は改めて人の命のはかなさを噛《か》み締めたものである。利兵衛はいざこざを起こして話の会から外れる形になっていたが、昔のよしみで、こうして皆、悔やみに訪れたのだ。それにしても暑かった。

僧侶も暑さに往生していたようで、読経の後の説教は案外、短く終わった。その後に茶菓《さか》を振る舞われ、故人の思い出話をそれぞれに語り合うのだが、僧侶が引き上げると、弔問客のおおかたも腰を上げ、大広間に残ったのは家族の他、十五人ほどだった。話の会の面々は、その中に入っていた。

「龍野屋さんもご商売をしているのですから、客が相当数いらっしゃることは予想できたはずだ。何も自宅で通夜をしなくても檀那寺《だんなでら》にお願いしたらよかったものを」

清兵衛は小声で、ちくりと文句を言うと首筋の汗を拭《ぬぐ》った。

「龍野屋さんの檀那寺は山谷堀《さんやぼり》なんですよ。そうなったら道中が大変ではないですか。少々窮屈でも、ここでお通夜をすれば、ご近所の方も気軽にお焼香できますでしょう？それは本人のご希望でもあったようですよ」

おはんは龍野屋の事情を説明した。喪服のおはんは、いつもより数段美しく見えた。着物に焚《た》きしめた伽羅《きゃら》の香が清兵衛の鼻をくすぐる。つかの間、暑さも忘れるというものだ。

「それはそうでしょうが……」

清兵衛はおはんにそう言われても納得できない顔をしていた。

「お通夜は済んだのですから、もういいじゃありませんか。いい大人が、いつまでも、ぶつぶつ言わないの」

おはんは幼い子供を叱《しか》るように清兵衛を制した。

紋付、袴《はかま》の利兵衛の女婿《むすめむこ》が大汗をかいてやって来ると「皆様。生前、親父が大層お世話になりました。今日はまた、お暑い中、わざわざお越し下さり、ありがとうございます。話の会は親父も大層、楽しみにしておりましたので、皆様にお線香を上げていただいて、さぞ喜んでいると思います。どうぞ、時間のことは気になさらず、ごゆっくりなすって下さいまし。簡単な食事もご用意しておりますので、ご遠慮なくお召し上がり下さいませ」と、如才なく挨拶した。

女婿の太兵衛《たへえ》は三十近くにもなっていようか。利兵衛と違い、愛想がよかった。太兵衛は残った客、一人一人に丁寧に挨拶して回った。利兵衛に実の息子はいるのだが、その息子は家の商売を嫌って、よそで暮らしている。利兵衛は仕方なく娘に婿を迎えたのだ。

「龍野屋さんはいい跡継《あとつ》ぎを持っている。あれなら店は安泰だろう」

玄沢の言葉に一同は大きく肯《うなず》いた。

「この暑いのに紋付はともかく、袴はお辛いでしょうねえ。でも龍野屋の跡継ぎだから、きちんとしていなければならない。健気《けなげ》なものじゃありませんか」

おはんは大袈裟《おおげさ》なほど太兵衛を褒《ほ》め上げる。

と、その時、近くに座っていた五十がらみのお店者《たなもの》ふうの男が遠慮がちに声を掛けてきた。先刻から、それとなく、こちらの様子を窺《うかが》っていたのは清兵衛も気づいていた。

「卒爾《そつじ》ながらお訊《たず》ね致します。皆さんは話の会の方でございましょうか」

「さようでございます。仏様はあたし達の仲間でしたんですよ」

おはんは気軽な調子で応《こた》えた。

「やはりそうでしたか。いえね、龍野屋さんから、以前、それとなく伺ったことがあるんですよ。月に一度集まりがあって、この世の不可思議な話を語り合うと」

「まあまあ。あまりよそ様を怖がらせてはいけませんので、話の会のことは秘密にしていたんでございますよ」

おはんは、柔らかく制した。男は左目の焦点が少し合わないような感じがした。もの言いは軽妙だが、どことなく陰気な感じもする。

「龍野屋さんは、別に詳《くわ》しいお話をされた訳ではございません。世間話のついでですよ。その時は変わったご趣味だと思いましたが」

男がそう言うと、おはんはきゅっと眉を持ち上げた。変わった趣味と言われたことが癇《かん》に障《さわ》ったらしい。だがおはんは、その後で曖昧《あいまい》に笑って取り繕《つくろ》った。

「手前、伊賀屋《いがや》弘右衛門《こうえもん》と申します。材木屋をしております。龍野屋さんの店は、こちらに来た時に、使わせていただいておりました」

「そいじゃ、お住まいは、この近所ではないのですか」

甚助はうろんな者を見るような目つきで訊《き》いた。

「はい。店は深川の木場《きば》です。こちらへは……恥を申し上げれば、面倒を見ている女がいるもので」

伊賀屋弘右衛門と名乗る男は臆面もなく応える。月に一度か二度、女に会いに深川から出て来るのだろう。その時、手土産に龍野屋の菓子を求めていたのだと清兵衛は察しがついた。

「お盛んで結構ですな」

玄沢は皮肉混じりに口を挟んだ。弘右衛門は月代《さかやき》をつるりと撫《な》でて苦笑いした。

「ま、ここで皆さんに会ったのも何かのご縁です。一つ、皆さんのお力をお借りしたいことがございまして」

弘右衛門は突然、真顔になり六人に嘗《な》め回すような視線をくれた。清兵衛はいやな気分がした。頼み事など、どうせろくなことではないと思った。だが、弘右衛門は迷惑顔の一同に構わず、勝手に話を始めた。

弘右衛門は深川で材木問屋を商い、それなりに利益を上げていた。商売の縁で安く手に入れた借家も何軒か持っているらしい。

この度、弘右衛門は敷地三百坪の武家屋敷を手に入れたという。その屋敷は十年ほど前から空き屋敷となっており、築山《つきやま》、泉水《せんすい》を設《しつら》えた庭まであった。しかし、何分にも荒れ方が激しく、庭の草取りだけでも相当の日数が掛かったという。屋敷内も廊下の羽目板の腐れ、襖のシミ、黴《かび》臭さがあった。弘右衛門は大工や左官を入れて屋敷内を修繕し、何んとか人が住めるようにした。

「江戸詰めのお武家様にでもお貸ししようと算段しておりました。実際、屋敷がきれいになりますと、貸してほしいというお武家様が何人も現れました。やれ、ありがたいと大喜びで一人のお武家様にお貸し致しましたが、十日も経《た》つと、急に心変わりしたとかで、そそくさと出て行かれました。次にお貸しした方も同様でございました。これは何か理由があるのではないかと考えましたが、手前は至って臆病者でございますので、ひと晩泊まって確かめる勇気がございません。そこで、皆さんのお知恵を拝借したいと先刻から考えておりました」

　弘右衛門は上目遣いに語った。

「その家に何かとり憑《つ》いているのでしょうな。店子《たなこ》が二人も早々に出て行ったところは」

　清兵衛はあっさりと応えた。弘右衛門は喉の奥から「ひゃあ」という短い悲鳴を上げた。

「まだ、そうと決まった訳ではないでしょう。その屋敷を修繕している時、何か不審の様子でもありませんでしたか」

　甚助は怖がる弘右衛門をいなすように訊いた。

「いいえ。どことなく陰気な感じはしておりましたが、それは長いこと人が住んでいなかったためだろうと思っておりました」

（どことなく陰気な感じはお前だ）

　清兵衛は茶を啜《すす》りながら胸で悪態《あくたい》をついた。

「出て行かれた店子さんは何か理由をおっしゃいましたか」

　甚助は清兵衛の思惑など意に介するふうもなく続けた。こういう話になると霊感が備わっている甚助は張り切る。

「特には。ただ、夜な夜な物音がするので、ゆっくり寝られないというようなことはおっしゃいました」

「物音！」

清兵衛とおはんの声が重なった。

「ちょいと厄介ですな」

反町は他人事《ひとごと》のように応えた。

「伊勢屋さん。どうしますか。そのお屋敷に行く気はありますか」

慧風は試すように甚助に訊いた。

「皆さんがご一緒して下さるなら、いやだとは言いませんよ」

甚助は思わせぶりに応えた。すでに甚助はその気があるようだ。清兵衛も興味はあったが、怖い思いをするかと思えば、気後れがした。

「どうぞ皆さん、お願い致します。この通りでございます」

弘右衛門は深々と頭を下げた。

「ひと晩、泊まりを覚悟せねばなりませんな。拙者は務めがありますし、山田先生と中沢先生もお忙しいお立場。それに、おっ師匠《しよ》さんはおなごだから、泊まりは、まずいのではないですか」

反町はそれぞれの都合を考える。

「あたしは構いませんよ。箱根にもご一緒したではありませんか」

おはんは昨年の秋の旅のことを持ち出した。

「そうですか。それでは拙者も何んとか都合をつけますが、山田先生と中沢先生はいかがですかな」

玄沢と慧風は顔を見合わせたが、すぐに問題ないという顔で肯いた。

「それでは龍野屋さんの初七日が終わった頃でいかがでしょうか」

反町はさっそく日程を調整した。利兵衛の初七日のお参りをした後、弘右衛門の案内で深川へ行くこととなった。

目指す屋敷は深川冬木町寺裏《ふゆきちようてらうら》にあった。

二

冬木町寺裏は文字通り、堀を挟んで寺町の裏手にある界隈だった。心行寺《しんぎようじ》、海福寺《かいふくじ》、増林寺《ぞうりんじ》の甍《いらか》が縁側のある客間から眺められる。ついでに墓石や卒塔婆《そとうば》が林立している様も目についた。

「何事もなくても、この景色はちょいと気色《きしよく》のいいものではありませんな」

清兵衛は屋敷の中に入ると、開口一番、そう言った。

「面目ありません。しかし、これだけの屋敷ですので手前は一も二もなく手付けを打ってしまった訳で……」

弘右衛門はお先走った自分を反省するように応えた。

「ま、相当に安い買い物だったのでしょう」

甚助は訳知り顔で言う。

「ええ、まあ。安物買いの銭失いでございました」

弘右衛門は自嘲《じちょう》的に応えた。その屋敷に入ったのは夕方だった。話の会の面々は、ついでにその屋敷で毎月の例会を開くことにした。

この度だけは事情が事情なだけに弘右衛門が飛び入りで参加することとなった。弘右衛門は午前中から蒲団や蚊遣《かや》りを運び、いそいそと準備を調《ととの》えていたようだ。

「おっつけ、料理屋から晩飯が届きます。平清《ひらせい》にお願い致しましたが、夏場のことで刺身の類《たぐい》は控えさせてほしいということでした。どんな物になりますか……」

弘右衛門は座蒲団を並べながら自信のない表情で言う。

「平清とは豪勢ですな」

玄沢が感心したように言った。平清は深川で一、二を争う料理茶屋だった。話の会の面々を招待するために、弘右衛門は身銭を切ったのだ。

「夏場の料理茶屋はどこも生ものを控えます。お客様が食あたりでも起こしたら、商売に差し支えますからな」

山城河岸《やましろがし》で料理茶屋を営む清兵衛は訳知り顔で口を挟んだ。

ほどなく、白いお仕《し》着《き》せに身を包んだ平清の板前やら追い回し（板前の見習い）やらが四人やって来て、客間に膳を運び入れた。

清兵衛は食事の前に小用に立った。厠《かわや》は母屋の外に設えてあった。夜中にその厠を使うのは気持ちが悪い。おはんが厠へ行く時は自分がついて行ってやろうと思った。

厠は事前に人を使って掃除をさせていたらしく清潔で埃《ほこり》一つなかった。

用を足している途中で、清兵衛は平清の板前達が勝手口から帰って行くのに気がついた。料理を運ぶのに使った大八車《だいはちぐるま》の音もがらがらと聞こえる。

「ここ、出るんだろ？」

板前の一人が仲間に言った。

「ああ。伊賀屋の旦那もどういうつもりなんだか。客は泊まるらしいぜ」

「明日の朝、朝飯も運ぶことになっているが、そん時、客が無事でいるかどうか心配だぜ。ま、おれ達は早番じゃないからいいけどよ」

「出るのは娘なんだろ？」

「そう。死んだ時は八つかそこらじゃなかったかな。その娘のおろくだけが見つかっていねェのよ。賊に連れて行かれて海に放られたそうだ。建具屋の大将の話じゃ、この屋敷を手直しする時、古い障子や襖に海草が幾つもくっついていたそうだ」

「何んだよ、それ。気持ちが悪いな。ここは海辺でもあるまいし」

「おう、ぞくぞくして来たぜ。早く帰ろ。くわばら、くわばら」

板前達は恐ろしそうに引き上げて行った。この屋敷が訳ありなことは、弘右衛門はとっくに承知していたのだ。この屋敷に住んでいた家族は押し込みにでも遭《あ》ったのだろう。遺体の見つかっていない娘の霊がさまよっているのかも知れない。だが、最初から、これこれこうだと話の会の連中に喋《しゃべ》っては徒《いたずら》に恐怖心を植えつけることにもなる。何か起きた時、そっと甚助に耳打ちしようと思った。

客間に戻ると皆んなは清兵衛を待ちかねていた。

「長い小便だな」

甚助がからかうように言った。

「うるさいよ、お前は」

清兵衛は口を尖《とが》らせて応酬した。

「ささ、お料理が冷めない内にどうぞ」

弘右衛門の勧めで一同は「いただきます」と合掌して箸《はし》をとった。

口取り、酢の物、焼き物、天ぷら、卵とじ、吸い物、香の物と、目にも鮮やかな平清自慢の料理が並んでいた。よその料理茶屋のものを食べるのも清兵衛には勉強になる。盛り合わせ方は気が利いていた。さっそく自分の店の板前に平清はこうだったと教えてやろうと思った。

「奉行所の書庫で古い事件を調べて参りました」

反町は猪口《ちょこ》の酒をゆっくりと飲みながら口を開いた。

「ほう。何かわかりましたかな、旦那」

玄沢は箸を止めて反町の顔を見た。

「当時、ここに住んでいたのは、武家ではありませんでしたが、相当の分限者《ぶげんしゃ》でした。何んでも江戸城御用達《ごようたし》の縮緬問屋《ちりめんといや》だったとか。越後から運んで来た縮緬で財を成したようです。日本橋の呉服屋もわざわざ深川に訪れて品物を分けて貰っていたようです。その商人は上等の仕入れ先を摑《つか》んでいたようで、江戸の呉服屋連中が幾ら躍起になっても、同じような品物を手に入れることはできなかったらしいです。それで高直《こうじき》を承知で、呉服屋連中は、こちらにやって来ていたのでしょう。ここは縮緬御殿と呼ばれていたそうです。新築した当初は、それはそれはまばゆいばかりの屋敷だったらしいです。そうでしたな、伊賀屋さん」

反町が相槌《あいづち》を求めると弘右衛門は居心地悪そうに「はあ、そうです」と応えた。

甚助は黙って反町の話を聞いていたが、視線が、時々、あらぬ方向へ行くのに清兵衛は気がついた。

「甚助。何かあるのかい」

「いや……」

甚助は二、三度眼をしばたたいた。

「まるで猫か子供が傍《そば》をうろちょろしているみたいだぜ」

清兵衛がそう言うと甚助は少し驚いた顔になったが「その話は後で」と、すぐに言った。

小半刻《こはんとき》（約三十分）ほどで食事が終わると、膳を廊下に出し、話の会の一同は、いつものように車座になった。最初にお参りする仏壇がなかったので、甚助は般若心経《はんにゃしんぎょう》を唱えた。

一同は甚助が唱えている間、数珠を持って掌《て》を合わせた。

「清兵衛。それでは発声してくれ」

甚助に促《うなが》され、清兵衛は携《たずさ》えてきた錫杖《しゃくじょう》をしゃらんと鳴らし「ひとつ灯《とも》せ〜」と高らかに声を張り上げた。

「ええい！」

一同は唱和する。弘右衛門は何も彼《か》も初めてなので、緊張した面持ちでなり行きを見守っていた。清兵衛は得意な気持ちだった。どうだ、わし達はこんなふうに話の会を始めるんだよ。お前はこんな厳粛な集まりなんか参加したためしはないだろう、と。

「さて、さきほどの拙者の話の続きですが、縮緬問屋は羽振りのよさに目をつけられ、気の毒に押し込みに狙われてしまったのです。奉公人を含めて一家十五人、皆殺しでございました」

反町は待っていたように早口で喋った。

「ちょっと待って下さい、旦那。ただ今、一家皆殺しとおっしゃいましたが、八歳ほどの娘は、ここで殺されなかったのではないですか」

清兵衛は反町の言葉に異を唱えた。

「いかにも」

反町は気分を害した様子もなく素直に肯いた。

「その娘の遺骸だけは見つかっていないとか」

「その通りでござる。平野屋さん、どうしてそれをご存じなのですか」

反町は意外そうに訊いた。平清の板前達が話していたことを小耳に挟んだと言ってもよかったが、それでは後で弘右衛門に余計なことを喋るなと板前達が叱られそうな気がした。それで「ちょいと深川のお客様に伺《うかが》いました」と応えた。

「お前の所に深川の客なんていたか？」

甚助は怪訝《けげん》そうに訊く。

「いいじゃないか、それは」

清兵衛はうるさそうに甚助を遮《さえぎ》った。

「まあ、それはともかく。これはこの屋敷の図面です」

反町は懐から畳んだ紙を取り出し、一同の前に拡げた。二階建ての屋敷は外から見るより相当の部屋数があった。一階は玄関、控えの間、茶の間、客間が三つ、夫婦の部屋、祖父の部屋、女中部屋が二つ。住み込みの手代番頭の部屋三つの十二。二階は長女、次女、三女、長男、次男の部屋がそれぞれ。不意の客が泊まる部屋、それに蒲団部屋の七つがあった。母屋の外には納戸、味噌、醬油など調味料を納めている小屋、漬物小屋、下男が寝泊りする小屋もあったが、それ等は、今は取り払われていた。

「これをよく奉行所から持って来られましたね」

慧風が感心した表情で言った。

「これは写しでござる。拙者が務めの合間にこっそり書き写しました。上に見つかったら、どう言い訳してよいのか悩みますな」

反町は愉快そうに笑った。図面はよく見ると人の印《しるし》がつけられていた。丸に簡単に手足の線をつけたものだ。恐らく、家族と奉公人は印のある場所で絶命したものと思われる。清兵衛はこっそり数を数えたが、印は十四しかなかった。やはり、八歳の娘は、この屋敷では死ななかったようだ。

「下手人は見つからなかったんでございますか」

おはんは気になる様子で反町に訊いた。

「いや、捕まりました。賊は五人で、すでに打ち首獄門の裁きを受けておりまする」

「それじゃ、その娘の行方は？」

清兵衛はつっと膝を進めた。

「三女のおゆきは階下で不審な物音を聞くと、恐らく姉娘に縋《すが》ったのでしょう。姉娘はおゆきを葛籠《つづら》の中に隠したのです。果たして賊は二階にやって来ると二人の姉娘を慰んだ上に首を絞《し》めた。それに激怒した息子達は怯《ひる》むことなく賊に飛び掛かりましたが敢《あ》えなく殺されてしまいました」

「何んてむごい」

おはんは俯《うつむ》いて眼を拭った。

「賊は葛籠の中身を確認せず、用意した大八車に銭箱と一緒に積み込みました。娘達の晴れ着でも入っているものと早合点したのでしょう。だが、途中でおゆきに気がついたのです。永代橋から葛籠ごとおゆきを川へ放り込んだと白状しております。当時、奉行所は娘の入った葛籠をずい分、探したのですが、とうとう出てきませんでした。多分、海に流されたのでしょう。この屋敷に不審の様子があれば、おそらく成仏していないおゆきの霊がさまよっているものと思われます。他の仏はねんごろに供養しているようなので」

「霊は間違いなくその娘でしょう」

甚助はきっぱりと言った。

「甚助。何か見えるのかい」

清兵衛は恐ろしそうに訊いた。

「まだ、はっきりは見えないが、丸い白い形のものが、鞠《まり》のようにそこら辺を弾《はず》んでいるよ。いや、鞠というのはたとえが悪いな。時々、天井の隅にじっとしていることもあるから」

「うへえ」

弘右衛門は素《す》っ頓狂《とんきょう》な声を上げた。

「お静かに」

すかさず慧風が制した。

「み、皆さんは怖くはないのですか」

弘右衛門は疑わしい眼で訊く。あんたの顔の方がよほど恐ろしいと、清兵衛は言ってやりたかった。

「霊は人と同じものです。言い聞かせればわかってくれます。おゆきちゃんは自分が死んだことを知らないのです。ですから家族とともに倖《しあわ》せに暮らしていたこの屋敷にいれば皆んなが戻ってくると信じているのでしょう」

甚助はそう言って天井の一隅に眼を向けた。

そこにおゆきの霊がいるのだろう。しばらくして甚助の視線がゆっくりと動いた。天井から柱伝いに下へ向かい、畳を通り、障子を開け放した廊下へ移る。

「二階に……」

甚助はこもった声で言った。

「二階に何かあるようですが」

甚助は誰にともなく続けた。

「行ってみますか」

反町はごくりと唾を飲み込んで腰を上げた。

弘右衛門は腰を抜かさんばかりの態《てい》だった。

三

長い廊下を連れ立って進むと、玄関近くに二階へ通じる階段があった。そこまで来て、清兵衛は思わず「うわッ」と声を上げた。弘右衛門と同じような年恰好の男が手燭《てしょく》を持って、うっそりと階段の傍に立っていたからだ。

「平野屋さん。驚かせて申し訳ありません。うちの番頭の宇助《うすけ》です」

弘右衛門は清兵衛の後ろから声を掛けた。

「誰もいないと思っていたものだからびっくりしただけさ」

清兵衛は苦笑して応えた。

「二階には手代が二人ほどおります。灯《あか》りを点けて皆さんを待っております」

弘右衛門は言い添えた。ほっと安心して階段を上ると、踊り場に灯り取りの丸窓があるのに気づいた。しかし、それは障子を嵌《は》め込んでいる様子もない。妙な窓だった。何気なく見ていると、そこに人の姿が映った。清兵衛は、また色気のない悲鳴を上げた。

「平野屋さん。この窓はビードロ仕立てになっております。夜になると鏡のように人の姿が映ります」

弘右衛門は苦笑混じりに説明した。

「ほう、ビードロですか。贅沢《ぜいたく》ですな」

玄沢は感心した声で言う。

「はい。長崎からわざわざ運ばせたそうでございます。ビードロの窓は江戸でもそう見掛けることはありません」

弘右衛門は得意そうだ。

「細川様のお屋敷にはビードロの障子があると聞いたことがありますが、わたしは、実物を拝見するのは初めてです」

慧風も興味深い表情で丸窓を見上げた。細川様とは肥後の大名のことだった。

「では、お二階へ」と弘右衛門に促され、一同が二、三歩進んだ時、背中で、すさまじい音がした。窓のビードロが砕《くだ》け散ったのだった。清兵衛は思わず、おはんを庇《かば》った。誰しも、つかの間、言葉を失った。窓から夜風が忍び込み、脂汗を浮かべた一同の頬を嬲《なぶ》った。生ぬるい風は、少しも気持ちのよいものではなかった。宇助が慌てて箒《ほうき》とちり取りを持って来ると、割れたビードロを片づけ始めた。

「入って来るなということですかな」

甚助は独り言のように呟《つぶや》いた。

「来なければよかった」

おはんは恐ろしさに涙ぐんだ。

「大丈夫ですって、おっ師匠さん。皆んながついています」

清兵衛は優しくおはんを慰めた。

「いつまでおっ師匠さんに、くっついているんだ。いい加減、離れろ」

甚助が嫌味を言った。清兵衛は不服そうに甚助を睨《にら》んだ。

二階は黴臭さが鼻についた。弘右衛門は障子や襖を入れ替えたと言っていたが、以前のままになっている所が幾つもあった。

死人《しびと》が出た部屋だと思えば、なおさら気味悪さが、いやました。一つの部屋の壁にいやなシミがついていた。

「これは血の痕《あと》かな」

玄沢はさほど恐ろしそうでもなく、丹念に部屋のあちこちを観察した。

「伊賀屋さん。二階はあまり手直ししておらぬようですな」

甚助は咎《とが》めるような口調で言った。

「襖や障子の開かないものが結構ございまして、建具屋職人が勘弁してほしいと頭を下げたので、そのままにしている所もございます」

弘右衛門は言い訳がましく応えた。

七つの部屋を見回った後で、甚助はもう一度、一つの部屋に戻った。六畳ほどの小さな部屋だが、床の間と押し入れがついている。押し入れの横に出窓があった。窓からは日中なら庭を眺められるようだが、夜の闇はすべてを覆い隠している。民家の仄《ほの》灯りが遠くの方でちらちら揺れていた。

二階に待機していた手代が窓を開けた甚助の両側から手燭で照らした。二人とも、さっきから、ろくにものを喋らない若い男達だった。

「ここは誰の部屋だったんですか」

反町は弘右衛門を振り返って訊いた。弘右衛門だけは部屋に入らず、障子の傍で様子を窺っていた。

「末娘の部屋でした」

そう聞いて、甚助がこの部屋に戻った理由に清兵衛は合点がいった。甚助は何かを感じているのだ。

「押し入れを開けていいですかな」

甚助は弘右衛門に断った。

「それは構いませんが、戸は開きませんよ」

弘右衛門はにべもなく応えた。

「開かない？」

怪訝な顔になった甚助は押し入れの戸に手を掛けたが、そこは本当に開かなかった。

「重い。何かが突っ掛かっているようだ」

「伊勢屋さん。もしかして仏様がいるのではないですか」

おはんは誰もがふと思ったことを口にした。

「それが本当だとしたら、なおさら開けなきゃならない」

体格のよい甚助は奥歯を嚙み締め、腰を落として踏ん張った。

「甚助。無理をするな」

清兵衛は、はらはらしながら口を出した。

「娘の霊が見えないんだよ。ここに入り込んだのかも知れない」

甚助は唸《うな》るように応えた。

「それじゃ、まともにやっても開かないかも知れないよ。清《きよ》めの塩を振って、般若心経を唱えたらどうかね」

清兵衛の言葉に甚助は「お前にしては気の利いたことを言う」と笑った。甚助の息が少し上がっていた。塩を包んだ懐紙を取り出し、甚助は「般若波羅蜜多《はんにやはらみつた》、般若波羅蜜多」と低く唱えながら塩を撒《ま》いた。

それから、また押し入れの戸に手を掛けた。

甚助はさっきと同じように腰を落として力を入れた。ところが、今度は呆気《あつけ》なく開いた。

何んだと思う暇もなかった。戸が開くと同時に大量の水がどっと中から溢れ出た。まるで水を入れた盥《たらい》が引っ繰り返ったような感じだった。

座敷は水浸しになり、尻餅をついた甚助と二人の手代は頭から水を浴びてしまった。

「な、何んなんだ！」

今見た景色が清兵衛には信じられなかった。

押し入れに大量の水？　その水はどこから流れて来たのか。

「塩辛い……海の水だ」

甚助は立ち上がると手の甲で唇を拭った。

「伊勢屋さん。お着替えをしませんと。と言っても、着替えなんてありませんよね」

おはんは情けない顔で言った。

「浴衣はなかったか」

弘右衛門はすぐに手代に命じた。

「へい。今、持って参じます」

ずぶ濡れの手代はようやく口を開いた。

甚助は開いた押し入れの中を、手燭をかざして覗《のぞ》いた。千代紙を貼った引き出しつきの小物入れ、お手玉、赤い鼻緒《はなお》のついた黒塗りの下駄が片方、手鏡などがその中に散乱していた。

「おゆきちゃんの亡骸《なきがら》は今も海の底に眠っているのでしょうな。わたしも今まで、色々な目に遭ってますが、こんなことは初めてです」

甚助は長い吐息を洩《も》らした。

「もう、よろしいですね。階下《した》に戻りませんか」

おはんは自分の頬を両手で撫でながら言った。鳥肌が立っているのだろう。

「そうですね。もうよろしいでしょう」

慧風が相槌を打ったのを潮《しお》に、皆は階下に向かった。濡れた畳は明日になったら、外へ運び出すようだ。

清兵衛は部屋を出る時、何気なく振り返った。手代が手燭を持って立っている。その背後の壁に、黒い影が映った。それは手代の影ではなかった。切り下げ髪の少女に見えた。

海に放り込まれて、結った髪もほどけたものだろうか。少女の影は次第に大きくなり、ついには壁一面を覆《おお》った。

清兵衛は「南無妙法蓮華経、南無妙法蓮華経」と、自分の家の宗派の題目を唱えた。手代は、そんな清兵衛を怪訝な顔で見つめている。後ろの影には気づいていなかった。

客間に戻った話の会の面々は、しばらくものを言う元気もなかった。皆、衝撃を受けていた。

「この屋敷はどうしたらよろしいでしょうか」

宇助に手伝わせて酒と茶を運んで来た弘右衛門は、心細い顔で訊いた。反町は徳利の酒を手酌で猪口へ注ぎ、立て続けに三杯ほど呷《あお》った。飲まずにはいられない気持ちは清兵衛も同じだった。

甚助は手代が用意してくれた浴衣に着替え、自分も猪口を手にした。

「お気の毒ですが、ここは人の住める屋敷ではないようです。建物を取り壊《こわ》し、更地《さらち》にして別の使い方を考えることですな」

甚助はあっさりと言った。

「伊勢屋さんのおっしゃる通りにした方がよろしいでしょう」

玄沢も言い添えた。

「はあ……」

弘右衛門はやり切れないようなため息をついた。

「疲れました。先に休んでよろしいでしょうか」

しばらくして、甚助は遠慮がちに言った。

「どうぞ、どうぞ。わたしも疲れました。ほどなく横になります」

慧風が言うと、番頭の宇助は手早く次の間の襖を開けた。蒲団が並んでいたが、一人分だけ離れて敷いてある。それがおはんの寝床であろう。

甚助はいち早く蒲団にもぐり込むと、すぐに寝息を立て始めた。

「それでは、手前どもも引き上げさせていただきます。明日の朝、また参ります」

弘右衛門は上目遣いで言った。

「お帰りになるのですか。あたしはてっきり、ご一緒に泊まるものと思っておりました」

怪し気な屋敷にわざわざ呼び出したくせに、自分だけさっさと帰るのかと、おはんは呆れた表情だった。

「あいすみません。夜が明けたらすぐに参ります。伊勢屋さんの着物の手当てもしなければなりませんので」

弘右衛門は、もごもごと言い訳して引き上げて行った。玄沢と慧風も、ほどなく寝床に就くと、客間には反町とおはん、清兵衛の三人が残った。おはんは二人に酌をしてくれた。

「どうも妙だな」

反町は天井を見上げて思案顔をした。

「何が妙なんです、旦那」

清兵衛はそっと反町の浅黒い顔を見た。

「ビードロの窓が割れたことと言い、押し入れから溢れた水と言い、霊の仕業にしてはちょいと……」

都合よく起こり過ぎると反町は言いたいらしい。

「しかし、甚助は確かにおゆきちゃんの霊がこの屋敷にいると言っておりましたよ」

清兵衛は晩飯の時の甚助の様子を思い出して言った。それに清兵衛もおゆきらしい影を認めている。

「おゆきの気配は拙者も感じておりました。しかし、おゆきは何を伝えたくて窓を壊したり、押し入れから水を出したりしたのでしょう。拙者はそれが解《げ》せません」

「早く自分を見つけてほしいと思っているからじゃないですか」

「十年も年月が経っているのですぞ。それはできない相談というもの」

「旦那。何がおっしゃりたいの」

おはんは反町の猪口に酌《ちょう》をしながら、ずばりと訊く。

「伊賀屋が何か策を弄したのではないかと考えております」

「何んのために」

清兵衛はぐっと首を伸ばした。

「我々の力を試すため……いや、我々をからかうためですかな」

反町がそう言うと、清兵衛とおはんは顔を見合わせた。弘右衛門がそこまでするものだろうか。だが、数々の事件を見て来た反町にはあり得ることなのかも知れない。

「亡くなった龍野屋さんは、伊賀屋に我々への恨みつらみを洩らした様子ですな。あれから龍野屋さんは急に具合を悪くされた。こんなことなら穏便に済ませた方がよかったですな」

反町は続ける。利兵衛が話の会を退《の》いてから、腹立ち紛れに弘右衛門へ愚痴を洩らしたことは考えられる。弘右衛門が一矢報いるために自分達をかついだのか。

「しかし、龍野屋さんはおっ師匠さんに懸想《けそう》して、思いが通じないとなると、おっ師匠さんに殴り掛かった。そんな人と一緒に話の会は続けられませんよ」

利兵衛を話の会から外したことは、間違いではないと、清兵衛は今でも思っている。

「平野屋さん。その話はやめて。あたしのせいで龍野屋さんが具合を悪くして、とうとう亡くなってしまったと内心では思っているんですから」

おはんは低い声で制した。

「おっ師匠さんのせいじゃありませんよ」

清兵衛は優しく慰めた。

「龍野屋さんが伊賀屋さんに仇を討ってくれと言ったのかしら。でも、平清にお料理を頼んだりして大層な掛かりですよ。そこまでするものでしょうか」

おはんはそう言って首を傾《かし》げた。

「明日になったら甚助にもう少し詳しい話を訊いてみましょう」

清兵衛は低い声で言った。

「そうですな」

「さあ、旦那。お酒はまだ残っておりますよ。今夜はもう、余計なことを考えるのはよしになさいまし」

おはんは不愉快な話題を変えるように言った。

四

翌朝。甚助はぐっすり眠って、晴れやかな顔をしていた。平清の板前が運んで来た朝飯もすっかり平らげた。反対に清兵衛はよく眠れなかったので、食欲も、もう一つだった。

「昨夜は、あれから何か不審なことはありましたでしょうか」

弘右衛門は恐る恐る訊いた。

「いや、わたしはぐっすり眠っておりましたので何も気がつきませんでした。清兵衛、何かあったかい」

甚助は清兵衛の方を見る。

「特には」

本当は柱や梁《はり》が軋《きし》む音がしていたが、それは怖いというほどのものではなかった。

「それはよろしゅうございました。皆さんのお蔭でこの屋敷の供養ができました。お礼を申し上げます」

弘右衛門は改まった顔で頭を下げた。

甚助の着物は朝まで乾かなかったようで、後で伊勢屋へ届けると弘右衛門は言い添えた。

だから、帰りの道中、甚助だけが浴衣姿のままだった。夏場のことで、通り過ぎる人も怪訝な顔をすることはなかったが。

冬木町寺裏の屋敷を訪れてから十日ばかり経った頃、清兵衛は店で使う蠟燭を注文するため伊勢屋へ向かった。他の用事はすべて息子の久兵衛《きゅうべえ》に任せているが、蠟燭の注文だけは相変わらず清兵衛がしていた。ついでに甚助と世間話をするのが楽しみだった。

清兵衛の顔を見ると甚助は自分の部屋に気さくに招《しょう》じ入れた。

「昨日、伊賀屋が着物を届けに来たよ」

甚助は清兵衛が座蒲団に腰を下ろすと、さっそく言った。

「ほう、そうかい」

「あの屋敷は近い内に取り壊すそうだ」

「まあ、それがいいだろうね」

清兵衛は甚助の娘のおさよが運んで来た茶を啜りながら気のない返事をした。

「それでね、奴は恐縮して、実はあの屋敷で起こったことは、すべて手前ェ達の仕業だったと白状したよ。馬鹿にした話じゃないか」

甚助はいまいましそうに言う。

「そんなところだろう」

「何んだ、驚かないのかい」

甚助は拍子抜けした顔になった。

「反町の旦那もおっしゃっていたんだよ。ちょいと拵《こしら》え過ぎじゃないかとね」

「さすが旦那だ。鋭いもんだ」

甚助は反町の観察眼に感心した。

「だけど、おゆきちゃんの霊は確かにあそこにいたんじゃないのかい」

清兵衛は怪訝な眼で訊く。

「ああ、いたよ」

甚助はあっさりと応える。

「伊賀屋はそれに気づいていなかったのかね」

「さあ」

「別に子供騙《だま》しみたいなことをしてわし等を怖がらせなくてもよかったのにさ」

「龍野屋さんの代わりにおれ達へ意趣返しをしたつもりなんだろう」

「…………」

やはり甚助も反町と同じことを考えていたようだ。

「奴が世話をしている女ってのはさ、龍野屋さんの姪《めい》っ子なんだよ」

甚助は少し悪戯《いたずら》っぽい表情で続ける。

「ええっ？」

「話の会から追い立てを喰らったことで、龍野屋さんは相当に腹を立てていたそうだ。それで、龍野屋さんは奴に何んとかしてくれって縋ったのさ。奴は妙な男気を出して合点承知之助《がってんしょうちのすけ》と引き受けたが、その後で龍野屋さんは亡くなってしまった。奴は龍野屋さんの遺言とばかり、おれ達をあの屋敷に呼んで、いっぱい喰わせようと企《たくら》んだんだ」

「ちょっと待ってくれ。どこまで伊賀屋の仕業なんだ？」

清兵衛は頭が混乱していた。おゆきの部屋で見た大きな影もその中に入るのだろうか。

「ビードロの窓と押し入れの塩水は奴だ」

「うん。それはわかる」

「押し入れの中におゆきちゃんの物らしいのを並べたのも奴だし、障子に海草をくっつけたのもそうだ」

「障子の海草は気がつかなかったなぁ」

「湯殿に血のような色の水も張っていたよ。ついでに汚れた水を流す樋《とい》にも海草をばら撒いていた」

「湯は使わなかったから、それも気づかなかったよ」

「お前が気づかないんじゃ、奴の努力も水の泡だね」

甚助は苦笑した。だが、すぐに真顔になり、「二階から引き上げてきた時、おゆきちゃんは反町の旦那の肩に乗っかっていたよ。旦那を怖がらせちゃいけないと思って、おれは黙っていたけどね。まあ、話の会の連中で頼りになるのは反町の旦那だと、おゆきちゃんもわかっていたのさ。それでね、その時、伊賀屋を見るおゆきちゃんの目つきが凄《すご》いんだ。あたしのことを虚仮《こけ》にしやがってという感じでさ」と言った。

「それ、伊賀屋に言ったのかい」

「言ってないよ。かつがれたと知って、おれも腹が立っていたから、言いそびれてしまったのさ」

「そうかい……」

清兵衛は漠然と不安を覚えた。霊をからかうとろくなことにならない。伊賀屋に災いでも降りかからないかと心配だった。

「ま、あの屋敷を取り壊したら、おゆきちゃんも諦めて家族のいる墓に帰るだろう」

甚助は呑気なことを言う。そうだろうか。それで済むのだろうか。壁に大写しになったおゆきの影は恨みの強さを表すものに思えて仕方がなかった。

「甚助。伊賀屋は、おゆきちゃんの家と関係がないのかい」

「えっ？」

「おゆきちゃんの家が押し込みに遭ったことと伊賀屋は本当に関係ないのかい」

「どうしてそんなことを。関係なんてあるものか。下手人はすべて刑を受けたんだし」

「それなら、おゆきちゃんは誰を恨んであらぬ姿を見せるのかね」

「お前、見たのか」

「ああ。おゆきちゃんの部屋から出る時、壁におゆきちゃんの影が大きく映っていたよ」

清兵衛がそう言うと、甚助は黙った。苦い表情で茶を飲み下す。さほど霊感のない清兵衛にまでおゆきの霊が見えたことに甚助はこだわっているようだ。

「清兵衛。思っていることを言ってみろ」

しばらくして甚助は清兵衛に話を促した。

「おゆきちゃんの家は縮緬御殿と呼ばれたほどの屋敷だ。伊賀屋はあの屋敷の普請に関わっていないようだが、大工が玄能《げんのう》（金槌《かなづち》）を振るっていた様子は、いやでも目についたはずだ。同じ深川にいて、自分には少しでも仕事を回してくれないのかと思っていたとしたら……」

「清兵衛。それじゃ、伊賀屋が押し込みに手を貸したとでも言うのかい」

「そこまで言わないが、おゆきちゃんの亡骸は、あの屋敷内にあるような気がするのさ」

「どこに」

「恐らく人目につかない場所だろう」

「おゆきちゃんは、それで反町の旦那の肩に乗っかっていたのか……」

甚助は俄《にわ》かに合点した様子だった。

「こうしちゃいられない。さっそく反町の旦那に知らせよう。案外、旦那はおゆきちゃんに導かれて、その場所に当たりをつけているかも知れないよ」

甚助はいきなり立ち上がると、前垂れを外して出かける様子を見せた。清兵衛も腰を上げた。伊勢屋を出て北町奉行所へ向かう道々、清兵衛は自分の考えが確信となって行くのを感じていた。

深川は気の早い野分《のわき》が訪れた後だった。抜け上がったような空は、この世のものと思われぬほど青い。潮気混じりの熱風が頰を嬲る。

縄を打たれた弘右衛門は番頭の宇助とともに、捕物の身拵えをした奉行所の役人達に引き立てられ、よろよろと通りを歩いて行く。

十年前。弘右衛門は、ふとしたきっかけで押し込みの一味と顔見知りになった。弘右衛門は直接、押し込みには関わっていなかったが、一味が事に及ぶまで伊賀屋で匿《かくま》ってやったらしい。

弘右衛門の目的は金ではなかった。ただ、おゆきの父親に対する恨みだけだった。だから、弘右衛門は一味から金は受け取っていない。それが奉行所の目を逃れられた理由だった。下手人も弘右衛門については口を割らなかった。

しかし、一味はおゆきの入った葛籠の処分に困った。一味は葛籠を弘右衛門に任せた。いやだの、どうのという暇もなかった。

弘右衛門は切羽詰まり、宇助と一緒に大八車に葛籠を載せ、まだ役人の手が入っていない屋敷に戻った。そして、広い庭の一画に穴を掘り、葛籠を埋めたという。

反町譲之輔は、果たしておゆきの幻影に悩まされていた。清兵衛と甚助の話を聞くと、すぐさま、あの屋敷に向かった。むろん、清兵衛と甚助も同行した。

驚いたことに、反町は屋敷へ着くなり、まっすぐにおゆきの埋められている場所へ進んだ。そこに佇《たたず》む反町を見て、甚助は勝手口から鋤《すき》を持って来て穴を掘った。

幾らも掘り進まない内に鋤の先は葛籠を探り当てた。それから反町は土地の岡っ引きを奉行所に走らせた。捕物装束の役人達が現れたのは、その一刻《いっとき》(二時間)後だった。

清兵衛はおゆきの亡骸を見ていない。とてもまともに見る勇気はなかった。

それにしても弘右衛門が話の会の面々をその屋敷へ呼んだのが不可解だ。たとい、龍野屋利兵衛の遺言に応えるためだったとしても。

反町は、下手人は必ず犯行のあった場所へ戻るものだと清兵衛に説明した。大抵、それで墓穴を掘ると。

下手人が犯行現場に戻る理由は何んだろう。

清兵衛にはよくわからない。しかし、反町は怪訝な表情の清兵衛に皆まで説明せず、「そういうものです」ときっぱり言って、後は取りつく島もない態度だった。反町はおゆきの亡骸を発見するについて、奉行所の役人には霊の導きであるとか、曖昧なことは言わなかった。長年、事件に携わってきた勘だと応えた。その時の反町の顔は奉行所の役人以外の何者でもないと清兵衛は思った。

入り口

一

秋もいよいよ深まった神無月《かんなづき》の夜、平野屋清兵衛《ひらのやせいべえ》に「話の会」の当番が回ってきた。当番は、簡単な食事と茶菓《さか》の用意をするきまりになっている。清兵衛は朝から店の板前に指図して料理の準備をした。季節柄、松茸《まつたけ》の土瓶蒸《どびんむ》しと松茸ごはんも献立に入れるつもりだった。

話の会の連中の喜ぶ顔が早く見たくて、清兵衛は夜になるのを心待ちにしていた。

その夜の話の会に、清兵衛は息子の久兵衛《きゅうべえ》の友人を呼んでいた。

久兵衛の友人は幹助《みきすけ》という名で、父親は八丁堀の松屋町《まつやちょう》で質屋を営んでいる。幹助は子供の頃から苦労知らずで育った男だった。いや、放蕩《ほうとう》息子と言っても過言ではないだろう。年頃になっても親の商売を手伝わず、仲間とつるんで遊び廻っていた。幹助の悪い噂《うわさ》を聞く度に清兵衛は他人事ながら心配していた。幹助は久兵衛と手習所《てならいどころ》が一緒だった。その縁で、時々、平野屋にふらりとやって来ては久兵衛と半刻《はんとき》（約一時間）ほど話をしてゆく。久兵衛は格別忙しい時以外、幹助を決して追い返さなかった。内所で話をする二人はいつも楽しそうだった。幹助にとって、久兵衛は唯一のまともな友人だったのだ。遊び仲間とのずるずるべったりな関係に倦《う》むと、幹助は久兵衛を思い出すらしい。また久兵衛も、幹助とは商売抜きでつき合えるので気楽のようだ。

店を任せてはいるが、清兵衛から見れば、久兵衛はまだまだ頼りない。親に心配を掛けずに人並に暮らしている程度だ。同業の息子の中には上客を次々と店に送り込む者もいる。目覚しい仕事ぶりが評判になると、清兵衛はわが息子の呑気《のんき》さにため息をついた。久兵衛には他の店を出し抜いてやるという気概が微塵《みじん》も感じられなかった。そんな久兵衛でも幹助にとってはまともな友人なのだから、幹助の行状は言わずとも知れる。まあ、上には上があり、下には下があるというものだ。

内心では、久兵衛が幹助とつき合うことに賛成できないが、久兵衛が「あいつは気の弱い男なんだよ。仲間に誘われると断れないのさ。ま、馬鹿をやるのも今の内だけだろう。三十の声を聞いたら黙っていても落ち着くさ」と言っていたので、清兵衛も余計な口出しはしなかった。幹助の両親が時々平野屋を使ってくれるせいもあったが。

今年になって、ふとしたきっかけで幹助は改心し、真面目に家業を手伝うようになった。

清兵衛は久兵衛の言った通りだと、ほっと安堵《あんど》する思いだった。

だが、改心のきっかけは意外なことからだった。それを話の会の連中に伝えようと前々から考えていた。ようやくその機会が巡って来たのだ。

自分が話すより当の幹助に直接喋《しゃべ》らせた方がいいだろうと、清兵衛はこの夜、幹助を平野屋に呼んだのだ。

暮六つの鐘が鳴る頃、話の会の面々は山城河岸《やましろがし》にある平野屋へ集まって来た。座敷は離れの仏間である。陽《ひ》のある内は庭に植わっている色づいた楓《かえで》のもみじが美しいのだが、夜ではそれも叶わない。石灯籠《いしどうろう》に火を入れてみたが、周りを僅《わず》かに照らすだけで紅葉を観賞するまではいかなかった。もっとも、話の会の面々の目的はもみじ狩りではなかったので、そのことにあまり頓着《とんちゃく》しなかった。

「秋の陽はつるべ落としですな。ご自慢の庭の景色も、これではよく見えない」

町医者の山田玄沢《げんたく》はそんなことをぽつりと言っただけだった。

清兵衛が用意した料理を会の面々は喜んで食べてくれた。清兵衛も面目を施《ほどこ》して、大層気分がよかった。

食後の水菓子と抹茶を楽しむと、話の会の面々はいつものように車座になった。真ん中に紙燭《しそく》が灯《とも》されるのも、いつも通りだった。

「ひとつ灯せ〜」

清兵衛が錫杖《しやくじよう》を鳴らして声を張り上げると、他の連中は「ええい！」と唱和した。

「本日は十月十日の十日夜《とおかんや》です。大根の年取りの日ですな。ものの本によれば、大根畑というのは霊界に近い神聖な場所だそうです」

儒者《じゆしや》の中沢慧風《けいふう》は貝原益軒《かいばらえきけん》の『養生訓《ようじようくん》』を唱えた後で言った。

「それは初耳です」

清兵衛は驚いたように応《こた》えた。

「齢《よわい》五十を過ぎても知らないことは多いものだな」

蠟燭問屋《ろうそくといや》の伊勢屋《いせや》甚助《じんすけ》がからかうように口を挟んだ。

「うるさいよ、お前は」

清兵衛は笑いながら甚助を制した。甚助には、何んでも言いたいことが言える。

「わたしもそれを知りましてから、そう言えば大根は他の野菜とは少し違うなと改めて感じました。大根には、いやなえぐ味《み》も癖もない。食べて腹を壊《こわ》す心配もありません」

慧風は得心した表情で言う。

「芝居の下手な役者を大根と言うのも、そこから来ているのでしょう」

甚助が冗談混じりに言うと、他の連中は「当たらない」と声を揃え、愉快そうに笑った。

「大根畑は、そう言われてみると、何か静謐《せいひつ》なものが感じられますな」

　玄沢も相槌《あいづち》を打つように言う。

「それで、ちょいと怖い話を申し上げれば、大根は鉄砲の音や餅搗《もちつ》きの音を聞かせると、よく太るそうですよ」

　慧風は訳知り顔で続けた。他の連中は「ほう」と興味深い表情になった。

「ですが、大根の太る音を聞いた者は、早晩、死ぬ運命にあるとも言われております」

「わたしは大根の太る音なんて聞いたことがないな。どんな音なのだろう」

　甚助は小首を傾《かし》げた。清兵衛にも覚えはなかった。

「おっ師匠《しょ》さんはいかがですか」

　清兵衛は一中節《いっちゅうぶし》の師匠をしているおはんに訊《き》いた。

「あたしだって聞いたことがありませんよ。大根の太る音を聞いたことがないから、皆さん、こうして息災でいらっしゃるんじゃないですか」

　おはんは苦笑しながら応えた。それもそうだと、他の連中も笑った。

「ま、大根の話はともかく、本日は倅《せがれ》の友人を呼んでおります。八丁堀の松屋町にある『丸屋《まるや》』という質屋の倅です」

　清兵衛は改まった口調で言った。

「おお。丸屋なら拙者も一度ならずお世話になりました」

　北町奉行所同心の反町譲之輔《そりまちじょうのすけ》は張り切った声を上げた。

「そんなことはおっしゃらなくてよござんすよ」

おはんはきまりの悪い顔で窘《たしな》めた。おはんの表情がおかしくて、清兵衛はぷっと噴《ふ》いた。

「ええと、以前にその倅から……幹助という名前ですが、小父《おじ》さん、こんなことがあったのだよと打ち明けられました。あまり不思議な話だったので、これは皆さんに是非ともお話しして、ご意見を伺いたいと思った訳です。わたしが又聞きしたことをお話しするより、当人の口から言わせた方が、事情がわかりやすいかと思いまして」

清兵衛は咳《せき》払いをひとつしてから言った。

「早く聞かせて下さい」

反町はぐっと身を乗り出した。反町の眼がやけに光っているのが気になったが、すぐに掌《て》を打って、久兵衛を呼んだ。

ほどなく、久兵衛に促《うなが》されて、幹助は遠慮がちに離れの部屋に入って来た。ちゃんと羽織を着ている。以前なら着流しの恰好で、帯に質流れでせしめたらしい莨《たばこ》入れを挟んでいたものだ。

「丸屋幹助と申します。お初にお目に掛かります。どうぞよろしくお願い致します」

幹助は殊勝《しゅしょう》に頭を下げた。

「さっそくだが、お前の話とやらを聞かせてくれ」

反町は科人《とがにん》の吟味《ぎんみ》をするように命じた。

「はい。わたしは恥を申し上げるようですが、この間まで家業の手伝いもせず、仲間と遊び廻っておりました。この久兵衛は子供の頃からの友人ですが、久兵衛は再三、わたしに真面目になれと小言を言っておりました。わたしは久兵衛の小言に聞く耳を持たず、相変わらず今日は吉原、明日は深川と遊び廻っておりました。女も酒もひと通り覚えると、後はさほどおもしろいこともなく退屈するばかりでした。それで、次にわたし達が夢中になったのは肝試《きもだめ》しでした」

幹助はぼつぼつと話を始めた。聞いていた甚助は、やるせないため息をついた。

「どうしたね」

清兵衛は怪訝《けげん》な顔で甚助を見た。

「わたしの若い頃とそっくりだなと思ったんだよ」

甚助も若い頃は家業も顧《かえり》みず、遊び廻っていた口だった。

「幹助さんよ、それであんたは肝試しをしている内に、相当に怖い目に遭《あ》ったのだね」

甚助は訳知り顔で言った。幹助は驚いた顔で甚助を見た。

「わかるのですか」

「ああ、わかるよ。それもわたしと同じだ。そこで改心したのは不幸中の幸いだった。そのままでいたら、あんたの命はどうなっていたか知れたものではなかったよ」

「わたしもそう思いましたので、久兵衛に相談しました。久兵衛はすぐに親父さんに相談するようにと言ってくれました。親父さんは話の会に入っていて、毎度怪談をしているということでしたので」

「幹助、怪談はないだろう」

清兵衛はさり気なく幹助の言葉を訂正した。

「申し訳ありません」

幹助は慌てて謝った。

「肝試しはどこでやったのだ」

反町はにこりともせずに訊く。

「色々です。谷中《やなか》の墓地にも行きましたし、小塚《こつか》っ原《ぱら》、鈴ヶ森など、いわゆる出ると言われている場所です」

「出たのか」

「仲間はそれらしいことを言っておりましたが、わたしは、はっきりとは感じませんでした」

それでいい気になり、幹助と仲間はさらに刺激を求めてあちこちの場所へ出かけたらしい。最後に行ったのは畑の近くにある稲荷だった。

「稲荷のお堂まで赤い鳥居が幾つも続いておりました。鳥居の両側は高い塀が巡らされており、昼間でも仄暗《ほのぐら》い場所です」

反町は「ははん」と応えた。どうやらその場所の見当がついたらしい。

幹助は仲間と居酒屋で酒を飲み、少し酔っていた。店を出た時は四つ（午後十時頃）を過ぎていた。仲間はそこから少し歩いた所に稲荷があるから、そこで肝試しをしようと幹助を誘った。幹助は気が進まなかった。だが、断れば臆病者だの何んだのと口汚く罵《のの》しられるので、渋々、ついて行った。

稲荷に着き、鳥居の中を入って行くと、幹助達の前に若い娘が後ろ向きで立っていた。こんな夜中に何をしているのだろうと幹助は気味が悪かったが、仲間はその娘に悪さをすることを企《たくら》んだ。最初はさり気なく仲間の一人が声を掛けた。だが、娘は振り向かない。

「幹助。お前《め》ェ、ちょいとあの娘を引っ張って来い」

仲間は幹助に命じた。童顔の幹助ならば娘もさほど警戒しないだろうと思ったようだ。

幹助は言われるまま娘に近づいた。

「ちょ、ちょっと、こっちに来てくれませんか」

幹助は優しい声で言った。だが、やはり娘は振り向かない。紺絣の着物に茜襷《あかねだすき》をしていたところは商家の女中なのだろうか。髷《まげ》につけた桃色のてがらの色もはっきり覚えているという。

幹助は娘の肩にそっと手を掛けた。すると娘は振り向いた。涼しい目許をした可愛い娘だった。仲間は色めき立った。

だが、次の瞬間、娘はこちらを向いたまま、いきなり四つん這《ば》いになった。それから、すごい勢いで鳥居の柱に飛び掛かる仕種《しぐさ》をした。

口許からは不気味な唸《うな》り声を洩《も》らす。幹助は金縛りに遭ったように、その場を動けなかった。いや、腰を抜かしていた。

やがて娘は鳥居の脇の塀を駆け上がり、そのままどこかへ消えたという。それはまるで獣《けだもの》のようだった。仲間も驚きで眼をみはったままだった。少し落ち着くと、恐ろしくなり、幹助と仲間は全速力でその場を離れた。

仲間は幹助の他に二人いたが、それから、その内の一人は大川に飛び込んで自害し、もう一人は激しい頭痛を訴えて床に就《つ》き、ほどなく亡くなった。それが、あの娘のせいなのかどうかはわからない。だが、残された幹助は生きた心地もせずに今日まで過ごしていたのだ。

甚助はぽつりと言った。

「入り口ですな」

「さよう」

反町も肯《うなず》いた。

「どういうことですか」

幹助は呑み込めない顔で二人の顔を見た。

「人はとかく幽霊の類《たぐい》ばかりを怖さの対象にしますが、実は人の霊以外にも様々なものがあるのですよ。わたしが入り口と言ったのは、様々な魑魅魍魎《ちみもうりょう》が跋扈《ばっこ》する異界《いかい》の入り口のことです」

甚助は幹助の表情を窺《うかが》いながら説明する。

「異界……」

幹助は甚助の言葉を鸚鵡《おうむ》返しにした。

「魔界と言ってもよろしいでしょう」

「八百比丘尼《はっぴゃくびくに》や一つ目小僧、海坊主もその類ですか」

幹助は恐ろしそうに訊く。

「まだまだありますぞ。赤子岩《あかごいわ》、刑部姫《おさかべひめ》、熊笹王《くまざさおう》、入内雀《にゅうないすずめ》、二口女、傘《かさ》一本足……」

甚助は得意そうに続ける。

「やめて下さい！」

幹助は悲鳴のような声を上げた。甚助が例に出したのは妖怪と呼ばれるものである。

それ等は人がおもしろおかしく拵《こしら》えたものとばかり清兵衛は考えていたが、幹助の話を聞いてから、そういうものもあるのかも知れないと考えるようになった。

「まあ、大抵は想像の産物でしょうが、幹助さんは事実、その目で確かめているのですから全く否定することはできませんな」

慧風は鷹揚《おうよう》に応えた。それからひとしきり、会の面々は狐《きつね》に化かされた人の話やら、角《つの》の生えた鬼の木乃伊《みいら》が現実にどこかの寺にあることやら多くの例を挙げて話し合った。

甚助は幹助に、檀那寺の住職に話をして、お祓《はら》いするよう助言した。幹助は殊勝な顔で肯いた。幹助と久兵衛が離れから引き上げたのを潮に、その夜の話の会もお開きとなった。

二

話の会から三日ほど経《た》って、甚助が平野屋を訪れて来た。店は庭師が入って、冬に備え、樹木の冬囲いの最中だった。

庭師の仕事ぶりを眺める清兵衛の傍《そば》に立ち、甚助もしばらくそれを眺めた。

「冬囲いは少し早いのじゃないかい。せっかく楓がいい色になったのに」

甚助は惜しむように言う。

「庭師の段取りがあるのさ。今日を逃したら、この次は、いつ来て貰えるかわからないんだよ。ぐずぐずしている内に雪でも降ったら、奴等も足許が危ないから及び腰になるし」

「この時季は庭師も強気だね」

甚助は皮肉な言い方をした。

庭師は樹木の剪定《せんてい》を終えると、松の樹のてっぺんから雪吊りの縄を放射状に拡げ始めた。

「落ちても（枝を）折るな」を合言葉に庭師は手際よく作業を進める。雪吊りは雪の重みで枝が折れたり曲がったりするのを防ぐ目的で行なう。

「今日はどうしたね。退屈で将棋でも指しに来たのかい」

二人は庭師の仕事ぶりを眺めていたが、しばらくして、清兵衛は甚助の訪問の理由をさり気なく訊いた。

甚助は苦笑して鼻を鳴らした。

「それほど暇じゃないよ。反町の旦那が、幹助の言っていた例の稲荷へ一緒に行こうと誘ってきたのさ。それで困っている。どうしたらいいものかと」

「ええっ？」

清兵衛は素《す》っ頓狂《とんきょう》な声を上げた。

「詳《くわ》しい話は中で聞かせてくれ」

清兵衛は離れの部屋へ甚助を促した。

長男の嫁が運んで来た茶を飲みながら、甚助はぽつりぽつりと話し始めた。

「反町の旦那は幽霊話よりも狐狸《こり》の類の方に興味があるらしい」

そう言われて、清兵衛は話の会の時、幹助に話を急《せ》かした反町の様子を思い出した。確かに眼が光っていて、いつもより冷静さを欠いていたように感じられた。

「岩井半四郎って役者がいるだろう？」

甚助は短い吐息をついてから話を続けた。

「ああ。七変化《しちへんげ》で評判を取った千両役者だな」

「奴に弟がいたんだよ」

清兵衛は、特に芝居好きではなかったが、客と話をして困らない程度に評判の役者のことは勉強していた。だが、半四郎の弟のことは知らなかった。

「弟は役者じゃなくて、普通の男だったそうだ。まあ、芝居の仕事はしていたらしいが」

甚助は自信なさそうに応えた。

「そいじゃ、実の弟かどうかも怪しいな。親戚の者かも知れないよ。半四郎の名前に寄り掛かっている口だろう。弟だと言えば周りの奴等は一目《いちもく》置くからね」

「そうかも知れない。だが、そいつも結構な男前だったそうだ」

「ほう。それで？」

「男はある日、向島《むこうじま》辺りに遊びに行って、粋筋《いきすじ》らしい女と知り合ったそうだ。何んでも女の方から誘いを掛けたらしい」

「近頃の女は大胆だね」

「まあ、黙って聞きな。その男だって木石《ぼくせき》じゃない。女が甘い言葉を囁《ささや》けばその気になるだろうよ」

「まあな」

清兵衛は相槌を打った。

「度々、向島へ通うようになると、さすがに家の者も不審を覚える。それで母親が、お前は何しに向島へ通うのだと問い質《ただ》した。すると男は、これこれこういう訳で、女に情が移ったと白状した。母親は心配になり、下男に男の後をつけさせた。下男が帰って来て言うには、男は川岸の原っぱで何をするでもなく座っていたそうだ。母親は仰天した。それは狐に騙されているのだということになった。男の顔は日に日に憔悴《しょうすい》の色が濃くなっていたので、母親は自分の考えに確信を持ち、男に懇々《こんこん》と意見をしたそうだ」

「それで、その男は改心したのかい」

清兵衛がそう訊くと、甚助は首を振った。

「いいや。いかにも自分が思いを掛けているのは狐であろう。それには、すでに気がついていた。しかし、今さら思いを振り切ることはできぬと応えたそうだ」

「万事休すだな」

「男は狐に精気を吸い取られて、病《やまい》の床に就き、とうとういけなくなったそうだ」

「気の毒に」

「弔《とむら》いが済んだある朝、家の者が庭を見ると、狐の死骸があったとさ。それは男の敵娼《あいかた》の女《め》狐だろうと噂になったよ。その話、実は反町の旦那から聞いたのさ。旦那は話し終えると眼を潤《うる》ませた。何がそれほど旦那を感じ入らせたのか、おれにはさっぱりわからなかった」

「女狐の情の深さに打たれたんだろうよ」

「そうかな。だからって、もの好きに例の稲荷へ出かけることもない」

甚助は煩《わずら》わしい表情で吐き捨てた。

「だが、断らなかったんだろ？」

「ああ。断れば自分一人でも行くつもりらしい。何かあったら大変じゃないか」

「旦那の一番上の坊ちゃんは、来年、見習いで奉行所に上がると聞いたよ。これから色々と仕度がある。万一のことがあったら坊ちゃんが可哀想だ。お前、ついてってやれよ」

「おれだけじゃいやだよ。清兵衛も一緒に行ってくれ」

「ええっ！」

「いやかい？」

「いやだよ。気持ちが悪いよ。四つん這いになった娘が塀を乗り越えた話だけでも肝を潰《つぶ》したんだからね。これ以上、恐ろしい目に遭うのはごめんだ」

「そいじゃ、旦那にもしものことがあっても、お前は平気なのか」

甚助は脅《おど》すように言った。

「平気じゃないよ。決してそうは思っていないよ」

清兵衛は慌てて応えた。甚助はふっと笑い、「だったら一緒に行ってくれるね」と駄目押しのように言った。清兵衛は仕方なく、最後には折れた。

甚助が帰ると、清兵衛は深いため息をついた。この頃は不可思議な話をするだけでなく、怪し気な場所に出かける機会も多い。そこでは決まって気色の悪いでき事が待っていた。

話の会の連中の気が、そうしたでき事を呼び寄せるのだろうか。今度もただでは済むまいという妙な胸騒ぎもした。

清兵衛は仏壇の前に座り、声高らかに法華経を唱えた。気持ちは少し落ち着いたが。

反町は張り切っていた。いや昂《たか》ぶっていた。

例の稲荷は浅草寺《せんそうじ》の近くだという。そこまで三人は連れ立って歩いたが、道々、反町は饒舌《じょうぜつ》に喋った。狐には霊験《れいげん》あらたかなところがあるとか、白蛇を目にしてから人生が変わった者がいるとか、多くの例を挙げた。いつもと違う反町にとまどいながら、清兵衛は時々、甚助の表情を窺った。甚助は愛想よく反町の話に相槌を打ちながら清兵衛を目顔で制した。

浅草寺の周辺には寺が固まって建っている。

稲荷は近くだと反町は言ったが、実際は寺町の界隈からかなり離れた場所にあった。稲荷の両側には商家もあったが、雨戸を閉《た》てていて、人が住んでいない様子だった。怪し気なものがうろちょろするので、どこかへ引っ越したのだろうか。稲荷の前は通りを挟んで田圃《たんぼ》と畑が拡がっている。

畑は大根を植えていた。半分枯れた葉を見せて整然と並んでいる。

「大根畑とは……」

甚助は慧風の言葉を思い出して独り言のように呟《つぶや》いた。甚助は魔除けに般若心経が書かれた扇子を三本携帯していた。

「念のためです」と反町に差し出したが、反町は笑って受け取らなかった。清兵衛はしっかり受け取って、帯に挟んだ。

反町が奉行所を退出してから浅草に向かったので、時刻は暮六つに近かった。しかし、時間が早かったせいか、稲荷に不審な様子は見られなかった。お堂の後ろは笹藪《ささやぶ》で行き止まりとなっていた。

反町はお堂の周辺を廻ったり、鳥居に手を触れたりした。

「旦那。何か感じますか」

甚助はそっと訊いたが、反町は低く唸るばかりで何も応えない。痩《や》せた反町の身体に紋付羽織がやけに大きく見えた。黄八丈《きはちじょう》の着物に博多帯、紺足袋に雪駄《せった》履《ば》きという恰好は一目で町方役人だとわかる。雪駄の裏につけた金具が時々、ちゃらちゃらと耳につく。

「まだ少し早かったな。どこかで一杯やって時間を潰すか」

やがて反町はそんなことを言った。

「旦那。どうでも物の怪《け》を見なければ気が済みませんか」

甚助は呆れたように訊いた。

「お前はいやか」

反町は少しむっとした顔になった。

「はい。気が進みません。ですから清兵衛にも同行を頼んだのです」

「ならば、先に帰れ。拙者は残る」

「それはまずいですよ。何かあったら大変ですから」

清兵衛は慌てて言った。

「何かに呼ばれているような気がするのだ。それを拙者は長年、待っていたのかも知れぬ」

「何を待つとおっしゃるんですか」

清兵衛は怪訝な表情で訊いた。

「わからん。しかし、ここには拙者が求める何かがあるような気がしてならぬ」

反町はすでに取り込まれているのだろうか。

清兵衛はそっと甚助を見た。

「旦那。ここは入り口です。ここに入ったら容易には出て来られません。それでもよろしいのですか」

甚助は脅すように訊いた。

「お務めをしておれば、いつ何刻《なんどき》、命を落とすやも知れぬのだ。家内には、常々、その覚悟をしておくようにと言っている」

「旦那は定廻《じょうまわ》りや隠密廻りではありません。お務めで命を落とすことなど万にひとつもある訳がない」

反町は例繰方の同心だった。奉行が下手人に刑を言い渡す時、前例に倣《なら》うのがもっぱらだ。例繰方は過去の事件を調べる仕事だった。

「拙者は本日、死を覚悟してここへ参った。いらざる差し出口は無用」

反町はきっぱりと言った。清兵衛は仰天した。

「旦那。それはいけません。おっ師匠さんや山田先生にも声を掛けて、また改めて参りましょう。皆さんが一緒なら怖いことなどありませんから」

清兵衛は必死で説得した。だが反町は清兵衛の言葉にも耳を貸さなかった。

「どうする、甚助」

清兵衛は弱り果てて甚助に訊いた。

「仕方がない。とり敢えず、どこかで一杯やって落ち着こう」

甚助は吐息混じりに応えた。三人は来た道を戻り、少し賑《にぎ》やかな界隈に出ると、目についた縄のれんの店に入った。小上がりに座り、三人は酒とおでんを頼んだ。

ほどなく、ほかほかと湯気を上げたおでんと、ちろりが運ばれて来た。冷えた風に吹かれたせいで、酒もおでんも清兵衛には大層うまく感じられた。

「旦那は狐狸の類に興味があるようですね。何か理由があるのですか」

甚助はこんにゃくにかぶりついていた反町に訊いた。

「理由などない。ただ、時々、狐の夢を見る。丸屋の倅の話を聞いた時、妙に胸が騒いだ。甚助、これはどういうことかの」

反町は逆に訊き返した。

「ご先祖で狐に縁のある方がいらしたのでしょうか」

「祖母は稲荷によく願掛けをしておった。それかのう」

「願掛け……」

甚助はつかの間、遠くを見る目つきになった。

「たとえば、お祖母様《ばば》はどのような願掛けをされていたのですか」

甚助は猪口《ちょこ》の酒をくいっと飲んでから続けた。

「子供の頃、拙者が熱を出すと祖母は早く熱が下がるようにと近所の稲荷に行ったものだ」

「なるほど。わたしが少し気になったのは、お祖母様は願掛けした後、願解《がんほど》きをされておりましたでしょうか」

「願解き?」

「ええ。願掛けして、それが成就《じょうじゅ》した時、お礼をすることですよ。頼む頼むばかりでは、お狐さんだって気を悪くします」

甚助が冗談めかして言ったので、清兵衛は朗《ほが》らかな笑い声を立てた。

「覚えておらぬ。祖母は拙者のことで願掛けすることが多かった。もしや、願解きをしなかったのを恨んで、お狐さんは拙者に腹を立ててるのやも知れぬ」

反町は大真面目な顔で言う。清兵衛は笑いたいのを堪《こら》えた。

「止めても無駄なら、せめてわたしの忠告を聞いて下さい。これから稲荷に行き、何があっても、まともに取らないで下さい。よろしいですね。あそこで見える景色は、すべて幻なんですから」

「心得た」

反町はその時だけ殊勝に応えた。

三

縄のれんの店を出たのは五つ（午後八時頃）を少し過ぎていた。稲荷に近づくにつれ、周りの闇は濃くなった。清兵衛は用意してきた提灯《ちょうちん》をともし、足許を照らした。反町は先刻とは打って変わり、無口になった。そっと横顔を窺えば、唇をきつく嚙み締めているのがわかった。死人《しびと》を見てもたじろがない男が、何んの覚悟をしているものかと清兵衛は不思議だった。

稲荷の前に来ると、驚いたことにおはんが立っていた。着物の上にびろうどの肩掛けを羽織り、その片方の端で口許を押さえていた。

おはんは三人に気づくと片手を挙げた。

「遅かったですね。ずい分、待ちましたよ。平野屋さんに伺《うかが》いましたら、息子さんが例の稲荷に出かけたというじゃないですか。あたしを誘って下さらないなんて、ひどいですよ」

おはんは、きゅっと三人を睨《にら》んだ。

「おっ師匠さん。あんたは一人でここまで来たんですか」

清兵衛は驚いて訊いた。

「ええ。駕籠《かご》を頼んだんですよ。二朱も取られちゃった」

「待っている間、怖くはなかったですか」

「全然。あたしだって話の会の一人ですよ。怖いことには慣れっこですよ」

おはんの度胸のよさに清兵衛は感心した。

「ささ、参りましょう。お稲荷さんにいらっしゃったのですから、油揚げの一枚なりとも持ってきていただけました？」

おはんは誰にともなく訊く。

「いや……」

清兵衛は居心地の悪い表情で応えた。

「気が利かないこと」

おはんは少しむっとした。

反町はそんなおはんに構わず、鳥居の中に入って行く。

「旦那、待って。あたしも一緒に行きますよ」

おはんは慌てて反町の後を追い、あろうことか反町の腕に自分の腕を絡《から》めた。

「旦那！」

甚助は厳しい声で制した。振り向いた反町はにやりと笑った。清兵衛は反町の笑みが恐ろしくて法華経をぶつぶつと唱えた。気がつけば甚助も般若心経を唱えている。二人はお互いに自分の家の宗派の題目を唱えたのだ。

「何をなさっているの。お二人もどうぞ」

おはんは怖気《おじけ》をふるっている二人に言う。

「旦那から手を離せ。今すぐ！」

甚助は大声で叫んだ。

「うるせェ。がたがたほざくな」

おはんは男のように吼《ほ》えた。清兵衛はおはんの変わりように開いた口が塞《ふさ》がらなかった。

「甚助。おはんさんが……」

「あれはおはんさんじゃないよ」

「そんな」

甚助はおはんの背中に扇子を投げつけた。

おはんはぎゃっと呻《うめ》いた。おはんの身体がみるみる小さくなり、やがて姿も朧《おぼ》ろに霞《かす》み、とうとう見えなくなった。

「旦那。お戻りなさい」

甚助は深い息をついてから言った。だが、反町は振り向かない。

「旦那」

清兵衛は近づいて反町の羽織の袖を引いた。

反町はようやく振り返り「今まで、いかい、お世話になり申した。拙者、これにてごめん仕《つかまつ》る。お二人とも息災でお過ごしなされ」と、丁寧に頭を下げた。

「何をおっしゃっているんです。もう、気がお済みでしょう。そろそろ戻りましょう」

清兵衛は穏やかな口調で促した。

途端、反町はお堂の方に向き直り、両手を地面につけた。祖母が願解きをしなかった詫《わ》びをするつもりかと清兵衛は思ったが、そうではなかった。反町は四つん這いになり、「ケーン」と雄叫《おたけ》びを上げると、まっすぐにお堂に向かって走り、階《きざはし》を駆け上がった。お堂の扉はその瞬間に、ぱっと開いた。反町は臆するところもなくお堂の中に飛び込んだ。

反町の身体が見えなくなると、お堂の扉は閉じた。その後は何んの物音もしなかった。少し出てきた風が呆然と佇《たたず》んでいた甚助と清兵衛の顔を嬲《なぶ》った。

「どうしたらいいのだろう。どうしよう」

清兵衛は震える声で言った。

「旦那は自ら望んで向こうへ行ったんだ。おれ達にはどうすることもできないよ」

甚助も意気消沈して応える。

「明日、奉行所は大騒ぎになるよ」

「そうだなあ。だが、見た通りのことを話す訳にはいかないしなあ」

「どうしてだい」

「頭がおかしいと思われるのが落ちだ」

「しかし、それじゃ旦那の奥様と坊ちゃんにはどう説明するのだ」

「ここで旦那を見失ったと言うしかない」

「奥様は旦那の帰りを待っているよ」

「八丁堀のお屋敷に行って、事情を伝えよう。明日になったら奉行所に届けを出して、捜索して貰うように言うよ」

捜索しても反町を見つけられるとは思えなかった。

「わしはうまく言えない。甚助、お前が奥様に話してくれ」

清兵衛は足許に視線を向けて言った。

「わかった……」

甚助はやり切れないため息をついて応えた。

二人はそれから何度か稲荷を振り返りながら帰路を辿《たど》った。明日になったら反町が何事もない顔で二人の前に現れることを清兵衛は祈っていたが、その祈りは叶《かな》えられなかった。

　翌日、北町奉行所の同心や中間《ちゅうげん》が反町探索に乗り出したが、反町の行方は杳《よう》として知れなかった。ひと月ほど捜索が続けられた後、反町は「永尋《ながたず》ね」となった。永尋ねは行方を探している体裁をとっているが、実際は捜索の打ち切りを意味するものだった。

　霜月の末に中沢慧風の家で話の会が催された。反町が行方知れずになってから、慧風も玄沢もおはんも交互に平野屋を訪れた。その度に清兵衛は苦渋の表情で事情を説明した。

　会の面々には言い繕《つくろ》うことなく、ありのままを話した。

　三人は幹助の話を聞いていたので、清兵衛の話に驚きや不審を抱く様子はなかったが、反町が危険を承知で稲荷に行った理由が、どうしても理解できなかったらしい。それは甚助と清兵衛も同じだった。

　その夜の話の会は、やはり反町の話題に集中した。反町の不在は誰しも心の中に大きな空洞ができたような気持ちだった。おはんは思い出して何度も手巾《しゅきん》で眼を拭《ぬぐ》った。

「先月の会で丸屋の息子さんの話を聞きましたが、わたしはどうも信用できずにいたのです。山田先生もわたしと同じお気持ちでいらしたようです。伊勢屋さんと平野屋さんには失礼ですが、あの幹助という息子が世迷言《よまいごと》を言っているのだと思っておりました」

慧風は低い声で言った。

「あたしも実は半信半疑でしたよ」

おはんも慧風に同調するように応えた。

「しかし、それはわたしの憶測でした」

慧風は大いに反省しているらしい。

「あの稲荷に行った時、鳥居の前におっ師匠さんが立っていたんですよ」

清兵衛はぽつりと言った。

「あら、それは聞いておりませんよ。平野屋さんはこの間、あたしのことは何もおっしゃらなかったじゃないですか。あたし、お稲荷さんには行っておりませんよ」

おはんは驚いて眼をみはった。

「もちろん、それはわかっております。わたしも最初、それがおっ師匠さんではないなどと疑いを持ちませんでした。顔も姿もおっ師匠さんそのものでしたから。だが、甚助はすぐさま見破りました」

「それはなぜですか」

おはんは甚助に向き直った。

「その女は旦那の腕に自分の腕を絡ませたからです」

甚助は上目遣いで応えた。

「あら、いやだ」

おはんは恥ずかしそうに頬を赤らめた。

「おっ師匠さんは決してそんなことをする人じゃない。だからわたしも、これはおっ師匠さんに化けた何かだと思ったのです」

「しかし、稲荷をそのままにしてよいものでしょうか。旦那の二の舞になる人が今後も出るはずです」

玄沢は不安そうに言う。

「山田先生のご心配はごもっともです。あの稲荷は封印するべきだと思います。しかし、並の人間がそれをするのは甚《はなは》だ危険です。それで以前にお話しした内藤様のお力をお借りしようかと考えております」

内藤采女守《うねめのかみ》は狐憑《つ》きを祓う霊験が備わっている旗本だった。

「あの内藤様が反町の旦那を引き戻して下さらないだろうか」

慧風は、ふと思いついたように言う。甚助は腕組みして眼を瞑《つむ》った。それが可能かどうかを思案する表情だった。

「甚助。考えている暇はないよ。旦那を助けられるなら何んでもしてみよう」

清兵衛は甚助を促した。その瞬間に甚助は、かッと眼を見開いた。

「皆さんも同じお気持ちですか」

甚助は確かめるように訊いた。一同は力強く肯いた。

「内藤様お一人では取り込まれる恐れがあります。我等、一致団結することが必要です。まず、山田先生と中沢先生にはこの世で説明のできないものもあるのだと認めて下さい。曖昧《あいまい》な気持ちで向かえば足許を掬《すく》われます。我等、話の会の一同は何んのために三年も話をして来たのですか。それはとりも直さず、寿命が尽きるまで生きるためではないのですか。反町の旦那は決して寿命を全《まっと》うしたとは思えません。取り込まれたのは旦那の心の弱さですが、向こうの世界に行って、旦那は後悔しているはずです。我等が助けに行くことを待っているかも知れません」

甚助の声が力んで聞こえた。

「伊勢屋さん。あたし達はどのような心構えをしたらよろしいのでしょう」

おはんはそれでも不安そうに訊いた。

「それは内藤様からご指示があると思いますが、邪念を払う訓練が必要でしょう」

「たとえば？」

「水垢離《みずごり》、お百度《ひやくど》参り、座禅などです」

甚助の言葉に清兵衛は胴ぶるいした。この霜月に水垢離などとんでもない話だった。

怖気をふるった清兵衛を甚助はぎらりと睨んだ。

「旦那を助けるためだ」

「わ、わかった」

清兵衛は殊勝に応えた。

四

師走大晦日。江戸の町は掛け取りに走り廻る商家の手代、番頭の姿が目立った。その中を白装束の一団が浅草を目指して歩みを進めていた。先頭を行くのは内藤采女守。兜《と》巾《きん》、結袈裟《ゆいげさ》、金剛杖《こんごうづえ》、草鞋《わらじ》履きの恰好は加持祈禱《かじきとう》して歩く修験者《しゆげんじや》と変わりがない。

後ろには話の会の面々も同じ装束で続く。

修験者と少し違うのは樺《かば》の木の松明《たいまつ》を携《たずさ》えている点だった。采女守の知行地のある地方では、樺の木を燃やした火を目指して神々が訪れると信じられていた。神々の力を借りて反町を救い出す考えでもあった。

この日まで話の会の面々は筆舌に尽くし難い修行をした。清兵衛は家族が止めるのも聞かず、朝夕、水垢離をした。

風邪を引くのではないかと清兵衛も覚悟したが、そんな心配はいらなかった。むしろ例年の冬よりも自分の身体は壮健に感じられた。

おはんはさすがに水垢離をしなかったが、近所の稲荷で、毎夜、素足になってお百度参りをしたという。それもこれも反町を救いたいがためだった。
稲荷の前は前日に降った雪が白く地面を覆《おお》っていた。
鳥居の前に三方《さんぼう》を並べ、その上に油揚げ、季節の野菜、お神酒《みき》を供《そな》えた。本当はお堂の前に供えるべきだったが、危険を避けるために鳥居の前に供えたのだ。采女守は二拝してから柏手《かしわで》を打った。後の者もそれに倣《なら》った。

高天原《たかあまはら》に神留《かみづま》り坐《ま》す　皇神等《すめかみたち》鋳顕給《いあらわしたま》ふ
十種瑞津《とくさみつ》の宝を以《もっ》て　天照国照彦天火明《あまてるくにてるひこあめほあかり》
櫛玉饒速日尊《くしたまにぎはやひのみこと》に　授給《さずけたま》ふ事誨《ことおしえ》て曰《のたまわ》く……

采女守は「十種大祓《とくさのおおはらい》」と呼ばれる祝詞《のりと》を唱えた。神道に精通した物部《もののべ》の祝詞として有名なものであるという。言霊《ことだま》と音霊《おとだま》が共鳴して夜のしじまに流れる。どこか遠い所から女の声が聞こえた。ため息とも泣き声ともつかない不思議な声だった。
采女守は十種大祓の次に「天地一切清浄《しょうじょう》祓」を唱えた。この祝詞は天地に存在するあらゆるものを浄化すると言われている。

天《てん》清浄　地《ち》清浄　内外《ないげ》清浄　六根《ろっこん》清浄と祓給ふ

天清浄とは天の七曜九曜《しちようくよう》　二十八宿を清め
地清浄とは地の神三十六神《じん》を清め
内外清浄とは家内三宝大荒神《さんぽうだいこうじん》を清め
六根清浄とは其身其体《そのみそのたい》の穢《けが》れを祓給へ清め給ふ事の由《よし》を
八百万《やおよろず》の神等諸共《かみたちもろとも》に　小男鹿《さおしか》の八《やっ》の御耳《おんみみ》を振立《ふりた》て聞《きこ》し食《め》せと申す

強い風は吹雪となって采女守の細面《ほそおもて》に吹きつける。だが、采女守は微塵も動じることなく祝詞を唱え続けた。

と、目の前でぼっと火が点《つ》いた。火達磨《ひだるま》を乗せた大八車がお堂からこちらへ向かってやって来る。大八車を引いている者は白丁《はくちょう》を纏《まと》っている。

白丁は神社の僕《しもべ》が着るものだが、この僕は人ではなかった。顔は豚だった。清兵衛は思わず噴き出しそうになった。甚助は肘《ひじ》で邪険に清兵衛の脇腹を突いた。

「六根清浄、六根清浄」

采女守も会の面々も必死で唱える。牛ほどもある大きな猫が威嚇《いかく》するように牙を剝《む》く。白髪頭を振り乱した老婆が恐ろしい速さで傍を走り抜ける。蛆虫《うじむし》が雨のように降る。滑稽《こっけい》と恐怖が入り混じった不思議な時間は小半刻《こはんとき》（約三十分）も続いたろうか。供えた三方が引き摺《ず》られるようにお堂へ向かう。

扉が開くと、三方はその中に吸い込まれた。

その直後に着物も羽織もぼろぼろになった反町がよろよろと現れた。

「旦那！」

おはんが慌てて近寄ろうとしたのを采女守は止めた。

「まだまだ。反町殿、しっかりここまで歩いておいでなされ」

采女守は反町に命じた。反町は肯いたが足許は覚《おぼ》つかない。今しもばったりと倒れそうだった。清兵衛も他の者も固唾《かたず》を飲んで見守っていた。その頃には、得体の知れないものの姿は消えていた。

「旦那、もう少しです。がんばって下さい」

清兵衛は励ます。反町は歯を食い縛り、必死の形相だ。眼は落ち窪《くぼ》み、月代《さかやき》は伸び、無精髭《ぶしょうひげ》が口の周りを覆っている。

反町は地獄から戻って来たのだ。そう清兵衛は思った。とうとう鳥居の外に出ると、反町はがっくりと膝を突いた。

「反町殿。よくご無事で」

采女守は笑顔になった。荒い息を吐きながら反町はゆっくりと顔を上げた。

「皆さんのその恰好はどうしたのです」

怪訝そうに訊く。

「旦那を助けるためです。旦那はあの世から舞い戻ったんですよ」

清兵衛は声を詰まらせて応えた。

「何が何んだか……」

反町は事情がよく理解できなくて頭を振った。

「とり敢えず、これで一件落着ですな」

采女守は朗らかな声で言った。

反町が落ち着くと、采女守は一番前の鳥居に用意してきた縄を張った。縄の下には御《ご》幣《へい》を立てた。人々が侵入しないための配慮だった。しかし、それは完全なものではない。以前の幹助達のように興味本位で入り込む者もいずれ現れるだろう。そこが異界への入り口であることには変わりがないからだ。

采女守は夜と雨の日以外は大丈夫だと言った。

踵《きびす》を返した連中の耳に除夜の鐘の音が聞こえた。

「あれは？」

まだ呑み込めない顔をした反町が訊く。

「今日は大晦日ですよ。あれは除夜の鐘」

おはんが諭《さと》すように反町に教えた。反町は深いため息をついた。

「お奉行から頼まれた調べ物があったのだ。さぞやお奉行はご立腹されておるだろう」

「お奉行は決して旦那を叱ったりしませんよ。きっと、よく無事で戻って来たと喜んで下さいますよ」

　おはんはふわりと笑って言った。それから反町の腕に自分の腕を絡ませた。清兵衛の顔が引き攣《つ》った。

「平野屋さん。あたしは狐でも物の怪でもありませんよ。ご心配なく。旦那が八丁堀にお戻りになるまで支えてやりたいんですよ。でも奥様には内緒ですよ」

　おはんは悪戯《いたずら》っぽい表情で言った。

「それもそうですな」

　慧風は納得して笑う。清兵衛はやけのように錫杖を振った。

「ひとつ灯せ〜」

　いつも会の始まりに唱える文句を清兵衛は大声で叫んだ。

「ええい！」

　他の連中は、それに応えて唱和した。

　驚いたことに反町は行方知れずとなってから大晦日までのでき事を何も覚えていなかった。さぞやあちらの世界の不思議な話を聞けるものと清兵衛は期待していただけに、本当にがっかりした。

甚助はそれでいいのだと応えた。正月の三日、二人は平野屋の離れでおせちを肴《さかな》に酒を酌み交わした。久しぶりにのんびりした気分を味わっていた。

「どうしてだい」

清兵衛は怪訝な眼を向けた。

「内藤様が祝詞を唱えている間、色々、変なものを見ただろう?」

「ああ」

「それで十分じゃないか。滅多にあんな景色は見られない」

「それもそうだが、あれはすべて幻なんだろ?」

そう訊いた清兵衛に甚助は笑うばかりで応えなかった。

「あれに比べりゃ、幽霊の方がましだね。もう幽霊が出ても、怖いとは思わないよ」

清兵衛は本当にそう思っている。

「清兵衛。位《くらい》が上がったね」

甚助はそんなことを言った。

「位?」

「ああ。怖いと思っている内は駄目なんだよ。何んでも受け入れる気持ちがあれば、この世に怖いものはない」

「ふうん。甚助は何も怖くないのか?」

「あの稲荷から出て来たものには怖気をふるってしまうよ。わたしもまだまだ修行が足りない」

「結構、謙虚だね」

「何言いやがる。さて、今年はどんな話が聞けるやら」

甚助は他人事のように言う。

「どんな話と言うより、どんな事が起きるだろうかってことだろ?」

「それも言えてる」

「反町の旦那は以前と同じようにお務めが続けられるかな」

清兵衛は憔悴した反町を思い出して言う。

反町は自宅に戻ってから三日三晩、昏々《こんこん》と眠り続けたという。よほど疲れていたのだろう。

「命拾いをしたんだ。あの人は長生きするよ」

甚助は吐息混じりに言った。

「そうだね」

清兵衛は相槌を打って、庭に視線を向けた。

今年は雪の量が多いように感じる。庭は一面白で覆われていたが、久しぶりに晴れた空からは明るい陽の光が射していた。正月の少し気《け》だるい陽射しだ。庭の石灯籠の上に積もった雪が陽射しに解け、ずるりと落ちた。その僅かな音にも驚いて、雀が飛び立った。雀は臆病な生き物だと清兵衛は思った。自分のように。

長《なが》のお別れ

一

始まりがあれば終わりがあるのが世の習《なら》い。

月に一度、この世の不可思議な話を語り合う話の会も未来永劫《えいごう》に続くとは、もちろん清兵衛《せいべえ》も思ってはいなかったが、まさか、ある日突然、終わりが訪れようとは想像すらできなかった。

きっかけは話の会の一員である町医者の山田玄沢《げんたく》が病《やまい》に倒れたことからだった。長年、昼夜を問わず患者の治療に当たっていた玄沢は、とうとう無理が祟《たた》って床に就《つ》く羽目となった。病名は労咳《ろうがい》だった。医者の不養生とは、よく言われることだが、まさに玄沢も自分の体調など後回しにして患者の治療に当たっていたことが原因だった。

労咳は安静が第一である。自宅にいては、どうしても訪れる患者のことが気になるので、弟子と玄沢の息子は向島《むこうじま》の寮（別荘）で静養することを勧めた。

とになる。

玄沢は渋々ながら、それに従った。当然、しばらくの間は話の会にも出席できないこ

清兵衛は心底がっかりした。しかし、病ではどうすることもできない。玄沢の一日も早い回復を祈るばかりだった。

意気消沈した清兵衛に追い討ちを掛けるように、今度は儒者《じゅしゃ》の中沢慧風《けいふう》が津《つ》藩から招《しょう》聘《へい》されて伊《い》勢国《せのくに》へ旅立つこととなった。慧風は藩校の藩儒《はんじゅ》として家臣達に学問の指導をするという。こちらは栄転である。

慧風は江戸を離れることには難色を示していた。津藩では、それまで指導に当たっていた藩儒が年齢を理由に引退すると、後任がなかなか決まらずにいた。学問に熱心な藩だったので、江戸藩邸の重職達は連日会議を開いて後任の人選を行ない、慧風に白羽の矢を立てたのだ。湯《ゆ》島《しま》の学問所での学問吟味《がくもんぎんみ》でも慧風の塾から多くの合格者が出ている。津藩は慧風の実績を買ったのだ。国許《くにもと》では慧風がやって来るのを家臣達が待ち構えているという。

正月明けの話の会で、慧風がおずおずとその話を切り出すと、会の面々は祝いを述べ、拒否するべきではないと口を揃えて慧風を諭《さと》した。

その時の話の会は、たまたま慧風の家で開かれた。さほど広くない一軒家だったが、儒者らしく壁際に取り付けられている書棚には硬い文字の書物がびっしりと並んでいる。

弟子が訪れると、茶の間と奥の間の境の襖《ふすま》を開け、そこに天神机を並べて慧風は講義をする。

学問吟味だけでなく、定期的に行なわれる試験の前になると夜遅くまで講義が続き、家族はなかなか眠ることができない。慧風の幼い娘は台所の板の間に蒲団を敷いて寝ることも度々だったらしい。

その夜の話の会は、もっぱら今後のことについて意見が交換された。

「そうなると中沢先生のお弟子さんはどうなさいますの」

一中節《いっちゅうぶし》の師匠をしているおはんが心配そうに訊《き》いた。おはんの息子も以前に慧風の弟子だったので、他の弟子達のことは気になるようだ。津藩の藩儒になったために江戸の弟子達の勉学がないがしろにされるのは困ると考えていた。

「話が決まれば、塾を開いている他の仲間に声を掛け、便宜《べんぎ》を図っていただきます」

弟子達をそれぞれの塾に振り分ける考えのようだ。

「でも、中沢先生でなければいやだというお弟子さんもいらっしゃるでしょうね」

おはんは弟子達の気持ちを考えて言う。

「噂を聞きつけ、伊勢国について行くという者もいて、それがしは大いに弱りました」

慧風は苦笑混じりに頭を掻《か》いた。

「そうでしょうねえ。中沢先生のご指導は評判でしたもの。うちの息子も中沢先生にお会いしなかったら、今頃どうなっていたかわかりませんよ。でも、ご家族で伊勢国にいらっしゃるのでしたら、今までのようにお嬢さんも不自由な思いをされなくて済みますしね」

慧風は向こうへ着いたら、藩から屋敷を与えられるらしい。恐らく江戸の家よりははるかに広く、立派なものになるだろう。

「はあ。それはそうですが、娘はこの家がいいと駄々《だだ》を捏《こ》ねましてな、あれは案外、台所の板の間で寝るのが気に入っていたらしいです」

「中沢先生。うまく育てましたね」

蠟燭問屋《ろうそくといや》を営む甚助《じんすけ》がからかうように口を挟んだ。慧風の妻もできた女で、学問吟味の後など、慧風が弟子達に酒肴《しゅこう》を振る舞わなければならない時、そっと質屋に行って掛かりを工面していたという。決していやな顔はしなかったそうだ。

学問の道を究《きわ》める慧風も、それを支える妻も銭勘定は二の次に考える。その姿勢は清兵衛に爽やかなものを感じさせていた。

「そうなりますと、話の会は山田先生も抜け、中沢先生も抜け、後は四人だけになるのですか。寂しい限りでござる」

北町奉行所で例繰方《れいくりかた》同心を務める反町譲之輔《そりまちじょうのすけ》は低い声で言った。つかの間、会の面々は言葉に窮した。皆、反町と同じ気持ちだったからだ。

「会の当番も今までより頻繁《ひんぱん》に回ってきます。みみっちいことを申しますが、拙者は微《び》禄《ろく》の身。どうしたらよいものかと思案致すところです。かと言って、新しい人間を入れるのも気が進みません」

反町は正直な気持ちを言った。月に一度の会合なら自分が面倒を見ると清兵衛は喉許《のどもと》まで出掛かったが、辛うじて堪《こら》えた。それでは反町の武士としての面目を潰《つぶ》すことになる。話の会は平等の精神で続けられていたのだから。

「もう、よろしいのじゃござんせんか」

おはんは諦めたように言った。

「え？　おっ師《し》匠《よ》さんは話の会を止めても構わないとおっしゃるのですか」

清兵衛は思わず眼を剝《む》いた。

「もともと、ふとした思いつきで始まったことですもの、今まで続けて来られたのが不思議なくらい。平野屋《ひらのや》さんはまだ一年そこそこで未練もおありでしょうが、あたし等は三年も話をして参りました。同じことを感じていた皆様と心置きなく語り合えたのは倖《しあわ》せでございました」

言いながら、おはんはそっと眼を拭《ぬぐ》う。

「わたしも皆さんと話をする機会がなくなるのが残念でたまりません。藩儒を引き受けるかどうか悩んでいたのは、実はそのこともあったのです」

慧風はそう言って吐息をついた。だが、慧風はすでに決心を固めている様子だった。

「考えてみますと、この顔ぶれというのも、なかなか集まりそうで集まらないものだと改めて思います。皆さんは、それぞれに貴重な体験をお持ちでしたからね。それに、この顔ぶれだったからこそ不思議なことも体験させていただきましたし」

甚助は感慨深げに言った。

「本当にそうですね」

おはんは大きく肯《うなず》いた。

「やはり、後に残った四人で続けるというのは無理でしょうか。その内に山田先生も回復されて戻って来ますでしょうし」

清兵衛は諦めきれずに言った。誰もすぐには応えなかったが「清兵衛。何事も潮時というものがあるよ」と、しばらくして甚助が口を開いた。後の二人は甚助の言葉で救われたような表情になった。

「中沢先生。いつ伊勢国へお発《た》ちになるおつもりですか」

清兵衛は慧風に向き直った。

「そうですなあ。弟子達の身柄が落ち着き、引っ越しの準備をした後ですから、三月頃になるかと思います」

「それでは、あと一回、会を開くことができるのではないですか。本日でお仕舞いというのは幾ら何でも急だ。わたしは気持ちの整理もできません。中沢先生の送別会を兼ねて次回はわたしの店で盛大に行ないましょう」

清兵衛は張り切って言った。だが、他の者はなぜか浮かない顔だった。

「清兵衛、未練だよ。おっ師匠さんも、もういいのではと、さっき言ったじゃないか。華々しく最後を飾って、それで何んになる。もともと会は、ひっそりと始められたのだから、終わりもひっそりとするのがいいのだよ。たとい、四人で続けたとしても、いずれ一人抜け、二人抜けて行くだろう。最後の最後に残された者の寂しさはたまらないよ。今がいい機会なのだ」

甚助は懇々《こんこん》と諭す。

「伊勢屋《いせや》さんのおっしゃる通りですよ。あたしも最後の一人になるのはいや。平野屋さんだってそうでしょう？　話の会は終わっても皆さんと縁を切った訳ではありませんもの、何かの折に気軽に会って楽しく話をすることはできますよ」

おはんも子供に言い聞かせるような言い方で清兵衛を諭した。二人にそこまで言われては、清兵衛も意地を通すことはできなかった。

その後、江戸の桜の開花はいつ頃になるだろうとか、花見が終われば、すぐに花火大会がやって来るとか、埒《らち》もない話をして、いつものように変わった話題が出ることはなかった。

散会の時も慧風に道中の無事を祈る言葉を掛けるぐらいで、普段と変わりなく皆んなは別れた。まるで、それが終わりだなどと清兵衛には信じられなかった。

「終わってしまったんだね」

帰り道を辿《たど》りながら清兵衛は独り言のように呟《つぶや》いた。

「ああ。終わった」

甚助はあっさりと応えた。なぜか甚助がさばさばした表情をしていたのが解《げ》せなかった。

「これから何を楽しみにしていいのかわからないよ」

清兵衛は不満そうに言った。

「その気になれば楽しみは見つけられる。お前もおれも気軽な隠居暮らしだ。芝居見物でも花見でもお望み次第だ。どうだね、今年はお伊勢参りでも行かないかい。お前は旅が好きらしいから」

「今はそんな気持ちになれないよ」

「明日、将棋を指しに来ないかい。おさよが出かけると言っていたから、留守番をしなきゃならないんだ」

甚助は娘の外出を理由に清兵衛を誘う。

「明日になったら考えるよ」

「くよくよするな。人間、諦めも肝腎《かんじん》だ」

「お前の性格が羨《うらや》ましいよ。さて、帰って一杯飲んで寝るか。今夜は飲まずにいられないよ」

「おう、飲め飲め」

甚助は愉快そうに景気をつけた。

二

夕方になると山城河岸《やましろがし》にある料理茶屋の平野屋は活気づく。息子の久兵衛《きゆうべえ》と嫁のおみちはやって来た客の座敷へ挨拶して回る。板場も、戦場のような忙しさだ。清兵衛の女房のおたつは内所で孫の相手をしながら、どの座敷に銚子が何本運ばれたかを帳簿に付ける。誰も彼もが忙しくしているのに、清兵衛だけは離れの隠居所でこたつに入り、ぼんやりしていた。法華経の題目を唱えても、錫杖《しやくじよう》をしゃらんと鳴らしても、清兵衛の気は晴れなかった。

話の会の皆んなは寂しくないのだろうかと、しきりに考える。

以前の清兵衛なら客の座敷を回っておもしろそうな話を仕入れたものだが、もはやそれも必要がなくなった。こうして何もせず、老いさらばえて行くのだろうか。清兵衛は空しい気持ちだった。

毎日隠居所に引きこもっている清兵衛を心配して、嫁のおみちは外出を勧めた。そんな気持ちにはなれなかったが、舅《しゅうと》が家にいるのも鬱陶《うっとう》しいものだろうと考えると、清兵衛は久しぶりに外出着に着替え、外に出た。

外はすっかり春の気配だった。外濠沿いをゆっくりと歩き、蠟燭問屋の伊勢屋の前まで来ると、ふと甚助を思い出して立ち寄ってみた。だが、あいにく甚助は外出していた。娘のおさよは上がってお茶を飲んでゆけと勧めたが、清兵衛はそれを断り、散歩を続けた。

比丘尼橋《びくにばし》の手前で東に折れ、そのまま八丁堀へ向かう。途中、水谷町《みずたにちょう》を通り掛かった時、菓子の龍野屋の暖簾《のれん》が目についた。

主《あるじ》の龍野屋利兵衛《たつのやりへえ》も亡くなって久しい。利兵衛も話の会の一員だったが、清兵衛は利兵衛とだけはそりが合わなかった。もう少し、なかよくしておきたかったと清兵衛は後悔した。店の前に梅餡《うめあん》の最中《もなか》の半切《はんせつ》が貼り出されている。龍野屋自慢の菓子だ。

ふと清兵衛は、それを幾つか買って、向島の山田玄沢の見舞いに行こうという気になった。病と言っても、菓子ぐらいは食べられるだろう。

清兵衛はいそいそと暖簾を掻き分け、店の中に入った。店座敷には黒塗りの盆に菓子が山と積まれていて、利兵衛の女婿《むすめむこ》の太兵衛《たへえ》が縞の着物に藍染《あいぞめ》の前垂れを締めて座っていた。

「これはこれは平野屋さん。いつもご贔屓《ひいき》いただいてありがとう存じます」

太兵衛は如才なく言って頭を下げた。

「こちらこそ。梅餡の最中を……そうだねえ、二十ばかり箱に入れておくれ」

「お遣《つか》い物でございますか」

「ああ。山田先生が病を得てね、これから見舞いに行こうと考えているんだよ。お宅の最中なら山田先生も喜んで下さるだろう」

「それはそれは。山田先生にはうちの父も大層お世話になりました。くれぐれもよろしくお伝え下さい。父も家におりましたらご一緒したかったと思いますが、あいにく外に出ておりますので……」

太兵衛の言葉に清兵衛は怪訝《けげん》な気持ちになった。父とは誰のことを言っているのだろう。

まさか利兵衛のことではあるまい。利兵衛は昨年の夏に亡くなっているので、外に出ているなどとは言わないだろう。太兵衛は養子なので、実家の父親のことだと清兵衛は思った。

「実家のお父《と》っつぁんを引き取ったのかね」

何気なく訊くと、今度は太兵衛が怪訝な顔をした。

「いえ、そんなことはありませんよ」

では、太兵衛の言う父とは誰のことだろうか。清兵衛はざわざわと背中が粟立《あわだ》った。

(利兵衛は死んだのだ。あんたは施主として利兵衛の弔《とむら》いを出したはずだ。おかしなことは言いなさんな)

清兵衛は喉許まで出掛かった言葉を辛うじて堪えた。

「話の会はとうとうお仕舞いになったそうですね。平野屋さんはお寂しいでしょう」

だが、太兵衛は涼しい顔で続ける。清兵衛はそれ以上、何も応えられなかった。誰に訊いたのかと確かめるのも怖かった。太兵衛は親切に風呂敷を貸してくれ、それに菓子箱を包んでくれた。

代金を払い風呂敷包みを受け取ると清兵衛はそそくさと龍野屋を出た。玄沢に確かめなければならないと思った。

太兵衛の言い方は、まるで利兵衛が生きているようだった。話の会が終わったことを知らせたのが利兵衛だったら何んとしよう。

日本橋の舟着場まで、清兵衛は心ここにあらずという態《てい》だった。町家の庭に植わっている梅の樹が蕾《つぼみ》をほころばせているのさえ眼に入らなかった。

向島は風が少し冷たかったが、穏やかな陽射《ひざ》しが降り注いでいた。まだ花をつけない土手の桜がつまらなそうに枝を揺らしている。

ひと月も暮らせば、そこに蕾がつき、やがて可憐《かれん》な花を咲かせるのだ。だが、人通りも少ない向島はひどく殺風景だった。さぞかし玄沢は退屈していることだろうと思うと、清兵衛は自然に急ぎ足になった。

玄沢の寮がある場所はうろ覚えだったので、着くまで少し迷った。ようやく人に訊いて辿り着いた時、早や昼の時分になっていた。

近くで蕎麦《そば》でもたぐってから訪れようと思ったが、あいにく手頃な店は見つからなかった。長居をするつもりもなかったので、清兵衛はそのまま寮の土間口へ向かった。

訪《おとな》いを入れると、四十がらみの女が出て来た。色は白いが陰気な感じのする女だった。

玄沢の寮は、普段は夫婦者に管理を任せていると聞いていた。女は寮の管理だけでなく玄沢の世話も引き受けているらしい。

清兵衛が見舞いに来たことを告げると、女はちらりと後ろを振り返った。奥にいる玄沢を気にするような仕種《しぐさ》だった。

「あいにく、旦那様はお話もできない状態でして」

気の毒そうに言う。

「それほどお加減が悪いのですか」

清兵衛は不安な気持ちになった。

「いえ、病はそれほどでもないんでございますが、おつむが……」

「頭がどうかしたのですか」

「こちらにいらしてから、すっかり惚《ぼ》けてしまいまして、若旦那様のお顔もお忘れなのですよ」

女の話に清兵衛はやるせない吐息をついた。何んということだろう。

「それでもよろしいのでしたら、奥へご案内致しますが」

女は念を押す。せっかくここまで来たのだ。玄沢が自分を覚えていなくても、会うだけ会っておきたいと思った。

「それでは少しだけお邪魔致します」

清兵衛は頭を下げて履物《はきもの》を脱いだ。

玄沢は昼飯の途中だった。その顔を見て、清兵衛は胸が凍った。以前の端整な表情はすっかり失われていた。玄沢は木の匙《さじ》で粥《かゆ》を掬《すく》って口に運んでいたが、手の震えでうまく行かない。粥はだらだらとこぼれ、寝間着の前を汚した。子供がするような前掛けをしていたが、さして役に立っていなかった。

「まあまあ、こんなにこぼして」

女は手拭《てぬぐ》いで玄沢の前を拭う。

「旦那様。お客様でございますよ。平野屋さんとおっしゃる方です。以前に親しくされておりましたでしょう？」女はそう続けた。玄沢は表情のない眼を清兵衛に向けた。

「知らん」

そっけなく応える。

「申し訳ありません」

女は慌てて謝った。

「いえいえ。よろしいのですよ。わたしは気にしておりませんから」

清兵衛はいなすように言って、玄沢の傍《そば》に腰を下ろした。女は茶の用意をすると言って台所へ下がった。

「お元気そうで何よりでございます」

清兵衛は掛けるべき言葉が見つからず、そんなことを言った。

「何しに来た」

玄沢は手を動かしながら訊く。

「ですからお見舞いに上がりました。つまらないものですが龍野屋さんの最中をお持ちしました。後で召し上がって下さいませ」

「龍野屋はこの間、ここへ来た。一緒に帰ろうと言ったが、わたしは断った。病人の手当てもできないのに帰っても仕方がないからな」

惚けたとは言え、医者としての自分は忘れていないようだ。だが、龍野屋のことは気になる。

「龍野屋さんの様子はいかがでしたか。手前はずい分、あの方に会っておりませんので」

「平野屋？　お前は平野屋だったか」

「さようでございます。手前は平野屋清兵衛ですよ、先生」

玄沢は突然、清兵衛を思い出した。

「ふん、龍野屋はお前のことを疫病神と悪態《あくたい》をついていた」

「今もですか」

「ああ、ずい分、嫌われたものだな」

玄沢は愉快そうにホッホと笑った。

「龍野屋さんとは色々ありましたからね。ま、人の口に戸は閉《た》てられないので、よそで何を言われても仕方がありませんが。それで龍野屋さんは先生に一緒に帰ろうと言ったのですか……」

龍野屋が玄沢をあの世へ迎えに来たのではないかと不吉なものが清兵衛の胸を覆《おお》った。

「おっ師匠さんは龍野屋の後添えになるらしいよ。龍野屋は前々からおっ師匠さんに岡《おか》惚《ぼ》れしていたからな。願いが叶《かな》って嬉しそうだった」

だが玄沢は清兵衛の思惑など意に介するふうもなく話を続ける。世迷言《よまいごと》だとしても清兵衛にはおもしろくなかった。清兵衛もおはんに心を魅《ひ》かれていたからだ。

「まさか」

清兵衛はすぐに否定した。

「お前もおっ師匠さんに惚れていたか。それは気の毒だ。だが、お前には女房がいる。奴等はお互いやもめの身。一緒になっても不都合はあるまい」

「何をおっしゃいます。龍野屋さんは去年の夏に亡くなっております。おっ師匠さんが死んだ者と一緒になれるはずはありませんよ。しっかりして下さい、先生」

清兵衛は声を励ました。その時、玄沢はにやりと笑った。

「それを言うなら、お前こそ一年前に死んでおろうが。わたしを迎えに来たつもりだろうが、そうは行かぬ。わたしはまだまだ死なぬ。帰れ、疫病神！」

玄沢はそう言って粥の椀を投げつけた。清兵衛の身体には当たらなかったが、畳に白い粥が拡がった。玄沢はそれを足で踏み潰す。

「この世のなごり。夜もなごり。死にに行く身をたとふれば。あだしが原の道の霜。一足づ（ず）つに消えて行く。夢の夢こそあはれなれ……」

玄沢は歌うように呟く。それは近松門左衛門《ちかまつもんざえもん》の『曾根崎心中《そねざきしんじゅう》』で、龍野屋利兵衛が大層気に入っていた道行《みちゆき》の場面だった。

うわあ、と声にならない声が清兵衛の口から洩《も》れた。慌てて立ち上がり、部屋の外に出た。

茶を運んで来た女と、その拍子にぶつかり、湯呑が引っ繰り返った。清兵衛は謝りもせず、そのまま土間口へ向かった。

一刻も早く甚助に会いたかった。清兵衛の昂《たか》ぶった気持ちを癒《いや》してくれるのは甚助しかいなかった。

颪が出て来て、清兵衛の後れ毛を嬲《なぶ》った。

よろよろと歩く清兵衛の足取りは重い。自分が生きているのか死んでいるのか、訳がわからなかった。

三

「そうかい。大変だったたね。あの山田先生がそんなふうになるなんて」

甚助はため息をついた。

ようやくの思いで伊勢屋に着くと、甚助は外出から戻り、家にいた。清兵衛は身体の力がいっきに抜けるほど安堵《あんど》した。

「それで、気になって仕方がないことがあるのだが、笑わないで聞いてくれるかい？」

清兵衛は上目遣いで甚助を見る。

「何んでも言ってくれ」

甚助は鷹揚《おうよう》な表情で応えた。

「龍野屋は去年、亡くなっているはずだ。それから、わしは、わしは確かに生きているのだよね」

清兵衛は縋《すが》るような眼で訊いた。

「何を言うかと思えば……そんなこと、当たり前じゃないか」

「それじゃ、龍野屋の女婿が父はあいにく外に出ていると言ったのは、あれはどういうことなのかね」

「聞き違えたのじゃないのかい。龍野屋さんの娘は、確かちずという名前だったから、お前には父に聞こえたのかも知れない」

甚助にそう言われて、清兵衛はほうっと息を吐いた。これで合点《がてん》がいったと思った。

「そうだね。ちずと父はよく似ている。わしも近頃、耳が遠くなったらしい」

清兵衛は情けない顔で笑った。

「しかし、山田先生もその様子では長いことはないだろう。おれも覚悟をしておくよ。誰でも年を取るとは言うものの、親しくしていた人の先が見えるのはやり切れないよ」

「甚助には先生の先が見えているんだね」

そう訊いた清兵衛に、甚助は小さく肯いた。

甚助には霊感が備わっていて、死が近づいた人間のことは人より先に気づく。

「先生は龍野屋が迎えに来たと言っていたが、それを甚助はどう思う」

「来たんだろうよ」

「……龍野屋は、相変わらず、わしのことを疫病神などとほざいているらしい」

「気をつけることだ。惑わせられたらいけないよ」

「うん。それで、おっ師匠さんと一緒になるようなことも龍野屋は言っていたそうだ」

「え？」

甚助の表情が動いた。

「もっと詳《くわ》しく話せ」

甚助は清兵衛の話を急《せ》かした。利兵衛はおはんをあの世へ連れて行こうとしているのだろうか。そう考えると、俄《にわ》かに緊張感を覚えた。

「ちょいと気になる。これからおっ師匠さんの家に行こうと思うが、お前、どうする」

甚助は立ち上がり、黒い前垂れを外しながら訊く。甚助は家にいる時、前を汚さないように前垂れを締めている男だった。

「もちろん、一緒に行くよ」

清兵衛は即座に応えた。

「疲れていないかい」

甚助は清兵衛の身体を慮《おもんぱか》った。

「疲れていようがどうだろうが、この際、うっちゃっといておくれ。おっ師匠さんにもしものことがあっては大変だ」

清兵衛は豪気に言う。

「男だな。頼もしいぞ、清兵衛」

甚助は、にッと笑った。

おはんの家は京橋の近くの大根河岸《だいこんがし》にある。

伊勢屋からさほどの距離でもなかった。それでも清兵衛は日中の疲れもあり、急ぎ足で歩く甚助の後を追うと息が上がった。

ようやく、おはんの家の前に着くと、そこには人垣ができていた。おおかたは粋筋《いきすじ》らしい女達で、土地の岡っ引きが、おはんの家の戸をこじ開けようとしているのを見ていた。

女達は、どうやらおはんの弟子のようだ。

「おっ師匠さんの家で何かあったのですか」

甚助は女達の一人に声を掛けた。

「二、三日前から、おしさんの家は戸締りしたまんまなんです。用事があって留守にする時は前もって知らせる方なので、何んだか心配なんですよ。他のお弟子さん達も、おかしい、おかしいと騒ぎ出しまして、親分に様子を見て貰っていたところです」

十七、八の若い弟子はそう応えた。おっ師匠さんではなく、おしさんと呼んでいたのは、清兵衛には、いかにも粋に聞こえたが、そんなことに感心している場合ではなかった。

「親分。わたしは山下町《やましたちょう》で蠟燭問屋をしておりますす伊勢屋と申す者です。ここのおっ師匠さんとは親戚のようにつき合っております。お手伝いさせていただきますよ」

甚助は赤ら顔の岡っ引きに言った。

「わたしは山城河岸の平野屋清兵衛と申します」

清兵衛も慌てて言い添えた。

「まずは、中の様子を見るのが先だが、戸が開かねェ。ぶち壊してもいいが、何事もなかった時にゃ、後が面倒だ」

岡っ引きは胡散臭《うさんくさ》そうな眼を二人に向けながら応える。

「ちょっと裏を見てきます。どこか入り込める所があるかも知れませんので」

甚助は気を利かせた。

「そうけェ。そいじゃ、頼むわ」

た[illegible]に岡っ引きに頭を下げると家の周りを囲っている黒板塀に沿って歩き出した。清兵衛も後に続いた。

塀の隙間から中を覗くと、縁側に面した部屋も雨戸が閉てられていた。だが、女所帯を用心してか、通用口のようなものはなかった。

塀の後ろは堀に面していて、角を曲がった先は前に進めなかった。

「塀を乗り越えるしかないね。だが、わしにはちょぃと無理だ」

清兵衛は気落ちして言った。

「おれだって無理だよ。若い頃ならともかく、この年では身体が思うように動かない」

甚助は苦笑した。だが、すぐに真顔になり、閉てたままの雨戸を見つめる。

「おかしいよ、清兵衛」

甚助は眉間《みけん》に皺《しわ》を寄せて、ぽつりと言った。

「おかしいって、どうおかしいのだ」

「おっ師匠さんは、もはや……」

「甚助！」

清兵衛は後の言葉を聞きたくなくて大声で制した。甚助は黙ったまま表に踵《きびす》を返した。

「親分、構いませんから、戸を壊して中へ入って下さい」

甚助は早口に言った。

「はい。後始末はわたしが致しますので」

岡っ引きは甚助の言葉を聞くと、安心したように戸を蹴飛《けと》ばした。それを何度か続けると、からんと音がしてしんばり棒が外れた。

岡っ引きは戸を開けて土間口に足を踏み入れた。その途端「おッ」と短く声を上げた。

「どうも仏さんがいるようだぜ」

岡っ引きはこちらを振り返り、吐息混じりに続けた。死臭を嗅《か》いだらしい。女達から悲鳴が上がった。清兵衛も瞬間、頭の中が真っ白になったような衝撃を覚えた。

「ご一緒してもよろしいでしょうか」

甚助はあくまでも冷静だった。

「ああ。まだ、八丁堀の旦那にゃ知らせていねェから、今の内ならいいだろう」

「畏《おそ》れ入ります」

慇懃《いんぎん》に応えた。後に続こうとした清兵衛に「お前はここにいろ」と、甚助は言った。

「いやだ。わしも行く」

「取り乱しても、おれは知らないぞ」

「取り乱すものか」

清兵衛はそう応え、唇を強く噛《か》み、身体の震えを抑えた。

「いいのけェ？」

茶の間は整然と片づけられていた。しかし、襖を隔《へだ》てた奥の間には蒲団が敷かれたままで、おはんが今しも、そこから抜け出したような様子があった。岡っ引きは寝床に手を触れた。

しかし、温もりは感じられなかったらしく、小首を傾《かし》げた。台所にもおはんの姿はなかった。岡っ引きは厠《かわや》の様子を見に行った。甚助は、ふと天井を見上げた。

「に、二階の部屋かい？」

清兵衛は恐る恐る訊く。甚助はゆっくりと肯いた。茶の間から梯子《はしご》段《だん》を上がれば、かつておはんの息子が使っていた部屋がある。今はほとんど使われておらず、おはんはひと月も二階に上がらない時があると冗談混じりに話していた。その部屋に寝床を抜け出し、何用あって行ったのか。つかの間、龍野屋利兵衛の顔が清兵衛の脳裏をよぎった。利兵衛がおはんを呼んだのか。

しかし、おはんの父親は何かにつけて、おはんを見守っていたはずだ。その父親の思いが通用しないほど利兵衛の怨念《おんねん》は強かったのか。様々な疑問が清兵衛を襲う。

甚助が梯子段に足を掛けると、ぎしっと軋《きし》む音が聞こえた。

「清兵衛。おれは上れない。お前が行け」

甚助は清兵衛を振り返った。なぜ、どうしてと訊くより先に清兵衛の身体は動いた。梯子段が左右に大きく揺れているような心地がした。自分が目まいを感じているのか、あるいは何かのせいなのかよくわからない。

だが清兵衛は一歩ずつ、踏み締めるようにして梯子段を上った。

部屋の前に半畳ほどの踊り場があって、灯《あか》り取りの障子が西陽を受けて赤々と染まっていた。

部屋の障子は開いていた。その前にひらひらと、おはんの寝間着の裾が揺れている。眼が眩《くら》むようなおはんの白い足も。

出窓は開け放たれ、そこから冷たい風が入っていた。

清兵衛は踊り場で立ち竦《すく》んだままだった。

「清兵衛」

階下で甚助が叫んだ。清兵衛は甚助を見下ろしながら、人指し指を部屋に向けた。本当の目まいを覚え、清兵衛はその場にくずおれた。

四

おはんは首を縊《くく》って果てていた。遺書のような物は残されていなかったので、発作的に事に及んだというのが奉行所の見解だった。

清兵衛と甚助は近くの自身番で長いこと事情を訊かれたが、二人はおはんの自害の理由をわからないと応えた。

おはんの家の女中は、ちょうど親戚に祝言《しゅうげん》があって留守にしていた。だから、おはんの異変に気づくのも遅くなったのだ。

奉行所で事情を知った反町が京橋の自身番に顔を出し、清兵衛と甚助はようやく尋問から解放された。

そのまま家に戻る気にもなれず、二人は反町も誘って、近くの縄のれんの店に入った。

小上がりに腰を下ろした時、清兵衛はどっと疲れを覚えた。

「話の会を仕舞いにしたことで何か隙ができたのだろうか。おっ師匠さんの自害は拙者にも解せない」

反町は猪口の酒を呷《あお》るとため息混じりに言った。

「考えられることは色々ありますが、何が理由かは、やはりおっ師匠さんでなければわからないでしょう」

甚助は当たり障《さわ》りなく応えたが、そんなことで反町は納得しないだろうと清兵衛は思った。酒の肴《さかな》は卯《う》の花と焼き魚だった。清兵衛は時々、卯の花の小鉢に箸《はし》を伸ばすが、何んの味も感じられなかった。

「昔、釣りに凝《こ》っていたことがあります」

反町は二人の猪口に酌をしながら、おはんの死とは直接関係のなさそうな話を始めた。

「それは初耳ですね」

甚助は眉を持ち上げた。こんな時に何を喋るやらと清兵衛は白けた。

「なに、役所の同僚に誘われて行ったまでのこと。ハヤなどの小魚が釣れると、大層おもしろかった。あれは小石川辺りの小川であったな」

「それがきっかけで釣りがご趣味に？」

甚助は興味深そうな顔で反町に訊く。

「まあな。だが、半年ほどでやめました」

「じっと座っているのが退屈でしたか」

「いや。そうではありません。そのまま続けてもよかった。拙者は他にさして趣味もない男ゆえ」

「では、なぜやめてしまったのですか」

甚助は上目遣いに訊いた。

「ある日、釣り糸を垂れておると、川岸にぽっかり黒い穴が空いているのに気づいたのです。ちょうど、大人の頭が入るぐらいの穴でした。穴というのは不思議なもので、頭が入れば身体も入るものと言われております」

「そうです、そうです」

甚助は相槌《あいづち》を打った。

「拙者はその穴に頭を差し入れたい欲望に駆られました。どうしてそんな気持ちになったのかわからぬが、とにかく、手前ェの気持ちが抑えられなくなりました。だが、そこへ頭を入れたら出られなくなるだろうとも察しはつきました。だから拙者は釣りを仕舞いにして、同僚に先に帰ると言って、後ろも振り返らずに組屋敷に戻ったのです」

「浅草の稲荷から旦那の姿が消えたのも、それと似たような理屈でしょうか」

甚助は、合点がいったように訊いた。

「まあ、そうかも知れません」

清兵衛もその一件のことを思い出した。あれは昨年の暮近くに不審な稲荷の様子を探りに行った時のことだった。反町は稲荷のお堂に入ったまま、ひと月も行方が知れなかったのだ。あのお堂は反町にとって川岸の穴と同じものだったのだろう。

「あの時の記憶はすっかりなくしておいででしたね。もしも、覚えておいでででしたら、景色の違うお話が聞けたでしょうに、残念です」

甚助がそう言うと、反町は、ふっと笑った。

「今だから話すが、実はちゃんと覚えておるのです。たとい、話の会の連中でも打ち明けるのは気恥ずかしかった。あまりにばかばかしいことゆえ」

「何んのお気遣いもいりませんのに」

甚助は、つっと膝を進めた。

「おっ師匠さんの自害を眼にして、拙者は穴のことを思い出しました。おっ師匠さんも何かに駆り立てられるように穴の中へ入って行ったのだな、と。もしも拙者のように話の会の連中が傍にいたら、決してこのような事態にはならなかったはず」

「命を取り戻すことはできませんか」

おはんの死が諦められない清兵衛は反町に縋るような眼を向けた。

「あちらの川を渡ってしまわれたのだから、もはや手立てはないでしょう」

あちらの川とは三途《さんず》の川のことか。清兵衛は悔しさに咽《むせ》んだ。

「泣くな。旦那の話を伺《うかが》おう」

甚助は清兵衛を宥《なだ》めると反町に話を急かした。

反町は猪口の酒を飲み下すと、遠くを見る目つきになって話を続けた。

稲荷のお堂に飛び込んだ直後から、辺りは深い森になった。鬱蒼《うっそう》と茂る木立《こだち》の中を反町は歩いた。途中、倒れた樹もあり、平坦な道とは言い難かったが、不思議に疲れは感じなかった。陽の目は届かず、樹も草も露に濡れたように湿っていたという。反町の気分は高揚していた。前に進む理由は自分でもわからなかったが、とにかく、歩かなければならないという気持ちだった。

どれほど歩いたろうか。やがて陽の光が眩《まぶ》しく感じられたと思うと、視界が開けた。今度はのどかな田園風景が拡がっていた。

緑の水田が続き、低い山の麓《ふもと》に藁葺《わらぶ》きの家が見えた。野焼きをしている白い煙も上がっていた。反町には胸を締めつけられるような懐かしい景色に思えた。その家に行けば、誰かに会える。そんな気がしきりにした。反町は畦道《あぜみち》を急いだ。その家の半町ほど手前に来ると、小川が流れていた。小川には欄干《らんかん》もない小さな木橋が架かっていた。通り過ぎる人の足許から落ちた土が溜《た》まって、そこに草の種がついたようで、木橋というより、畦道の続きのように思えた。川岸にはタンポポやレンゲの花が咲き乱れ、吹く風も心地よかった。

反町の足音に気づいたのか、藁葺きの家からぞろぞろと人が迎えに出て来た。

反町の祖父母、親戚の伯父、伯母、何んと龍野屋利兵衛までいたという。その時、反町は目の前の小川が三途の川であると合点した。

だが、反町はそのまま川を渡ってもいいような気持ちだったという。人々はおいでおいでと反町を呼ぶ。反町はにこりと笑って橋に足を掛けた。が、雲ひとつなかった空が俄かに暗くなり、低く呪文の声が流れた。人々は「ひゃあ」と声を上げ、家の中に入って行った。利兵衛は反町に睨《にら》むような眼を向け、怒りが粟立った背中を見せて戻って行った。

「拙者はそれでこの世に舞い戻ったのですが、命がながらえたとまでは思っておりません。いずれ近い将来、また穴に出くわせば、拙者はまたその中に入って行くことでしょう。そして今度こそ、そこから戻って来られないとも覚悟しております」

「そんな。あんまりだ、旦那」

清兵衛は悲痛な声を上げた。

「話の会の面々は、皆、この世とあの世の境をさまよっていた者達です。死ぬことが怖いので支え合っていたのだと思います。どうですか、伊勢屋さん。あなたは死ぬのがまだ怖いですか」

反町は試すように訊く。

「いいえ」

甚助は間髪を容《い》れず応えた。

「平野屋さんはいかがですか」

「わたしは、わたしはまだ、死ぬことが平気だとは言えませんよ」

清兵衛は正直に言った。

「そうですか。それでは仕方がありませんな」

何が仕方ないのだろう。清兵衛には理解できなかった。

「中沢先生も同じ宿命《さだめ》なのでしょうか」

清兵衛は理由を問う前に反町に訊いた。

「あの方は我々を取り巻いていた渦から離れました。恐らく、道ですれ違っても我々のことは覚えていないでしょう」

反町の言葉に甚助は得心したように肯いた。

「どうすればいいのだ、どうすれば」

清兵衛は両手で顔を覆った。

「拙者も、お二人にお会いするのは今宵《こよい》限りと覚悟をしております」

「ええっ？」

慌てて清兵衛は反町の顔を見た。

「長《なが》のお別れです。いずれあの世でお会いした時は、またなかよく話の会を開きましょう。もっとも、その時は不可思議な話をしても仕方がありませんな。我々自体が不可思議な存在になっているのですから」

反町はそう言って哄笑《こうしょう》した。

半刻《はんとき》（約一時間）ほどその店で過ごすと、三人は外に出た。京橋の手前で反町と別れる時、反町は「では、これにてごめん」と手短《てみじか》に言い、そそくさと八丁堀の組屋敷へ帰って行った。徒《いたずら》に感傷を誘うような言葉は喋らなかった。

「今日の話が今までで一番、怖かった」

清兵衛は独り言のように言った。

「怖かった？　そうじゃないだろう。それを言うなら寂しかっただろう」

甚助は清兵衛の言葉を訂正する。

「そうだね、その通りだ」

「怖さと寂しさは同じものさ。おれはそう思っている。人は一人で死ぬのが寂しくて、怖いと思うのさ。おれは女房も死んで、娘もそれぞれに所帯を持ったから、もうこの世に未練はないよ。おっ師匠さんが亡くなり、山田先生も早晩、いけなくなるだろう。反町の旦那もここ一、二年の間に後を追いそうだ。ま、坊ちゃんが見習いとしてお役所に出仕しているから、奥様もさほど途方に暮れることはあるまい」

「わしは、わしはどうなる」

清兵衛は切羽詰まった声を上げた。

「お前はまだ死にたくないと言ったから、生きているだろう」

甚助は気のない返事をした。清兵衛はほっと安堵した。

伊勢屋の前まで来ると、甚助は清兵衛の手を取った。

「今日はご苦労さん。疲れただろう？ ゆっくりお休み」

「お前こそ」

甚助は労をねぎらってくれた。

「またお前がやって来るのを楽しみに待っているよ」

「ああ。近い内に顔を出すよ」

「おさらばよ」

甚助はおどけた調子で言った。

「何んだよ、改まって。今日のお前はおかしいぞ」

「そうだね。少しおかしくなっているのかも知れない。風が出て来たよ。温かくしてお休み」

甚助は優しく言って、店の中に入って行った。

外濠は白いさざ波が立っていた。ぶるっと身体を震わすと、清兵衛は平野屋へ向かって歩き出した。

五

だが、甚助の助言も空しく、清兵衛はその夜半、熱を出した。歩き廻った疲れと、冷たい風に吹かれて悪い風邪を引き込んだらしい。

熱に浮かされると悪夢を見る。清兵衛の悪夢には龍野屋利兵衛が出て来て、しつこいくらいに『曾根崎心中』の道行の場をきどった声色で語るのだ。

この世のなごり。夜もなごり。死にに行く身をたとふれば。あだしが原の道の霜。一足づ（ず）つに消えて行く。夢の夢こそあはれなれ。あれ数ふれば暁の。七つの時が六つ鳴りて、残る一つが今生の。鐘の響きの聞き納め。寂滅為楽《じゃくめついらく》と響くなり。鐘ばかりかは。草も木も。空もなごりと見上ぐれば。雲心なき水の音。北斗は冴えて影映る、星の妹背《いもせ》の天の川。梅田の橋を鵲《かささぎ》の、橋と契りていつまでも。我とそなたは女夫星《めおとぼし》。かならずさ（添）ふと縋り寄り。二人がなかに降る涙、川の水嵩《みかさ》も増《ま》さるべし……

それは利兵衛がおはんに宛《あ》てた恋文でもあったのだろう。清兵衛が魅かれていたおはんを奪い、得意満面の利兵衛が憎らしかった。

清兵衛は何度もうなされ、看病するおたつを心配させた。

清兵衛の耳に鶯《うぐいす》の声が聞こえた。

障子越しに柔らかい陽射しも入って来ていた。眼を覚ました清兵衛は、しばらく鶯の鳴き声と温かい陽射しにうっとりと身を委《ゆだ》ねる気持ちだった。今が何刻なのか見当もつかなかった。

人の影が映り、静かに障子が開いた。嫁のおみちが入って来て、眼を開けている清兵衛に気づくと「まあ、お舅《と》っつぁん。ご気分はいかがですか」と笑顔で訊いた。

「ああ。まだぼんやりしているが、気分は悪くないよ」

　そう応えると、おみちは清兵衛の額に手を触れ「もう、お熱も下がりましたね。ずい分、心配したのですよ。お見舞いにいらした方もたくさんいらっしゃいましたが、とてもここへお通しできる状態ではありませんでした」と言った。清兵衛の容態は思わぬほど悪かったらしい。

「世話を掛けたね」

「いいえ。そんなことは気になさらないで下さいまし。お元気になられて、あたしも嬉しいのですから。一時は伊勢屋さんの後を追うのではないかと気が気ではありませんでしたよ」

「え？」

　どきりと胸の動悸《どうき》を覚えた。

「甚助がどうかしたのかい？」

　そう訊くと、おみちは余計なことを喋ってしまったと後悔する顔になった。

「ごめんなさい。そのお話はまた後で」

　おみちは逃げるように部屋を出て行った。

　妙な胸騒ぎがした。清兵衛は掌《て》を打った。

　しばらくして、盆に湯呑をのせて女房のおたつが現れた。

「おぶうを召し上がって下さいまし」

「甚助がどうした」

清兵衛は半身を起こして、おたつに訊いた。

「さきおととい、ちょうど大根河岸のおっ師匠さんの騒ぎがあった翌日、伊勢屋さんは急に心《しん》ノ臓《ぞう》の発作を起こされ、とうとう……」

おたつの言葉に清兵衛の全身の力が抜けた。

がっくりと首を落とした。

「お前さんには、もう少しよくなってから話すつもりだったのですが、おみちが口を滑らせてしまったそうですね。本当にあの人は口が軽いんだから」

おたつはいまいましそうに言う。

「反町の旦那はどうした」

「伊勢屋さんのお通夜には見えてましたよ。あの方は自分の方が先だと思っていただなんて、おかしなことをおっしゃっておりましたよ。まだまだそんなお年じゃないのに」

「そうかい、反町の旦那はまだ無事だったか」

「何をおっしゃっているんですか、縁起でもない。おかしな会に出ていらしたから、皆んな、おかしくなってしまったんですよ。お前さん、会のことはすっぱりお忘れなさいまし」

仕舞いにおたつは怒ったように清兵衛に声を荒らげた。

・
おかしな会……おたつの言うことも一理ある。あれはおかしな会だったのだ。この世の不可思議な話を語り合い、最後には自分達の命さえ捧げてしまう者も出ているのだから。

「ご膳、お持ちしましょうか」

茶を飲んでいる清兵衛におたつは訊く。

「いや、まだ何も食べたくない」

低い声で応えると、おたつは何も言わず部屋を出て行った。これから何をしたらよいのか清兵衛にはわからなかった。

深い吐息をつくと、清兵衛は立ち上がり、障子を開けた。とり敢えず、伊勢屋に行き、仏壇に線香をたむけようと思った。おさよに弔いに出られなかった詫びも述べなければならない。先のことを考えるのはそれからだ。

そう思うと、清兵衛は外出の仕度を始めた。

羽織に袖を通した時、ふと、仏壇の脇に置いてあった錫杖が眼に留まった。錫杖は錦の袋に包まれている。それを使うことは今後一切ないのだと思った。たまらなく寂しい気がした。

清兵衛は錫杖を袋から出し、しばらくじっと眺めた。それから意を決したようにしゃらんと振り「ひとつ灯《とも》せ～」と声を張り上げた。起きたばかりなので、うまく声が出ず、少し掠《かす》れた。錫杖の音が尾を引く。涙が清兵衛の頬を濡らした。清兵衛の胸に様々な思いが去来した。ぐすっと水洟《みずっぱな》を啜《すす》り上げ、錫杖を袋に戻そうとした刹那《せつな》、清兵衛は聞いた。

低く唱和する声を。

清兵衛は慌てて、もう一度錫杖を振り、ひとつ灯せと言ってみた。

「ええい！」

その声はずっと遠くから、あるいは地底深くから聞こえるようでもあった。怖くはなかった。たまらなく懐かしい気持ちになっただけだ。死への恐れは、もう清兵衛にはなかった。

解説

細谷正充

「ひとつ灯せ～」
「えぇい！」
さあ、物語が始まります。

百物語というものがある。日本に昔からある、怪談会のひとつである。夜、集まったひとたちが百本の蠟燭を灯し、それぞれ怪談を語り、語り終わったら蠟燭の火を消していく。そして蠟燭すべてが消えたとき、怪異が起こるというものだ（怪異が起こらぬよう、蠟燭を消すのは九十九本で止めるのがスタンダードのようである）。いろいろ詳しく書くときりがないので、これぐらいにしておくが、江戸時代に大層流行《はや》ったそうな。また現代でも、百物語の会を実行している怪談愛好家は、少なからずいる。

このような面白い題材を作家が見逃すわけはなく、過去から現在まで、さまざまな作家が、百物語のスタイルをベースにした作品を発表している。なかでも有名なのは、岡本綺堂の『青蛙堂鬼談』と、野村胡堂の『奇談クラブ』であろう。青蛙堂主人こと梅沢君が、友人知人を集めて怪談会を催す『青蛙堂鬼談』。その『青蛙堂鬼談』を強く意識した『奇談クラブ』は、吉井合資会社に集まった奇談クラブの会員たちが、不思議な話を披露していく。自身も怪談を多数執筆した都筑道夫が、いみじくも喝破したように、綺堂はイギリス型、胡堂はアメリカ型の作家であり、読み味はかなり違う。しかしどちらも、百物語のスタイルをベースにした怪談文学の傑作である。本書はそうした〝百物語の物語〟の系譜に連なる一冊であり、新たなる収穫だ。だが単純に、従来のスタイルを踏襲しているわけではない。そこに本書の魅力があるのだが、この点に関しては、おいおい語っていくことにしよう。

本書『ひとつ灯せ』は、雑誌「問題小説」に二〇〇四年から六年にかけて発表された八篇をまとめた連作長篇である。主人公は、江戸の山城町にある料理茶屋「平野屋」の七代目主人の平野屋清兵衛《せいべえ》だ。五十二歳のときに店を息子に任せて隠居した清兵衛だが、急にできた暇により自分の人生を見つめ、死の恐怖に怯《おび》えるようになる。清兵衛の幼馴染で、霊感を持つ蠟燭問屋の伊勢屋甚助《じんすけ》は、清兵衛に死神のごとき存在が憑《つ》いていることを見抜き、これを祓《はら》い、彼を「話の会」に誘う。「話の会」とは、集まった人々が怪異譚を語る、百物語のごとき会である。

「話の会」のメンバーは甚助の他に、菓子屋「龍野屋」の主の龍野屋利兵衛《りへえ》、一中節の師匠をしているおはん、町医者の山田玄沢《げんたく》、論語の私塾を開いている儒者の中沢慧風《けいふう》、北町奉行所で例繰方《れいくりがた》同心を務める反町譲之輔《そりまちじょうのすけ》と、なかなか多彩な顔ぶれだ。いままで仕事一筋できた清兵衛にとって、「話の会」の人々との付き合いは、新鮮で楽しいものである。だが、いつの間にか彼の周辺には、この世ならぬ不思議な出来事が、つきまとうようになるのだった。

と、ここまでが各作品の土台。冒頭に収録された「ひとつ灯せ」では、「話の会」に加わることになった清兵衛が、そこで披露された話と呼応するような怪異に遭遇する。続く「首ふり地蔵」も、同じパターンの作品である。「話の会」の怪異譚は、それ単体ではあまり怖いものではない。しかし清兵衛の心を通すことで、作者はありふれた怪異譚に込められていた恐怖を掘り起こす。どんなに不思議な出来事でも、それは事象に過ぎない。そこに恐怖を感じるのは、人間の心があってこそである。喜怒哀楽と同様、恐怖も畏怖も、人の心の中から生まれるのだ。

さて、連作の導入部となる二作は、まだしも百物語の体裁を保っていたが、第三話「箱根にて」から、作者は自在にスタイルを崩していく。話の流れで箱根に行くことになった一行。仕事を抜けられない龍野屋利兵衛を除き、六人で温泉旅行と洒落込んだ。だが、このメンバーの行くところ怪異あり。一行は、幾つかの不思議を体験するのだった。「話の会」が開かれることもなく、清兵衛たちの実際の見聞が、読みどころになっている。後から振り返ってみれば、このときすでに「話の会」のメンバーは、この世の外へ、ひそやかに一歩を踏み出していたのかもしれない。しかし物語そのものは、八篇の中で一番明るく、楽しいものになっている。作者が主人公たちにそそいだ、一掬《いっきく》の涙であろうか。

清兵衛にとって忘れがたい旅が終わると、物語は一転、暗いトーンを強めていく。ひとりだけ箱根に行けなかったことを切っかけに、清兵衛たちへ悪意を剝き出しにする龍野屋利兵衛を描く「守《しゅ》」。「話の会」のメンバー自身の怪異を見つめた「炒り豆」。清兵衛たちが、亡霊の出るという屋敷に乗り込む「空き屋敷」。「話の会」のメンバーのひとりが、この世ならざる所へ行ってしまう「入り口」と、清兵衛たちは語りを通したフィクショナルな怪異ではなく、現実の怪異と向き合うことになるのだ。百物語のスタイルが崩れていくのは当然だろう。なぜなら主人公たちは、怪異を語る者から、怪異の具現者そのものへと変貌していくのだから。これが怖い。とにかく怖い。凝った構成で恐怖を湧き立たせる、作者の手腕が素晴らしいのである。

さらに注目したいのが「炒り豆」で甚助が語る、死んだ妻の亡霊のエピソードだ。実はこのエピソード、本書の巻末の参考文献に挙げられている三田村鳶魚《えんぎょ》の『江戸雑録』に収録されている「江戸時代の妖怪研究」から採られたものである。驚くべきことに、炒り豆に関する会話から、亡霊が甚助の妄想だと判明するのも、元のエピソードそのままである。江戸時代に、これほどの合理的精神を持って怪異を否定したという事実は面白く、作者がこのエピソードを取り上げた理由もそこにあろう。

ただ、それだけで終わっては、元ネタを引き写しただけ。作者がそれで満足するはずがない。留意すべきは、すべての話を終えた後、甚助がみんなにいった「はい。わたしは、なまじ霊感があるものですから、つい捉《とら》われてしまったのでしょうな」というセリフである。霊感のある甚助は、この世ならざる存在を視るがゆえに、現実を見そこなう。うーん、深い。いろいろと考えさせられる話である。

そしてラストの「長《なが》のお別れ」で、「話の会」は唐突な終焉を迎える。その後のメンバーの運命と、清兵衛がたどり着いた境地は、ぜひ読者自身の目で確認してもらいたい。ただ、これだけはいっていいだろう。全体を俯瞰《ふかん》すると本書は、死を恐れる清兵衛が、死を受け入れるまでの物語になっているのだ。ここに本書の狙いがあると思われるが、その意味を説明するためには、まず作者の経歴を見る必要がある。

宇江佐真理は、一九四九年、北海道函館市に生まれる。高校時代より創作を始め、受験雑誌の投稿小説に佳作入選した。函館大谷女子短期大学卒。その後、ＯＬを経て主婦となる。一九九五年「幻の声」で、第七十五回オール讀物新人賞を受賞。その後、デビュー作をシリーズ化させた「髪結い伊三次捕物余話」を始め、旺盛な筆力で次々と作品を発表する。二〇〇〇年『深川恋物語』で第二十一回吉川英治文学賞新人賞を、二〇〇一年『余寒の雪』で第七回中山義秀文学賞を受賞した。江戸の庶民の哀歓を綴《つづ》った作品を中心に、幅広い作風を誇っている。

女性作家の年齢にこだわるのは、はなはだ失礼かとは思うが、どうしても必要なので、作者のご寛恕《かんじょ》をいただき、解説を続けていきたい。本書の第一作「ひとつ灯せ」が発表されたのは、二〇〇四年。このとき作者は五十代半ばである。そして自分自身の経験からいうのだが、四十代に突入してしばらくすると、すでに自分が人生の折り返し地点を過ぎていることを実感して、愕然としてしまうものである。もちろん世の中には百歳以上生きる人もいるので一概にはいえないが、まあ、残された歳月をリアルに感じるようになるのである。死というものが観念ではなく、明確な現実として意識されるようになるのだ。四十代の私にしてそうなのだから、五十代の作者にとっては、なおさらにリアルな感覚であろう。エッセイ集『ウエザ・リポート』に収録されている「更年期作家の弁」の中で、

「老いというものは誰しも避けては通れない。

もちろん、死というものも。自分の死には大いに興味がある。いったい、どういう状態でそれがやって来るのだろうかと。

作家としての大いなるテーマでもあるが、誰も生きている内はわからない。なるほど、これが死かと思った時、自身はもの言わぬ亡骸となっている。残された者に伝える術はないのだ。生きている者は死体から、あれこれ想像するしかない」

「私も、いたずらにじたばたせず、書き残したものはないか、用意万端調えて、従容として死にたいものである」

といっている作者は、本書で死と、人が死とどう向き合うかを描いたのではなかろうか。自分の代わりに、ほぼ同じ年齢の平野屋清兵衛を〝じたばた〟させながら、死というものを直視したのではないだろうか。一話ごとに濃密になってゆくタナトスの匂いを嗅ぎながら、そんなことを思ってしまったのである。

ところで最終話のタイトル「長のお別れ」を見ると、私はレイモンド・チャンドラーの『長いお別れ』を思い出してしまう。あらためていうまでもないが、私立探偵フィリップ・マーロウを主人公にした、ハードボイルドの傑作だ。現代では村上春樹が翻訳した『ロング・グッドバイ』といった方が、通りがいいかもしれない。その『ロング・グッドバイ』の中にある有名な一節が「さよならを言うのは、少しだけ死ぬことだ」である。

もちろん『ロング・グッドバイ』の一節が出た状況を、本書のラストに当てはめることはできない。でも本を閉じたとき、妙にこの一節が、頭から離れなかった。思えば読書とは時間を費やす行為であり、時間を費やすということは、すなわち死に近づいていることである。一冊の本に〝さよならを言うのは〟たしかに〝少しだけ死ぬこと〟なのだ。

でも、何をしようが、あるいは何もしなくても、人は刻一刻と死に向かっている。ならばできるだけ、楽しく、面白く生きた方がいいではないか。万物流転。すべては失われる。だけど楽しかった思い出はなくならない。本が好きな人は、面白い本を読んだときの気持ちを抱いて、生きていける。そのような充実した生の果てに、従容とした死があると、本書は静かに語りかけているのだ。

（文芸評論家）

参考書目

『新耳袋――現代百物語――第六夜』木原浩勝＋中山市朗著（角川文庫）
『江戸雑録』三田村鳶魚著　朝倉治彦編（中公文庫）

文春文庫

大江戸怪奇譚《おおえどかいきたん》　ひとつ灯《とも》せ

定価はカバーに
表示してあります

2010年1月10日　第1刷

著　者　宇江佐真理《うえざまり》
発行者　村上和宏
発行所　株式会社　文藝春秋

東京都千代田区紀尾井町3-23　〒102-8008
TEL　03・3265・1211
文藝春秋ホームページ　http://www.bunshun.co.jp
落丁、乱丁本は、お手数ですが小社製作部宛お送り下さい。送料小社負担でお取替致します。

印刷・凸版印刷　製本・加藤製本

Printed in Japan
ISBN978-4-16-764011-8

文春文庫　宇江佐真理の本

（　）内は解説者。品切の節はご容赦下さい。

宇江佐真理
幻の声
髪結い伊三次捕物余話

町方同心の下で働く伊三次は、事件を追って今日も東奔西走。江戸庶民のきめ細かな人間関係を描き、現代を感じさせる珠玉の五話。選考委員絶賛のオール讀物新人賞受賞作。（常盤新平）

う-11-1

宇江佐真理
紫紺のつばめ
髪結い伊三次捕物余話

伊勢屋忠兵衛からの申し出に揺れるお文。伊三次との心の隙間は広がるばかり。そんな時、伊三次に殺しの嫌疑が。法では裁けぬ人の心を描く人気捕物帖、波瀾の第二弾。（中村橋之助）

う-11-2

宇江佐真理
さらば深川
髪結い伊三次捕物余話

伊三次と縒りを戻したお文に執着する伊勢屋忠兵衛。袖にされた意趣返しが事件を招き、お文の家は炎上した――。断ち切れぬしがらみ、名のりあえない母娘の切なさ……急展開の第三弾。

う-11-3

宇江佐真理
余寒の雪

女剣士として身を立てることを夢見る知佐は、江戸で何かを見つけることができるのか。武士から町人まで人情を細やかに描く七篇。中山義秀文学賞受賞の傑作時代小説集。（中村彰彦）

う-11-4

宇江佐真理
さんだらぼっち
髪結い伊三次捕物余話

芸者をやめ、茅場町の裏店で伊三次と暮らし始めたお文。念願の女房暮らしだったが、子供を折檻する近所の女房と諍いになり、長屋を出る。人気の捕物帖シリーズ第四弾。（梓澤　要）

う-11-5

宇江佐真理
黒く塗れ
髪結い伊三次捕物余話

お文は身重を隠し、お座敷を続けていた。伊三次は懐に余裕がなく、お文の子が逆子と分かり心配事が増えた。伊三次を巡る人々に幸あれと願わずにいられないシリーズ第五弾。（竹添敦子）

う-11-6

宇江佐真理
桜花《さくら》を見た

隠し子の英助が父に願い出たこととは。刺青判官遠山景元と落し胤《だね》との生涯一度の出会いを描いた表題作ほか、蠣崎波響など実在の人物に材をとった時代小説集。（山本博文）

う-11-7

宇江佐真理
君を乗せる舟
髪結い伊三次捕物余話
不破友之進の息子が元服して見習い同心・龍之進に。朋輩とともに「八丁堀純情派」を結成した龍之進に「本所無頼派」の影が立ちはだかる。髪結い伊三次捕物余話第六弾。（諸田玲子）
う-11-8

宇江佐真理
蝦夷拾遺　たば風
幕末の激動期、蝦夷松前藩を舞台にし、探検家・最上徳内など蝦夷の地で懸命に生きる男と女の姿を描く。函館在住の著者が郷土愛を込めて描いた、珠玉の六つの短篇集。（蜂谷　涼）
う-11-9

内館牧子
転がしお銀
公金横領の濡れ衣で切腹した兄の仇を探すため、東北の高代から江戸へ出て、町人になりすますお銀親子。住み着いた下町のオンボロ長屋に時ならぬ妖怪が現れ、上を下への大騒ぎ……。
う-16-2

北原亜以子
恋忘れ草
女浄瑠璃、手習いの師匠、料理屋の女将など江戸の町を彩るキャリアウーマンたちの心模様を描く直木賞受賞作。表題作の他、「恋風」「男の八分」「後姿」「恋知らず」など全六篇。（藤田昌司）
き-16-1

北原亜以子
昨日の恋
爽太捕物帖
鰻屋「十三川」の若旦那爽太には、同心朝田主馬から十手を預かるという別の顔があった。表題作のほか「おろくの恋」「雲間の出来事」「残り火」「終りのない階段」など全七篇。（細谷正充）
き-16-2

北原亜以子
埋もれ火
去っていった男、残された女。維新後も龍馬の妻として生きたお龍。三味線を抱いて高杉晋作の墓守を続けるうの。幕末の世を駆け抜けて行った志士を愛した女たちの胸に燻る恋心の行く末。
き-16-4

北原亜以子
妻恋坂
人妻、料理屋の女将、私娼、大店の旦那の囲われ者、居酒屋の女主人など、江戸の世を懸命に生きる女たちの哀しさ、痛ましさを艶やかに描いた著者会心の短篇全八作を収録。（竹内　誠）
き-16-5

（　）内は解説者　品切の節はご容赦下さい

（　）内は解説者。品切の節はご容赦下さい。

北 重人
夏の椿
柏木屋が怪しい。田沼意次から松平定信へ替わる頃、甥の定次郎が殺された原因を探る周乃介の周囲で不穏な動きが――。確かな時代考証で江戸の長屋の人々を巧みに描く。（池上冬樹）
き-27-1

久世光彦
逃げ水半次無用帖
幻の母よ、何処？　過去を引きずり、色気と憂いに満ちた絵馬師・逃げ水半次が、岡っ引きの娘のお小夜と挑む難事件はどれも哀しく、美しい。江戸情緒あふれる傑作捕物帖！（皆川博子）
く-17-3

柴田錬三郎
柴錬立川文庫（一）
猿飛佐助
真田十勇士1
猿飛佐助は武田勝頼の落し子だった。戸沢白雲斎に育てられ、忍者として真田幸村の家来となり、日本中を股にかけての大活躍。美女あり豪傑あり、決闘あり淫行ありの大伝奇小説。
し-3-1

柴田錬三郎
柴錬立川文庫（二）
真田幸村
真田十勇士2
家康にとって最も恐い敵は幸村だ。佐助をはじめ霧隠才蔵、三好清海入道たちが奇想天外な働きで徳川方を苦しめる。後藤又兵衛、木村重成も登場して、大坂夏の陣へと波乱は高まる。
し-3-2

柴田錬三郎
徳川三国志
駿河大納言忠長、由比正雪、根来衆をあやつり、三代将軍家光を倒そうとする紀伊大納言頼宣と、伊賀忍者を使って必死に阻止する松平知恵伊豆守。壮麗なる寛永時代活劇。（磯貝勝太郎）
し-3-12

城野《じょうの》 隆
一枚摺屋《いちまいずりや》
たった一枚の一枚摺のために親父が町奉行所で殺された！　何故、一体誰が？　浮かんできたのは大塩の乱。幕末の大坂の町を疾走する異色の時代小説。第十二回松本清張賞受賞作。
し-46-1

杉本章子
おすず
・
信太郎人情始末帖
おすずという許嫁がありながら、子持ちの後家と深みにはまり呉服太物店を勘当された信太郎。その後賊に辱められ自害したおすずの無念を晴らすため、信太郎は賊を追う。（細谷正充）
す-6-7

杉本章子
水雷屯《すいらいちゅん》
信太郎人情始末帖

妾宅で手形を奪われた信太郎の義兄・庄二郎。その後妾も行方不明に。頼った占いでも多事多難の相「水雷屯《すいらいちゅん》」が。信太郎は義兄の窮地を救えるのか？　好評シリーズ第二弾。（清原康正）

す-6-8

杉本章子
間諜　洋妾《らしやめん》　おむら
（上下）

生麦事件に揺れる幕末。売れっ子芸者のおむらは薩摩藩士の恋人のために洋妾《らしやめん》となり、英国公使館に潜入した。果しておむらは間諜（＝スパイ）として英国の動向を探ることができるのか？

す-6-9

杉本章子
狐釣り
信太郎人情始末帖

信太郎の幼馴じみ、元吉が何者かに刺された。その背後には、せつない恋と大きな「狐」のたくらみが……闇に潜む巨悪のからくりを解き明かす、大好評のシリーズ第三弾！（阿部達二）

す-6-11

杉本章子
きずな
信太郎人情始末帖

子供を授かった信太郎とおぬいに救いの手を差し伸べたのは他ならぬ信太郎の父、卯兵衛だった。そして周囲の人びとにもそれぞれ転機が訪れていく。好評シリーズ第四弾。（吉田伸之）

す-6-12

高橋克彦
だましゑ歌麿

江戸を高波が襲った夜、当代きっての絵師・歌麿の女房が殺された。事件の真相を追う同心・仙波の前に明らかとなる黒幕の正体と、あまりに意外な歌麿のもう一つの顔とは？（寺田　博）

た-26-7

高橋克彦
おこう紅《べに》絵《え》暦《ごよみ》

筆頭与力の妻にして元柳橋芸者のおこうが、嫁に優しい舅の左門とコンビを組んで、江戸を騒がす難事件に挑む。巧みなプロットと心あたたまる読後感は、これぞ捕物帖の真骨頂。（諸田玲子）

た-26-9

高橋三千綱
剣聖一心斎

千葉周作が、二宮尊徳が、遠山金四郎までが、ことごとく心服したという驚くべき剣客、中村一心斎。しかし、本人は剣の道など何処吹く風と、今日も武田信玄の埋蔵金探しに、東奔西走!?

た-34-2